KB272638

독왕전기

서하 신무협 장편소설

ORIENTAL FANTASY STORY & ADVENTURE

1

dream
books
드림북스

독왕전기 *1*
돈에 침 뱉는 놈 없다

초판 1쇄 인쇄 / 2010년 3월 26일
초판 1쇄 발행 / 2010년 4월 6일

지은이 / 서하

발행인 / 오영배
편집장 / 김경인
책임 편집 / 구정현
펴낸 곳 / (주)삼양출판사 · 드림북스

주소 / 서울특별시 강북구 미아8동 322-10호
대표 전화 / 02-980-2112 팩스 / 02-983-0660
편집부 전화 / 02-980-2116 팩스 / 02-983-8201
블로그 / blog.naver.com/dream_books

등록번호 / 제9-00046호
등록일자 / 1999년 3월 11일

ⓒ 서하, 2010

값 8,000원

(주)삼양출판사 · 드림북스의 서면 허락 없이는 어떠한
형태나 수단으로도 이 책의 내용을 이용하지 못합니다.

ISBN 978-89-542-3716-1   04810
ISBN 978-89-542-3715-4   (세트)

* 지은이와 협의하에 인지는 생략합니다.
* 잘못된 책은 구입한 곳에서 바꾸어 드립니다.

독왕전기
1
돈에 침 뱉는 놈 없다
서하 신무협 장편소설
ORIENTAL FANTASY STORY & ADVENTURE

목차

서(序)

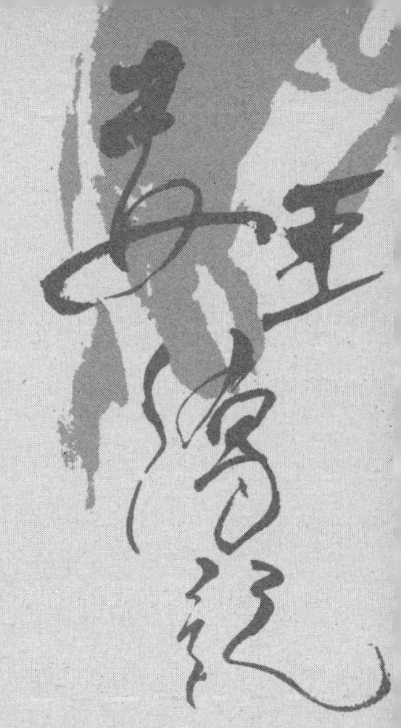

　용문(龍門)으로 오르는 산로를 노인과 소년이 걷고 있다.

　노인은 소년의 손을 꼭 잡고 놓질 않았다.

　중턱을 지날 때쯤, 노인이 소년에게 물었다.

　"세상에 구르는 돈에는 저마다의 색깔이 있다고 말한 적이 있더냐?"

　소년은 고개를 저었다.

　"아뇨."

　"돈에는 세 가지 색이 있다. 푸른빛(靑錢)을 띠는 놈은 사람들에게 희망을 주고, 검은빛(黑錢)을 띠는 놈은 사람을 절망에 빠뜨리고…… 그리고 붉은빛(赤錢)을 띠는 놈은 사람들의 피를 부르지."

소년이 물었다.

"왜요?"

"그게 돈의 속성이니까."

노인이 소년에게 다시 물었다.

"길을 가는데 동전이 떨어져 있다면, 너는 그것을 주울 테냐?"

"모르겠어요."

"할아비는 네 나이에 그것을 주웠단다. 그래서 희망과 절망, 그리고 피의 숙명을 짊어지게 되었지."

"그렇다면 저는 줍지 않을 거예요."

노인이 웃었다.

"허허. 벌써 도를 깨우쳤구나."

"제가 도를요?"

"그러하지 않느냐. 세인들은 늙어 죽을 때까지 못 벗어나는 굴레를 너는 겨우 다섯 살에 벗어던졌으니 도를 깨우친 거지."

소년이 문득 울먹이는 목소리로 말했다.

"도(道) 같은 거는 몰라요. 단지 사람들이 할아버지를 돈 벌레라 부르는 게 싫어서 한 말이에요. 할아버지가 주웠다는 그 동전, 다시 버리면 안 돼요?"

노인은 회한에 찬 눈빛으로 하늘을 올려다보았다.

"결코 돌이킬 수 없는 것. 그것이 인생이더라."

"그렇다면 저는 더더욱 줍지 않을 거예요."

“만약, 그 동전으로 사람을 살릴 수 있다면. 그래도 그냥 무시할 수 있을까?”

“그건 모르겠어요.”

“그래. 모르는 거다. 인생에는 딱히 정해진 길이 없거든. 혹시, 그 동전을 어쩔 수 없이 줍게 된다 할지라도 후회하거나 자책할 필요는 없다. 그것은 아마도 천명일 테니까. 알았지?”

울음을 삼킨 소년이 대답했다.

“네.”

산문에 다다르자, 노인이 우뚝 걸음을 멈췄다.

헤어질 때가 된 것이다.

“자, 여기서부터는 혼자 올라가거라.”

“……”

“할아비가 왜 너를 용문으로 보내는 줄 아느냐?”

“아뇨.”

“학문을 깨우치면, 세상 어느 누구도 네게 돈 벌레의 손자라고 손가락질 하지 못할 테니까.”

“정말요?”

“정말이지 않고. 그게 세상의 이치거든.”

“알았어요. 언제 데리러 오실 거예요?”

“그거야. 네 녀석 하기 나름이지.”

소년이 용기를 내었다.

“네. 공부 빨리 마치고 내려올게요. 기다리실 거죠?”

"허허. 어서 올라가라니까."
"꼭 기다리셔야 해요!"
"오냐, 이놈아."
산로를 뛰어 올라가는 소년을 보며 노인은 온화한 미소를 머금었다.
— 걱정하지 마라. 이 할아비는 항상 네 곁에 있을 것이니라.

제1장

비가 내리지 않는 하늘은 없다

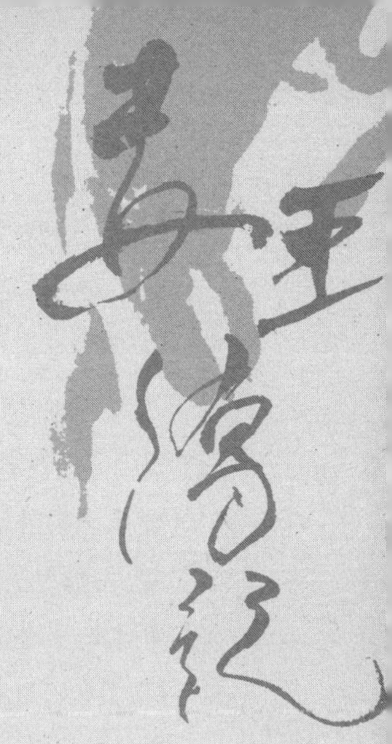

천룡사.

운남의 십대명찰.

경내에는 화형을 위한 목단(木壇)이 쌓여져 있고, 그 아래쪽 엔 숯과 가마니 등이 놓여 있다.

목단 위에는 사지를 결박당한 흑색장포의 인물이 앉아 있다. 폐공을 당한 듯 힘없이 가부좌를 틀고 있으나, 부릅뜬 두 눈만큼은 천하를 찢어발길 기세였다.

구음독왕(九陰毒王) 마천악.

그것이 세상에 남길 그의 명호.

목단 주변에는 사천당문의 무사들이 검진을 형성하여 만일의 사태에 대비했다.

화형은 승려 서넛이 준비하였는데, 내키지 않는 표정으로 보아 사천당문의 지시로 움직이는 것이 분명했다. 어둠이 내리고 모든 준비가 끝나자 천룡사의 주지가 경내로 나왔다.

그의 뒤를 따라 나온 젊은 사내.

성격이 괴팍하고 손속이 잔혹하여 평판이 안 좋은 사천당문의 소문주 당천우였다.

호법장로 평자춘이 그를 맞았다.

"나오셨습니까."

당천우는 길게 찢어진 눈매를 좌우를 휘둘렀다.

"시간 끌 것 없어. 시작해."

"예. 소문주님."

곧 화형이 시작될 것이다.

목단 옆에는 광목천이 좌우로 드리워져 있어 뒤쪽으론 사람이 접근치 못하도록 했다. 역시 사천당문의 지시에 따라 그리한 것이다.

달그락.

주지승이 준비해온 사잣밥을 내려놓자, 당천우가 목단 위에 앉은 마천악을 올려다보며 이죽거렸다.

"죽기엔 아직 이른 나이잖아."

마천악은 그의 빈정대는 꼬라지를 보고도 담담히 받아넘겼다.

"개잡듯 잡을 때는 언제고, 이제 와서 뭔 헛소리를."

당천우는 손을 내밀어 어린아이처럼 위아래로 흔들었다.

"독각수만 내놔. 그러면, 우리는 좋았던 시절로 돌아갈 수 있어. 다른 귀속문파들보다는 잘해줬잖아. 안 그래?"

"좋았던 시절?"

마천악이 실소를 터뜨렸다.

"후후. 좋았던 시절이라……."

웃음을 멈춘 마천악이 당천우를 굽어보았다.

"그렇게 좋았더냐. 허나 네놈은 모른다. 네게는 좋았던 시절이 우리 구음독교에게는 지옥과도 같았다는걸."

"그랬어?"

말이 안 통한다는 듯, 당천우가 손가락으로 관자놀이를 긁적였다.

"그래서, 무림을 파탄에 빠뜨릴 생각이야?"

"무림 걱정이라……. 참으로 별일이다. 네놈이 무림 걱정을 다하고. 독으로 흥한 집구석의 개망나니가 그럴 자격이나 있을까? 게다가 독각수를 부활시킨 것은 내가 아니라 너다. 사정이야 어찌됐건 본교의 신물을 부활시켜준 것은 고맙다만."

독으로 흥한 집구석의 개망나니?

그 말에는 자신은 물론이요, 사천당문에 대한 모욕까지 들어 있었다. 성질 급한 당천우의 눈가에 살기가 서렸다. 그간에 보여준 성정으로 볼 때, 마천악의 목을 당장 베어도 이상할 것이 없었다.

허나 당천우는 검 대신 횃불을 집어 들었다.

성질에 못 이겨 일을 그르칠 수는 없었기에 제 딴에는 많이 참은 것. 가마솥에서 끓는 금물을 가리키며 당천우는 겁박을 했다.

"계속 버티면 머리통에 금물을 부어 독각수를 꺼낼 거야."

"그러든가."

"잘 생각해. 무지하게 뜨거워."

마천악은 차분히 대답했다.

"억울한 내 가슴보다 뜨겁진 않겠지."

마지막 겁박마저 통하지 않자, 당천우는 지체 없이 횃불을 목단에 내던졌다.

"에잇! 옛정을 생각해서 이렇게까지는 안 하려고 했는데 할 수 없지. 난 정말 착하게 살려고 하는데 말이야. 정말 주변이 도와주질 않아. 자꾸 날 악하게 만들거든. 그리고 보니 사람을 태워 죽이는 건 처음인 것 같은데?"

"미친놈."

"못 견디겠으면 말해. 애들 시켜 금방 끌 테니까. 알았지? 알았지?"

"그럴 일 없다."

화르륵.

불은 숯, 가마니, 목단에 차례로 옮겨 붙었다.

딱. 딱. 딱.

"나무아미타불."

주지가 법문을 외며 마천악의 극락왕생을 빌기 시작했다. 구음독교는 비록 변방의 문파이나 마천악은 한 문파의 교주답게 죽음 앞에서도 의연했다.

그를 올려다보는 주지의 얼굴엔 미안함이 가득했다.

"소승을 용서하시구려."

마천악의 입가에 잔잔한 미소가 떠올랐다.

"큰스님이 뭘 잘못이 있겠습니까."

"소승, 그저 용서를 구하는 마음으로 법문을 외겠습니다."

마천악이 물었다.

"나는 평생 극독을 만들었고, 내가 만든 독이 많은 사람을 해쳤습니다. 나 같은 놈도 큰스님께서 법문을 외워주시면, 극락정토에 갈 수 있소이까?"

"대자대비하신 부처님 품에 귀의하는데 예외가 있을는지요."

"허허. 그렇다면. 더 크게 외쳐주십시오."

"그리합지요."

주지는 그의 소원에 따라 법문을 외는 소리를 높였다.

두 사람의 대화를 듣고 있던 당천우는 서서히 배알이 뒤틀렸다. 마치 자신이 극악무도한 존재가 된 기분이 들었던 것이다.

 '이놈들이 지금 내 앞에서 뭐 하자는 거지? 그러니까 나만 나쁜 놈이라 이거지.'

화염이 목단을 완전히 휘감았을 때였다.

당천우가 손을 들어 지시를 내렸다.

"부어."

사천당문의 무사들이 금물을 붓자 '치익' 하는 소리를 내며 마천악의 정수리에서 흰 연기가 피어올랐다.

"……!"

마천악은 이를 악물었다.

벌겋게 충혈된 눈동자 위로 금물이 흘러내리는 광경은 실로 끔찍하여 화형을 준비했던 승려들마저 고개를 돌리고 말았다.

딱. 딱. 딱.

"나무아미타불."

주지 역시 차마 눈을 마주치지 못하고 목탁을 두들기며 법문만을 외웠다.

"한 번 뒤집으니 허망한 몸뚱이가 마음대로 구르며 찬바람을 일으킨다. 취해도 얻지 못하고 버려도 얻지 못하니 이것이 무엇인가. 뜨거운 불 속에 한 줌의 황금 뼈를 이제 쇳소리가 쩡그렁하며 뼈들을 부수어 청산녹수에 뿌리노니 불생불멸의 심성만이 천지를 덮고도 남음이 있도다."

급기야 부글부글 끓는 금물이 마천악의 얼굴을 뒤덮었다.

"크하하하!"

그는 고통 속에서도 앙천대소를 터뜨렸다.

비록 억울할지라도 그것이 이승에서 웃는 그의 마지막 웃음이었다.

잠시 후, 법문의 구절처럼 마천악은 황금색 옷으로 몸을 단장했다.

사천당문의 무사들이 찬물을 끼얹자, 생살 타는 역겨운 냄새가 수증기와 함께 사방으로 퍼졌다.

"아, 냄새. 역겨워서……."

당천우가 한 손으로 코를 막으며 명령했다.

"어서 확인해."

광목천 뒤를 살펴본 무사가 소리쳤다.

"독각수가 나오질 않았습니다."

"뭐야!"

독각수(毒角獸).

사마외도의 삼대신물 중 하나로 무림맹에 의해 금제된 물건.

〈독물기해(毒物記解)〉에는 이렇게 설명되어 있었다.

　　이를 취하는 자, 만독불침의 신체를 얻을 것이며, 그 재생력으로 인해 쉽게 죽음에 이르지 않으리라.

당천우는 혼란스러웠다.

왜 없지?

분명 책에 나온 해법에 따라 행했건만…… 그것이 없어지다니. 마천악의 몸에서 빠져나온 독각수는, 그 기운이 황금상에 봉인되었어야 했다.

대체 어디로 갔단 말인가.

호법장로 평자춘이 난감한 표정을 지었다.

"예. 없습니다. 교주의 몸에서 나오지 않은 걸로 보아 미리 빼돌린 듯합니다."

으드득. 당천우는 어금니를 악물었다.

이를 얻기 위해 얼마나 노력을 했던가.

십이장로의 반대를 무릅쓰고, 부친 당옥명 몰래 귀속문파들을 희생시켜가며 얻으려 하지 않았던가.

그런데, 그것이 없다니.

그간에 기울인 노력이 수포로 돌아가자, 당천우는 끓어오르는 분기로 인해 전신혈맥이 터져버릴 것만 같았다.

"으아아! 이 개자식이! 나를 데리고 놀아?"

콱. 콱. 콰직!

당천우는 금물에 녹은 마천악의 뼈를 무자비하게 밟아댔다.

그의 모습은 마치 광기에 사로잡힌 악귀 같았다.

"아예 가루로 만들어주마!"

주지가 그의 팔을 붙잡았다.

"소문주. 이러시면 아니 됩니다. 이미 저 세상 사람 아닙니까. 이제 마음 편한 곳으로 가게 해주셔야지요. 그것이 대인의 면모입니다.”
　당천우가 광기 어린 눈빛으로 주지를 돌아보았다.
　‘대인의 면모? 지랄하고 자빠졌네.’
　눈깔이 뒤집힌 그는 장검을 빼들어 서슴없이 주지승의 복부
에 쑤셔 박았다.
　푹.
　“네 걱정이나 해. 이 재수 없는 중놈아.”
　“허어…….”
　당천우가 그의 배를 발로 밀며 장검을 빼내자, 주지는 힘없
이 옆으로 쓰러지고 말았다. 깜짝 놀란 승려들이 그에게 달려
갔다.
　“큰스님!”
　“이 무슨 패악한 짓이오. 하늘이 두렵지 않소!”
　당천우는 눈을 뒤집어 까며 한쪽 입꼬리를 말았다.
　“지랄, 두렵기는.”
　패액. 패액.
　이어 미친 듯이 장검을 휘둘렀다.
　그의 장검은 승려들을 힘없이 쓰러트렸다.
　“내가 하늘 따위를 두려워해? 별 개뼈다귀 같은 소리 다 듣
겠네. 아버지 빼고는 난 두려운 게 없는 놈이야! 알아?”
　화형을 준비시켰던 승려까지 모두 도륙한 후, 당천우는 광
기에 젖어 혼자 주절거렸다.

"독각수를 부활시킨 게 밝혀지면, 난 무림의 지탄을 면치 못할 거야. 아니, 아버지한테 먼저 맞아 죽을지도 몰라. 천룡 사를 불태워 증거를 없애야 해. 동자승에서 행자까지, 아니, 개 한 마리도 살려두면 안되지."

화르륵.

이윽고, 운남의 삼대명찰 천룡사는 불길에 휩싸였다.

검붉은 불길이 화룡처럼 밤하늘로 솟구쳤고, 화염 속에서는 비명이 그치질 않았다.

사천당문의 무사 하나가 급히 달려왔다.

"소주님. 요사에 숨어 있던 불목하니를 잡아 족치니, 보름 전부터 한 여자와 젖먹이가 암자에 묵었다는 걸 토설했습니 다."

"그래?"

당천우의 눈빛이 번득였다.

"그놈이야."

당천우는 미친 듯이 소리쳤다.

"마천악은 틀림없이 그 젖먹이에게 독각수를 봉인했을 것이 다. 아직 운남 땅을 벗어나지 못했을 터이니. 문도 전체는 물 론, 백상사와 천뢰밀궁까지 동원하여 찾아라. 찾아내지 못하 면 내 손에 죽을 것임을 명심해라. 알았나!"

"존명!"

                    *   *   *

　운남성 동부, 난창강(瀾滄江) 일각.

　쏴아아.

　아열대수림이 군락을 이룬 산자락에 폭우가 내리치고 있다. 장대비와 낮게 깔린 운무로 인해 사방은 지척을 분간하기 어려울 정도였다.

　도저히 사람이 살 수 없을 것 같은 밀림의 오지에 점처럼 보이는 사람의 그림자.

　철벅. 철벅.

　세찬 폭우를 헤치고 힘든 발걸음을 옮기는 이는 여인이었고, 놀랍게도 그녀는 강보에 싼 갓난쟁이를 안고 있었다.

　"하악. 하악."

　누군가에게 쫓기는 듯한 여인은 몹시 지친 얼굴로 걸음을 재촉했다. 흐트러진 산발에 풀려 있는 동공, 미친 여자라 해도 과언이 아니었다.

　"도련님. 조금만 더 가면 난창강이에요."

　수풀들이 발목에 엉키고 폭우에 한 치 앞도 보이질 않는데, 여인은 강보를 안고 계속 앞으로 나아갔다.

　"강만 건너면, 호접정이 보일 거예요."

　호접정(胡蝶井).

　점창산 운농봉 아래에 자리 잡고 있다는 곳.

여인은 아마도 점창파에 도움을 청할 생각인 것 같았다.

쉬싯. 슈우우.
그때, 여인의 뒤를 쫓는 검은 그림자들.
컹컹.
이어 들리는 개 짖는 소리.
경악스럽게도 늑대 두 배에 달하는 검은 개 십수 마리가 여인을 급히 쫓아갔다. 그리고 여인을 추적해 온 것으로 보이는 황색무복의 복면인들이 폭우를 뚫고 하늘로 치솟았다.
그들은 남만 삼대문파 중 하나인 천뢰밀궁의 무사들이었다.
"더 이상 도망갈 곳은 없다."
천뢰밀궁의 무사 중 누군가가 그녀를 향해 외쳤고, '패액' 하는 파열음과 함께 수십 개의 승표가 빗물 속에 뿌려졌다. 무공을 아는 듯 여인이 신법을 펼쳤으나, 품에 안은 강보 때문에 자유롭지 못했고, 그 탓에 승표 하나가 여인의 치마를 뚫고 대퇴부를 관통했다.
"아악!"
외마디 비명을 지른 여인의 대퇴부에선 이내 붉은 피가 흘러내렸다. 붉은 피는 흙탕물에 떨어져 점점이 번져갔다.
스스슷.
더 이상 발걸음을 떼지 못하게 된 여인은 필사적으로 기어갔다.

코앞에 천길 절벽이 있었다.

그녀의 발아래에는 황토를 쓸어온 난창강의 흙탕물이 굽이치고 있었다.

"도련님. 걱정 마세요. 제가 지켜드릴게요."

그녀는 지체 없이 흙탕물 속으로 몸을 던졌다.

첨벙!

쫓아온 천뢰밀궁의 무사들이 절벽을 내려다보며 혀를 내둘렀다.

"지독한 년이다. 하류를 뒤져라!"

호접정 아래.

그리 크지 않은 작은 강이 흘렀다.

우림이 우거져 햇빛조차 들어오지 못했고, 수면에는 줄 풀들이 뒤덮여 강이 아니라 늪에 가까웠다.

강가에 강보를 안은 여인이 모습을 드러냈다.

여인은 차마 강물에 발을 들여놓지 못했다.

늪속에는 독충과 독사가 우글거리는 걸 알기 때문이었다.

"아아…… 도련님."

여인은 강보를 끌어안으며 발을 동동거렸다.

그때였다.

찌걱. 찌걱.

멀리서 노 젓는 소리가 들리더니 나룻배 하나가 점점이 다

가오는 것이 아닌가. 사공은 키가 작고 등은 구부정하였는데,
죽갓을 눌러써 얼굴은 알아볼 수 없었다.

대략 육십은 넘은 듯.

여인은 손을 흔들며 늙은 사공을 향해 소리쳤다.

"여기요!"

여인을 발견한 늙은 사공이 물었다.

"타실 거요?"

"예."

"닷 푼이외다."

여인은 은화 한 냥을 선뜻 내주었다.

"부탁합니다. 호접정까지만 데려다주세요."

"은화 한 냥이라니. 허어, 평생을 노질을 했지만, 이런 횡재
는 처음이오. 어서 타시오."

나룻배에 올라탄 여인은 아이의 얼굴에 뺨을 부비며 안도의
숨을 내쉬었다.

'이제 안심이에요. 호접정은 점창파의 세력이니 거기까지
만 가면 살 수 있을 거예요.'

찌걱. 찌걱.

늙은 사공은 알 수 없는 콧노래를 흥얼거렸다.

그러다 가끔 뒤를 힐끗거렸는데, 여인은 그럴 때마다 흠칫
놀라야 했다. 죽갓 아래로 언뜻 비치는 날카로운 눈빛이 자신
의 몸을 훑는 듯해서였다.

'왜 자꾸 훑어보지?'

시선을 아래로 떨어뜨리고서야 여인은 그 이유를 알았다.

치마의 옆단이 길게 찢어져 허연 허벅지가 드러났는데, 아마 그것이 늙은 사공의 눈길을 끈 모양이었다.

'가려야겠어.'

여인은 찢어진 옷단을 끌어당겨 드러난 허벅지를 가리려 했으나, 물에 젖은 치마가 짝 달라붙어 뜻대로 움직여주질 않았다.

그때, 늙은 사공이 이상한 말을 했다.

"껄껄. 굳이 가릴 게 뭐 있소. 눈요기라도 하면 사공 놈 힘이 덜 들 테니 놔두시구려."

대체 무슨 말을 하는 거지?

"……?"

"여인네 속살 본 지가 오래라오."

잘못 들은 것이라 생각한 여인이 눈을 동그랗게 말며 되물었다.

"……네?"

"말귀를 못 알아듣소? 여인네 속살을 본 지가 오래라 했소."

일순, 여인의 귓불이 붉어졌다.

그제야 알아들은 것이다.

이어지는 사공의 말은 더 노골적이었다.

"흘흘, 이왕이면 가랑이도 좀 벌려주시구려."

가랑이?

"……!"

이런 미친 늙은이가.

농담이 아니라 그 의도가 음심(淫心)에서 비롯된 것임을 알아챈 여인이 쌍심지를 돋우며 소리쳤다.

"무슨 소릴 하는 거죠!"

"싫으면 할 수 없고. 아이고, 허리야. 온몸이 결리니 노를 저을 수가 없네, 그려."

황당했다.

늙은 사공이 별안간 노를 거두더니 뱃전에 주저앉아 버리는 것이 아닌가.

그때, 소매 아래로 삐져나온 붉은 그물이 살짝 보였다.

순간, 여인의 얼굴엔 절망의 그림자가 드리워졌다.

늙은 사공의 정체를 간파한 것이다.

'이 늙은이가 혈조옹이구나.'

절수색마(切手色魔) 혈조옹(血釣翁).

한때, 복건성 남소림 출신의 고승이었으나 음욕을 상락아정(常樂我淨; 열반의 경지)으로 삼아 색마의 길을 걷게 된 악인.

절수색마라는 놈의 별호는 부녀자를 범한 후, 여인의 손목을 자른 추한 버릇에서 만들어진 것이었다.

필경 사천당문 당천우의 사주를 받았을 터.

여인은 아이를 살릴 방도를 생각했다.

'내 실력으로는 이 늙은이를 당하지 못할 것이다. 어차피

능욕을 당하고 손이 잘릴 거라면, 놈을 유혹한 후, 동귀어진이
라도 하여 도련님을 살려야 한다.'
　혈조옹을 유혹하기로 작정한 여인은 무릎을 오므리며 일부
러 교태를 부렸다.
　"그건, 너무 부끄럽잖아요."
　"에잉, 누가 본다고. 자네와 나만 아는 거지. 설마 젖먹이가
알겠나? 흘흘."
　"시키는 대로 하면, 정말…… 늪을 건너게 해줄 건가요?"
　"그럼, 늙은이가 홀로 살다 보니 그렇게 됐네. 그러니 처자
가 좀 이해해 주면 안 될까?"
　여인이 살포시 얼굴을 붉혔다.
　"정말 부끄러운데……."
　"에헤이, 늙은 놈 숨넘어가겠네."
　"알겠어요. 하면, 강을 건널 때까지 만이에요."
　"당연하지."
　여인은 강보를 가슴에 바싹 끌어안고 무릎을 살짝 벌려주었
다. 늙은 색마의 눈빛이 번득였다.
　"에고, 눈이 침침해서…… 조금만 더."
　"아이, 참."
　그래. 마음대로 감상해라.
　여인은 한껏 다리를 벌려주었다.
　그제야 늙은 사공, 아니 혈조옹이 다시 노를 젓기 시작했다.

"참으로 곱다. 양물을 좀 받아들였는지 꽃잎이 참으로 탐스
럽게 벌어졌네. 맘씨 좋은 처자 때문에 늙은 놈이 호사를 다
하는구나. 흘흘."

더러운 늙은이.

이 치욕은 강을 건널 때까지 만이다.

그때였다.

혈조옹이 갑자기 야릇한 미소를 지었다.

"날 유혹할 생각이었어? 그것도 좋지. 독각수만 아니면, 실
컷 재미를 좀 볼 텐데. 흘흘."

놈은 이미 여인의 계책을 간파하고 있었던 것이다.

"……!"

"네년 생각도 그렇지?"

확!

"앗!"

여인이 마지막으로 본 것은 혈조옹의 소매에서 출수한 붉은
그물이었다.

그리고 곧 정신을 잃고 말았다.

＊　　　＊　　　＊

질질질.

혈조옹은 한 손으로는 강보를 옆구리에 끼고, 한 손으로는

몸을 움직이지 못하는 여인의 머리채를 잡고는 어디론가 끌고
갔다.

"쿨럭."

여인이 당한 수법은 분근착골이었다.

워낙 지독하게 당한 터라 그녀는 맥없이 끌려갈 뿐이었다.

혈조옹은 강기슭에 있는 허름한 오두막으로 끌고 들어갔다.
여인을 검불 쪽에 내팽개친 혈조옹은 아이의 얼굴을 유심히
살펴보았다.

"오, 그래. 이마에 푸른 기운이 서린 걸 보니 독각수를 봉인
한 게 틀림없군."

여인은 좌절했다.

'도련님. 여기까지인가 봐요.'

이제 기다릴 것은 죽음뿐이라 생각했을 때였다.

혈조옹이 뭔가 골똘한 생각에 잠긴 듯하더니 이내 뭐라고
중얼거렸다.

"가만있자. 독각수라면…… 독공은 차치하더라도 만독불침
의 몸에 강력한 회복력까지 지닐 터인데, 이걸 왜 사천당문 놈
들에게 넘겨줘야 하지?"

견물생심이라. 심중에 욕심이 생긴 것이다.

어쩌면 그것은 너무도 당연했다. 세상의 악인이라면 누구라
도 탐낼 물건이니까.

놈이 욕심을 부린다면 희망이 있었다.

최소한 시간은 벌 수 있을 테니까.

꿈틀, 때마침 여인의 오른손이 움직였다.

상대를 너무 가벼이 여긴 탓에 혈조옹이 여인의 오른팔 근맥을 살려놓는 실수를 범한 것이었다.

'아아…… 하늘이 무심치는 않았구나.'

여인은 머리카락 속에서 자신의 독문병기인 팔선침(八扇針)을 꺼낸 후, 오른손을 땅바닥에 쌓인 검불 속에 감췄다. 제아무리 노회한 고수라도 독이 발라져 있는 팔선침을 머리의 주요 혈도에 맞으면 즉사였다.

그러기 위해서는 단 한 번의 기회.

일격필살을 노려야 했다.

몸을 움직일 수 없으니 방법은 하나였다. 늙은 색정광이 자신을 범하러 찾아오는 것.

"흐음……."

기회는 한 번뿐이라 섣불리 유혹하는 것은 위험했다.

여우같은 늙은이가 눈치를 챌 수 있기 때문이다.

방법은 하나였다.

운명을 하늘에 맡기고 기다리는 것.

혼자 주절거리던 혈조옹이 웃음을 돌연 터뜨렸다.

"크하하. 독각수를 얻고, 기연을 얻어 반로환동이라도 하면 천하에 두려울 것이 없지. 그러나……."

힐긋.

혈조옹이 슬쩍 곁눈질을 했다. 망설이는 기색이 역력했다.

"약속을 지키지 않으면 당천우 놈이 지랄을 할 텐데…… 아니지. 내가 그런 걸 걱정하다니. 놈의 추격이야 얼마든지 따돌릴 수 있는데, 저런 계집을 두고 그냥 가는 건 예의가 아니잖아."

혈조옹의 혼잣말을 들으며 여인은 이를 악물었다.

'그래. 어서 와라.'

"흐흐, 재미 좀 볼까?"

혈조옹이 널브러져 있는 여인의 다리를 툭툭 찼다. 관절이 부러진 여인의 다리는 힘없이 꿈틀거렸다. 놈은 아쉬운 듯 입맛을 다셨다.

"뭐야. 시체나 다름없잖아."

"……."

"반응이 없으면 재미도 없으니 혈도만 풀어주자."

혈조옹이 그녀의 혈도를 풀어주고, 막 가슴께로 엎어질 때였다. 여인은 한 호흡의 진기까지 끌어 모아 팔선침을 놈의 관자놀이에 꽂았다.

"커헉."

워낙 근접한 거리에서 당한 터라 장침 여덟 개가 혈조옹의 치명적 혈도에 정확히 박혔다.

"이런……."

여인은 담담한 눈길을 놈에게 보냈다.

"죽어. 이 개자식아."

팡!

혈조옹이 반사적으로 우장을 들어 여인의 왼쪽 가슴을 내리쳤다. 그것까지 막을 힘은 남아 있지 않았다. 여인의 몸이 허공에 크게 들렸다가 바닥에 떨어졌다.

"쿨럭."

여인의 입에서는 검붉은 핏덩이가 한 움큼 쏟아졌다.

"사갈 같은 년……."

혈조옹이 장법을 구사한 후, 그 반탄력으로 몸을 일으켰지만, 이미 늦은 터였다. 전신에 퍼진 독이 그의 핏줄을 터뜨리기 시작한 것이다.

"끄으으……."

혈조옹은 두 눈을 부릅뜬 채 앞으로 엎어졌다.

그의 죽음을 확인한 여인이 눈길을 돌렸다.

강보에 쌓인 아이는 천진난만하게 웃고 있었다.

"지켜드려야 하는데……."

시야가 흐릿해졌다.

"죄송해요."

눈물 한 방울이 떨어져 여인의 뺨을 타고 흘렀다.

오두막에서 머지않은 곳.

점창산으로 오르는 산로에 두 노인이 모습을 드러냈다.

장삼가사를 걸친 탁발승과 회색도복을 입은 도사였는데, 행

색은 허름하나 선풍기골의 범상치 않은 기운을 지닌 인물들이
었다.

도사가 고개를 갸웃거렸다.

"어디서 옹알이 소리가 들리는 것 같지 않나?"

탁발승이 걸음을 멈췄다.

"옹알이 소리?"

"왜 어린 아기가 입속말처럼…… 자꾸 소리를 내는 것 말일
세."

탁발승이 핀잔을 주었다.

"정신 나간 친구야. 이 깊은 오지에 무슨……."

그러다가는 갑자기 탁발승의 귓불이 소리가 나는 쪽으로 씰
룩였다.

"어라. 진짜네."

"어서 가 보세."

도사가 먼저 땅을 박차고 오르자 탁발승이 그의 뒤를 따랐
다. 그저 발을 한 번 구른 것 같았는데, 두 노인의 신형이 까
마득히 솟구쳤다.

그들이 달려간 방향은 늪지였다.

늪을 등평도수의 수법으로 건넌 두 사람은 순식간에 오두막
에 도달했다.

"피 냄새가 진동을 하는데?"

오두막 안은 처참했다.

아랫도리를 까 내린 늙은 것은 전신이 독에 문드러졌고, 반라의 젊은 여자는 장법에 당한 듯 왼쪽 가슴이 시커멓게 죽어 있었다.

"쯧쯧."

대충 봐도 알만한 상황.

"이놈이 몹쓸 짓을 하다가 역으로 독에 당했구먼."

탁발승이 가사를 벗어 여인의 아랫도리를 덮어주었다.

그동안 도사는 얼른 강보를 감싸들었다.

"이 사람아. 이 마당에 정황 파악은 해서 뭐 하나. 어린 생명이나 챙겨야지."

"아참, 그렇지. 그래. 아이는 어떤가."

"몸도 충실하고 눈도 똘망똘망한데?"

"허어, 이 녀석 봐라. 강골이네."

"그나저나 이를 어쩐다."

"그러게 말이야."

두 사람이 아이를 두고 고심할 때였다.

"으음……."

죽은 줄 알았던 여인의 손가락이 꿈틀거렸다.

뭔가 말하려는 듯했으나 진기를 소진한 듯 여인은 눈만 끔벅였다. 도사가 서둘러 맥을 짚어 보았다.

"살 수 있겠나?"

탁발승의 물음에 도사는 고개를 저었다.

“아닐세. 여태껏 의지로 버티고 있었던 게야. 살릴 순 없겠지만 진기를 주입하면 사연은 들어볼 수 있을 듯하이.”
“그렇게라도 해보게.”
도사가 여인의 단전에 손바닥을 얹고 진기를 주입했다.
그의 장심에서 빠져나간 진기에 의해 여인의 말문이 트였다.
“두 고인(高人)은 명호가 어찌 되시는지요.”
탁발승이 대답했다.
“난 정각이라는 땡초이고, 이쪽은 현암이라는 말코일세.”
정각대사와 현암진인이라면, 천외천이라 불리는 용문(龍門)의 명숙들이 아닌가.
여인의 눈에 눈물이 고였다.
“아, 고명하신 두 분을 뵙다니…… 하늘이 도우셨습니다.”
“저놈, 혹시 혈조옹 아닌가?”
“예. 맞습니다.”
“쯧쯧. 그토록 악행을 일삼더니 종국에는 저 꼴이 되었구면. 그건 그렇고, 이게 대체 무슨 사달인가.”
“아이의 몸에는 독각수가 봉인되어 있습니다. 그걸 뺏고자 한 것입니다.”
“독각수? 구음독교의 신물이라던 것 말인가?”
“아시는군요.”
“그거라면, 사마외도의 신물이라 무림맹에서 금제시킨 것일 텐데."

"당천우가 그것을 비밀리에 부활시켰습니다."

"당옥명의 둘째 아들놈?"

"예."

"이런, 고약한 놈이 있나. 이 아이는 구음독왕의 아들이겠
군."

여인이 고개를 저었다.

"아닙니다. 사정이 있어 깊은 말씀을 못 드리나 목에 걸린
것이 신분의 증표입니다. 이 사실이 알려지면, 도련님은 사악
한 무리들의 표적이 될 것입니다."

"그렇겠지."

정각이 고개를 주억거리며 목에 걸린 패옥을 살펴보았다.

값비싼 경옥에 붉은 승냥이가 새겨진 것으로 중원에서는 보
지 못한 물건이었다.

"명망이 높으신 두 분께 부탁드리겠습니다. 부디 도련님을
보살펴 주십시오. 소녀, 죽어서도 이 은혜를 잊지 않을 것입니
다."

현암이 여인을 안심시켰다.

"이것도 인연인 걸 어찌하겠나. 걱정 마시게."

여인의 눈이 힘없이 웃었다.

"눈꺼풀이 무겁습니다. 소녀는 이제 죽는 거겠지요?"

"죽기는 이 사람아. 졸린 탓이지. 걱정 말고 한숨 푹 자두시

게. 내일 아침, 탕약 한 그릇만 들이켜면 거뜬해질 걸세."

아까와는 말이 달랐다. 그러나 해줄 수 있는 건 거짓말뿐인지라.

"고맙습니다."

잠시 후, 여인은 눈을 감았다.

그토록 노심초사하던 기색은 이제 찾아볼 수 없다.

그저 편안하고 밝은 얼굴이었다.

"참, 하늘도 고약하구먼."

"그나저나 이를 어쩐다. 독각수는 성체(成體)를 이루어야 봉인을 해제할 수 있다고 했거든. 그리 되려면 족히 십오 년은 걸릴 거야. 사실 원칙으로는 살려두면 안 되는데, 후학들이 알면 난리를 칠 테니까."

"에끼! 이 사람아. 절밥을 먹은 인간이 어린 생명을 두고 할 소린가? 놔두게. 용문으로 데려가 내가 키울 테니."

"아냐. 이놈은 무공하고는 거리가 먼 것이 좋아."

"하면, 어쩌시게."

정각이 무릎을 쳤다.

"옳거니. 좋은 생각이 났다. 진가 놈한테 맡기면 어떨까."

"사채꾼을 시키자는 말인가?"

"그게 어때서. 이놈이 각성하여 강호에 혈겁을 일으키는 것보다는 낫지. 때가 되면, 우리가 봉인을 해제해 주면 될 테니까. 강호에 나오지만 않으면 후학들에게 알려질 일도 없잖아.

안 그래?"

그 말에는 현암도 인정할 수밖에 없다.

"하긴. 그렇군."

"이 녀석은 무공의 무(武)자도 모르고, 그저 평범한 인생을 사는 게 답일세."

"당천우 그놈은 어찌할까. 그놈의 성정은 갈수록 흉악해지는구먼."

"용문은 어차피 무림에 불간섭이야. 굳이 우리가 나서지 않더라도 길바닥에서 횡액을 당할 놈이니 그냥 놔두시게."

일순, 정각의 송충이 눈썹이 꿈틀거렸다.

그는 천천히 오두막 밖을 돌아보았다. 그리고 늪 근처 어둠을 향해 엄중한 경고를 날렸다.

"어디서 온 잡것들이 사악한 기운을 내뿜는 게냐. 나는 정각이라는 땡초다. 불알 옆에 칼 차고 돌아다닌 놈들이라면, 내 명호 정도는 익히 들어봤을 터. 오체분시 당하여 물고기 뱃속으로 들어가기 싫으면 당장에 사라지거라!"

낮게 외쳤으나 심후한 공력으로 인해 그의 경고는 오 리 밖까지 전해졌다.

그의 위명은 실로 대단했다.

늪 근처, 산 중턱 등에서 풀잎 스치는 소리가 사방으로 흩어졌다. 소리로 볼 때, 누군가가 허겁지겁 도망치는 것이 분명했다.

“에잉, 별 잡것들이 다 설치는구먼.”

“아무래도 점창파에는 나중에 가야겠군.”

“이런 예쁜 녀석이 생겼는데, 거긴 뭣 하러. 빨리 돌아가야지. 허허.”

정각이 강보를 안으며 아이에게 말했다.

“참, 박복한 운명을 타고 났다만, 너무 서러워 말아라. 비가 내리지 않는 하늘은 세상에 없고, 그 비를 너만 맞지는 않는다. 그러니 하늘의 이치를 원망하지 말고, 부디 잘 자라다오.”

제 2 장

돈은 뺏겨도 차용증은 꼭 받는다

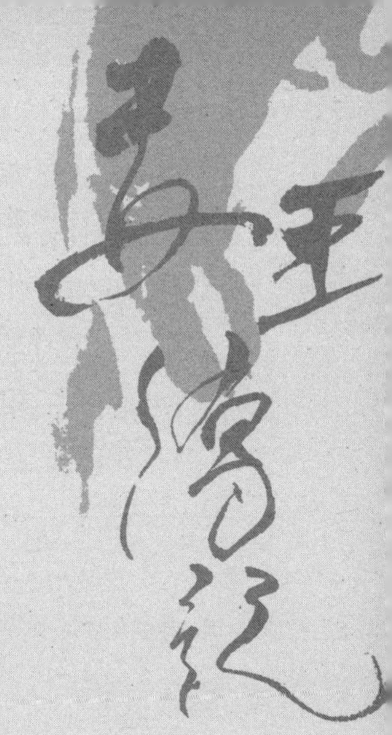

광동성.

성도의 젖줄 주강(朱江) 북부에 위치한 항구 소관.

광동의 항주라 불릴 정도로 색향으로 유명한 곳이다.

소관의 중심가에 위치한 금보당(金寶堂).

전포로는 가장 큰 곳이다.

전포(錢鋪)는 돈을 빌려주는 곳이다.

명문세가나 거대상단이 이용하는 전장과는 달리 이곳은 주로 돈 없는 서민들의 차지다.

찾는 사람들만큼 사연도 많은 곳.

밤중에 애가 아파 달려오는 어미, 술값이 모자라 찾아오는

한량, 신접살림을 차리려는 가난한 젊은 부부, 자식 놈 학비에
보태려 문서를 잡히는 자, 봄에 뿌릴 종자 살 돈이 없어 찾아
오는 농부. 이렇게 좋은 일이든 싫은 일이든, 전포는 서민들의
절박한 삶이 마지막으로 기대보는 곳인 것이다.

이곳의 주인은 진추목이란 자로, 이재에 밝고 안목이 좋아
큰 성공을 이루었다. 그의 성공요인은 서민들을 절박함을 외
면하지 않았다는 점이고, 진추목은 그것을 스스로 신의(信意)
라 평했다.

"진가 놈, 있냐?"

정각은 전포 문을 박차고 들어가며 대뜸 진추목을 찾았다.
전포 서기 삼덕이 그를 보자 짜증스런 표정으로 고개를 돌렸
다. 그러자 정각이 물었다.

"이놈아, 똥이라도 씹었냐? 사람을 보고 왜 우거지상이야!"

"더 이상은 못 빌려드립니다요. 저번에 돈 빌려드렸다가 당
주님께 얼마나 혼났는지 아십니까."

"내가 고기 사먹으려고 가져갔냐? 좋은 일에 쓰느라 그런
거지."

"좋은 일을 하고 싶으면, 불자들한테 시주를 받든가 눈탱이
를 치든가 하셔야죠. 왜 전포 돈을 말없이 가져가시냐고요."

"경기가 안 좋잖아. 요즘 절도 사정이 말이 아니야."

"그건 소생이 알 바가 아니고요. 하여간 이번 달까지 안 갚

으시면, 알아서 하세요. 대웅전 불상에 빨간 딱지 붙여버릴 테
니까요.”

“그거 도금이야.”

“아뇨, 절 꼬라지 하고는. 본전불을 도금으로 하냐.”

“그렇게 빡빡하게 굴래?”

“내 코가 석자인데 어쩌라고요.”

“너, 그렇게 살면 극락 못 간다.”

“소인은 사채업자라 어차피 극락가기는 틀렸습니다요.”

“내가 염불 많이 외워줄게. 그럼 가능해. 돈이 좀 들어서 그
렇지.”

“됐거든요.”

그러다 정각의 꼬락서니를 본 삼덕의 눈이 왕방울만 해졌
다.

“아니, 등에 업은 아이는 뭡니까?”

“늦둥이 하나 가졌다.”

“아이고, 늘그막에 파계하신 거예요? 애 엄마가 누군데요?
어디 객잔의 찬모를 덮치셨나?”

정각이 갑자기 정색을 했다.

“뭐, 찬모를 덮쳐? 이 우라질 놈아. 너, 아침 일찍 일어나 맑
은 정신으로 마빡에 탄지신공 맞아본 적 있냐?”

삼덕의 표정이 급변했다.

“아뇨.”

"이참에 한번 맞아 볼 테냐? 말만 해. 오성의 내공만 사용하여 아주 시원하게 뚫어줄게."

삼덕은 재빨리 무릎을 꿇었다.

"잘못했어요."

"넌, 내가 소림사 전대 장문이었다는 사실을 가끔 잊는 경향이 있어. 조심해."

"죄송해요."

"진가, 어디 있어?"

"안에 계시니 얼른 들어가 보세요. 근데, 애 키우기 쉽지 않아요. 저도 세 살배기 있는데 뼛골이 휜다니까요."

"아들놈, 이름이 뭐냐?"

"풍덕이요."

"쯧쯧. 작명 감각하고는. 그래도 아비보다는 낫다."

"신경 끄세요."

내원으로 들어가며 정각은 흐뭇한 미소를 지었다.

잘 되었구나. 둘이 형제처럼 같이 크면 되겠어.

금보당 당주 진추목은 정자에 앉아 홀로 바둑을 두고 있었다. 지은 죄가 있는 터라 정각은 호들갑을 떨며 그에게 다가갔다.

"친구야. 나왔다."

"어서 와라."

정각이 고개를 갸웃거렸다.

"어라. 당장 화를 낼 줄 알았더니."

"화를? 내가 왜 자네에게 화를 내나."

정각은 민머리를 손바닥으로 쓸었다.

"저번에 내가 전포 돈을 좀 가져갔거든. 그것도 자네 몰래. 못 들었어?"

"아니, 들었어."

정각이 조심스럽게 물었다.

"그 성질에 가만히 있는 거야? 전포 돈을 가져갔다는데도? 손해가 심할 텐데."

"내가 손해 볼 리가 있나. 원금에 이자까지 받고 있으니 걱정 말게."

"누…… 누구한테?"

"누구긴, 사기꾼에게 돈을 뺏긴 멍청한 놈한테 받지."

멍청한 놈?

"삼덕이 말인가?"

"이자까지 대신 갚으려면, 그 녀석, 봉급을 한 일 년은 못 받을 거야."

"에라이, 이 독한 인간아. 수족과도 같은 삼덕이 봉급을 떼냐?"

"독하지 않으면, 사채꾼이 돈을 미친년처럼 막 퍼주랴? 아니면 네가 갚든가."

“너 그렇게 살다가 지옥 가.”

“난, 지옥이 더 좋아. 거기엔 돈 쓸 놈들이 천지사방에 깔려 있을 테니.”

정각이 혀를 내둘렀다.

“쩝. 좌우지간 지독하다. 지독해. 그렇게 돈 벌어서 다 뭐 할래?”

“아직 생각해 보지 않았다만, 한 가지만은 확실하다. 너한 테는 한 푼도 안 준다는 거.”

“창파에 흔들리는 검불 같은 인생이 뭔 돈이 필요하다고.”

“이제 좀 땡초가 아니라 제대로 된 중 같은 소리 좀 하는구 나.”

“그러나!”

“한 소절만 해.”

“그럼에도 불구하고 자네는 돈을 많이 벌어야 하네.”

“웬일이야? 덕담을 다하게.”

“왜냐면, 이 아이를 키워야 하니까. 핫핫핫!”

턱.

정각은 바둑판 위에 강보를 내려놓았다.

진추목은 강보에 쌓인 아이를 보고는 화들짝 놀라 뒤로 자 빠졌다.

“뭐, 뭐야!”

“하늘이 내려주신 선물. 돈 버느라 장가도 못 가 죽어서 총

각귀신 될 네놈에게 내리신 선물."

"뭐야. 이 아이를, 나보고 키우라고?"

"응."

"싫어. 애들은 돈 잡아먹는 귀신이야."

정각이 결정적인 말로 진추목의 관심을 끌었다.

"이놈, 사주에 재물 복 있다."

예상대로 진추목의 귀가 쫑긋했다.

돈놀이하는 놈이 제일 좋아하는 말이 재물이니까.

"정말이냐?"

"허어, 그렇다니까. 현암이 사주팔자를 봤어. 재물 복뿐이냐? 만인지상의 사주에 여복까지 타고 났다."

"그렇게 좋으면, 네가 제자로 들이지 그러냐."

정각의 송충이 눈썹이 꿈틀거렸다.

흠칫. 날카로운데?

"왜 이래? 나, 소림사 나온 중이야."

모양새가 빠진다는 뜻이었다.

"전대 장문이 찬모 덮쳐서 애 낳았다고 소문이라도 나면, 사문에 피해가 가잖아. 후학들 보기도 민망하고."

"흐음, 딴은 그렇구나. 그래. 네놈은 못 믿지만, 현암은 믿을 수 있지. 근데, 사내놈이냐?"

"암, 물건이지."

진추목이 기저귀를 살살 펼치며 물었다.

“도끼자국 있으면 무효다.”

“허어. 부정 타게 도끼자국은. 사내놈이야. 그것도 제대로 된 물건이라니까. 봐봐.”

그때였다.

주룩.

기저귀를 여는 순간, 오줌줄기가 진추목의 얼굴을 향했다. 오줌줄기는 공교롭게도 진추목의 입속으로 들어가고 말았다.

“터헙!”

찝찌름한 오줌 맛에 화를 내려다 ‘까르르’ 하고 넘어가는 웃음소리를 들은 진추목은 자신도 모르게 꿀꺽 삼켜버리고 말았다.

“욘석이, 날 보고 웃네.”

“참으로 밝고 맑은 아이지.”

진추목이 아이를 이리저리 살펴보다 농담을 거두었다.

“돈에 미쳐 젊은 시절을 다 보낸 나야 하늘에 감사할 일이지만, 상당한 재목 같은데, 왜 용문에서 가르치지 않나.”

“이놈은 무공을 접해서는 안 되거든.”

“아니, 왜?”

“후우, 안타까운 사연이 있어.”

정각은 아이와 만나게 된 사연을 진추목에게 들려주었다.

“그 독각수라는 게……”

“자칫하면, 전대미문의 살인마를 만들 수 있는 위험한 신물이야. 그러니 이놈은 자신의 의지와는 상관없이 그런 운명을 짊어지게 된 거지."

"저런, 가엾은 녀석."

"그래서 무공을 접해서는 아니 되고, 사람들과 부대끼며 평범한 삶을 살아야 하는 걸세. 자네라면, 이 녀석을 평범하게 키울 수 있을 것 같아 데려왔네."

진추목은 가만히 머리를 굴려보았다.

'그렇지. 여자한테 돈을 안 쓰고도 이런 예쁜 아이를 얻게 되는 건 앞뒤 재볼 것도 없이 남는 장사지. 암.'

무엇보다 아이가 마음에 쏙 들었다.

게다가 재물 복까지 타고 났다니 얼마나 좋은가.

자신은 돈 벌레 소리를 들으며 악착같이 살아왔지만, 이놈만큼은 제대로 된 상재(商材)로 키우고 싶었다.

진추목이 날아갈 것 같은 속내를 감추고 심드렁하게 물었다.

"이번에 종루(鍾樓)를 짓는다며, 돈은 있어?"

정각이 머리를 재빨리 굴렸다.

어라. 이놈이 돈 좀 보태 주려는가?

눈치 빠른 정각은 이때다 싶어 앓는 소리를 했다.

"아이고, 산지가람에 뭔 돈이 있겠나. 보리죽 한 그릇에 중놈 여섯이 달라붙는 형편일세."

"그 돈을 내가 댈 테니 그걸로 퉁 쳐."

정각의 표정이 환하게 밝아졌다.

"이런, 아미타불. 추목이, 자네와 이 아이의 앞날은 세상의 번뇌를 끊고 적정(寂靜)의 진리에 의하여 발하는 진지(眞智)의 광명(光明)을 맞이할 걸세."

"돈 준다니까. 별 깻묵 같은 소리가 다 나오는구나."

"하여간, 아미타불일세."

"다른 이유 없어. 진가 성을 붙일 테니. 나중에 헛소리 말라고 못 박아 두는 거야."

"그럼, 낙장불입이지."

정각의 허락을 득한 진추목이 자못 진지한 표정으로 아이를 들어올렸다.

"이 녀석을 거상으로 키워볼까? 광동의 상계를 호령하는 거상 말이야. 그래서 나처럼 돈 벌레 소리는 듣지 않게 해야지."

돈 벌레라는 소리가 그렇게 듣기 싫었나?

진추목은 자신의 처소에 처박혀 나오질 않았다.

애 보는 재미에 시간가는 줄 모르는 것이다.

보면 볼수록 가슴이 벅차고 신기하다.

아이란 이런 존재인가. 밥을 안 먹어도 배가 부르고, 밤이 깊어도 잠이 오질 않는다.

진추목은 밤이 늦도록 책자를 끼고 뭔가를 끼적였다.

뭔가 마음에 들지 않은 모양.

그는 서탁에 펼쳐놓은 필지에 문장을 썼다가 구겨버리기를
반복하였다. 방바닥에는 꼬깃꼬깃 구겨 팽개친 종이가 수북했
다. 급기야 그는 애꿎은 종이를 타박했다.

"하아, 먹이 번져서 그런가? 오늘따라 집중할 수가 없구먼.
내가 화공도 아니고 이런 종이로는……."

옆에 앉아 먹을 갈던 서기 삼덕의 입가에 은근한 미소가 떠
올랐다.

"선주에서 어렵게 구해온 닥종이입니다."

종이 탓 말라는 얘기다.

말뜻을 알아차린 진추목이 퉁명스럽게 물었다.

"내 재능이 부족하다는 말이냐?"

"선주의 닥종이는 먹을 적게 빨아들여 문장용으로는 천하의
으뜸이잖아요."

"그러니까 종이에는 문제가 없고, 내 재능에 문제가 있다
는, 그런 얘기잖아."

"저는 당주님의 재능이 부족하다는 말씀을 한 적이 없습니
다."

"그럼, 종이가 나쁜 거잖아."

"종이는 천하의 으뜸이라니까요."

"그럼, 뭐가 잘못 되었다는 거야?"

"당주님 실력에는 문제가 없고, 종이도 천하의 으뜸이니,
뭐, 책자가 잘못된 모양이지요."

책자는 작명법이다.

딱.

진추목은 책자로 삼덕의 머리를 때렸다.

"에라이, 돌대가리야."

획에 맞고, 부르기 좋고, 뜻이 광대한 이름을 짓기가 쉽지가 않았다.

그렇게 씨름하기를 한 시진.

진추목은 결국 아이의 이름을 만들어냈다.

조(照). 영(營).

"좋아. 이걸로 결정했다. 네 이름은 조영이다. 세상을 비추고, 경영한다는 뜻이다."

"……."

"삼덕아."

"예. 당주님."

"내일 날이 밝는 대로 당장 나가 조영이를 돌봐줄 유모와 교복(敎僕; 가정교사로 고용된 노비)을 구해라. 유모는 최고 양질의 젖을 생산하는 여자로, 교복은 가급적 예쁘면 좋겠지."

"알겠습니다요."

진추목은 아이를 가슴에 품으며 말했다.

"조영아. 네 초년 운에 어려움이 많다지만, 할아비는 걱정하지 않는다. 비를 맞지 않고 사는 사람은 없다. 다만, 그 비를 피하는 자와 그 비를 헤치고 당당히 걸어 나가는 자가 있을 뿐이다. 너는 당당히 걸어가 세상을 가져라. 이 할아비가 그렇게 만들어 줄 것이니.”

진추목은 말을 해놓고 깜짝 놀랐다.

이게 내 입에서 나온 소리인가?

스스로 멋지다는 느낌에 감동이 벅차올라 눈물이 날 것 같았다.

크흐흑.

눈치 없는 삼덕이 여지없이 그의 감상을 막았다.

“똥 싸고 있네.”

뭐, 똥 싸고 있네?

찌릿.

진추목의 눈초리가 매섭게 찢어졌다.

“지금 나한테 한 소리냐?”

“아뇨. 조영이가 똥 싸고 있다고요. 어린놈이 냄새 겁나게 풍기네요. 헤헤.”

“야, 이 분위기에 꼭 해야 할 말이냐?”

한참 감동 먹고 있었는데…….

눈치라고는 정말 국물에 밥 말아먹은 놈이었다.

“에라이, 이 화상아!”

열 받은 진추목은 손에 잡힌 목침을 냅다 집어던졌다.

따악!

목침은 삼덕의 머리를 정확히 강타했다.

"악! 대가리야."

삼덕은 머리를 감싸 쥐며 데굴데굴 굴렀다.

진추목은 뒈지든 말든 삼덕을 향해 경고를 날렸다.

"조영이? 내 손자가 네 친구냐? 앞으로 도련님으로 깍듯이 모셔. 알았어?"

"왜 다들 나한테만 그러세요. 정말. 흑."

"가서 풍덕이 기저귀나 가져와. 확 봉급 깎아버리기 전에."

"네."

＊　　　＊　　　＊

금보당의 내원.

내원 한쪽에 자리한 화원(花院)에 한 소년의 모습이 보인다.

성글게 묶은 말총머리가 햇빛에 반짝이는.

그보다 반짝이는 미소를 지닌 소년.

이재에 밝아 여덟 살 어린 나이에 소신산(小神算)이라는 칭호를 얻은 진조영이다.

조영은 두꺼비 상(像)인 조부와는 달리 서글서글한 눈매에 잘생긴 외모를 지녔다.

출생의 비밀을 모르는 세인들은 외탁한 탓이라고 했다.

진추목은 손자에게 늘 사채꾼 되기엔 영 글러먹은 얼굴이라 투덜댔다. 미운 털이 박혀서가 아니라 그만큼 잘생겼다는 뜻이었다.

하여간 그런 과분한 외모 때문에 전포를 찾아온 자들이 종종 조영을 허투루 대하기도 했는데, 그럴 땐 돈도 못 빌리고 쫓겨나는 낭패를 당하기 일쑤였다.

외모와는 달리 그의 냉정함은 진추목에 버금가기 때문이었다.

세월은 유수같이 흘러 조영은 어언 열두 살이 되었다.

내원은 약간 내성적인 성격의 손자를 위해 진추목이 마련해준 공간으로, 출입에 제한까지 있어 완전히 조영만의 세상인 곳이다.

조영은 연못가에 핀 용설란(龍舌蘭) 사이에서 무언가를 찾고 있었다.

"여기 있었냐!"

조영은 용의 혓바닥처럼 생긴 난초의 잎을 젖히더니 무언가를 엄지와 식지로 조심스레 집어 들었다.

햇빛 아래에 드러난 것은 작은 거미였다.

몸통에 노란 띠를 두른 금선지주(金線蜘蛛).

한번 물면 코끼리도 일 각 이내에 절명에 이르게 만드는 무서운 놈이다. 그 사실을 모르는 듯, 조영은 맹독을 지닌 거미를 마치 노리개처럼 손바닥에 올려놓았다.

보기에도 위험천만한 일.

"이 녀석이. 도망가?"

그러나 조영은 금선지주에게 핀잔을 주었다.

"넌 햇빛 아래에서는 잘 안 보이니 앞으론 도망가지 마. 알았어!"

그때였다.

"아얏."

조영의 미간이 살짝 찌푸려졌다. 손가락에는 녀석의 이빨자국이 선명하게 생겼고, 상처에서는 선홍빛 피도 약간 흘렀다.

혈맥을 타고 들어간 맹독이 신경을 마비시켜 절명에 이르게 하는 시간은 불과 몇 초. 그러나 조영은 아무렇지도 않게 손가락에 묻은 피를 입술로 빨았다.

"이 녀석이, 또 몹쓸 짓을."

그저 놀라울 뿐이다.

조영은 금선지주가 문 것을 그저 몹쓸 짓이라 했다. 맹독에 내성이라도 있는 모양인지 놀랍게도 조영의 몸에는 아무런 변화도 일어나지 않았다.

오히려 조영은 금선지주를 손바닥에 올려놓고 나무랐다.

"넌 너무 장난이 심하거든? 그러니 주머니 속에 들어가 있는 것이 좋겠다."

그리고 그 미물을 호주머니에 집어넣었다.

그때, 수려한 외모의 여인이 별원으로 들어왔다.

"도련님. 또 여기 나와 계셨어요?"

나이는 열아홉. 비록 가솔이긴 하나 엄연히 조영의 선생인 교복(敎僕) 설리다.

조영의 표정이 단박에 밝아졌다.

"어, 누나. 언제 왔어?"

"자꾸 꽃밭만 가꾸고 있으면 어떻게 해요."

"이게 얼마짜리 꽃밭인데."

"아무리 돈 버는 일이라 해도 남아는 이런 거 하시면 안 된다고 했잖아요."

"그런 게 어디 있어? 돈 생기는 일이면 뭐라두 해야지. 그냥 놀아? 잘 봐봐. 이건 내공을 증진시켜 주는 만년하수오이고, 이건 내상치료 약재로 쓰이는 천년설삼인데, 둘 다 양식에 성공하면 완전 대박이라니까. 그러니까 이건 꽃밭이 아니라 돈밭이란 말이야."

하아…… 만년하수오와 천년설삼 같은 영초들을 양식할 생각을 하다니.

어쩌면 당주님을 이리 빼닮았을까.

설리는 어이없는 표정으로 서 있다가 곧 조영의 옆에 앉아 다정하게 물었다.

"요새 서원에 가지 않았다면서요?"

"응. 재미없어서."

"아이들이 돈 벌레의 손자라고 놀린다는 애길 들었어요. 그리고 돈까지 뺏긴다면서요? 솔직하게 말해 봐요."

조영의 미간에 천(川) 자가 그려졌다.

"남자 체면이 있지. 쪽팔리게 그런 말을 대놓고 해?"

설리가 조영의 코앞에 주먹을 쥐어 보이며 말했다.

그녀의 표정에는 장난기 어린 웃음이 가득했다.

"제가 가서 혼내줄까요?"

조영은 시큰둥하여 말했다.

"됐어. 그게 더 쪽팔려."

"걔들이 무서워요?"

자존심이 상한 듯 조영은 과민하게 반응했다.

"무서운 게 아니라 정말 재수 없어서 그래. 그리고 새로 온 젊은 학사가 누나보다 아는 것도 없으면서 매일 잘난 척만 하잖아. 그리고 누나한테 다 배운 것들인데, 또 들어서 뭐 하냐고."

그러나 설리에게는 통하지 않는다.

"자! 그만 일어서세요."

설리는 두툼한 책보를 조영에게 내밀었다.

"청운서원이 어떤 곳인데요. 내로라하는 집안의 자제들이 다 다니잖아요. 거기는 공부보다는 인맥을 넓히러 가는 거예요. 그러니 어서 다녀오세요. 당주님께서 아시면 불호령이 떨어질 테니까요. 네?"

서원에 가는 건 정말 내키지 않았다.

용문(龍門)에서 여덟 살이 되기 전, 이미 사서삼경에 무경칠서까지 통독하였으니, 사실 지금의 공부는 별 의미가 없었다.

그런 서원에 나가 무의미하게 시간을 보내는 것이 싫었고, 특히 애들이 돈 벌레의 자식이라 놀리는 게 너무 싫었다.

그러나 친누나처럼 자신을 돌봐준 설리의 말을 좌시할 수도 없는 일.

"새로 온 학사가 짜증난다니까."

설리가 용기를 북돋워주었다.

"도련님이 그 학사의 기를 한번 꺾어주면 되죠."

"정말…… 그래 볼까?"

"확 질러버리세요."

결심한 듯, 조영은 머리를 힘차게 끄덕였다.

"좋아. 알았어."

"제가 따라갈까요?"

조영은 책보를 가로채듯 낚아채고는 퉁명스럽게 대답했다.

"에이, 됐어. 내가 찌질이야?"

그리고 책보에서 종이 몇 장을 꺼내 설리에게 주었다.

"이거나 내 금고 속에 넣어줘."

"이게 뭔데요?"

놀랍게도 그건 차용증이었다.

그것도 전포에서 사용하는 법적효력이 있는 정식 문서였다. 설리가 깜짝 놀라 물었다.

"돈 뺏는 애들한테 이걸 받아놓으셨어요?"

"내가 호구야? 그냥 뺏기게? 이거라도 받아놔야지. 짜식들!

지금은 아무것도 모르니까 재미로 막 써주지만. 쳇, 두고 보라
지. 나중에 크게 후회하게 될 테니까."
"하아……."
설리는 넋 나간 표정으로 조영을 바라보았다.
"표정이 왜 그래?"
"아뇨. 딱 당주님 손자시라서."
"금방 다녀올 테니까. 만두나 만들어 놔."
설리는 예쁜 눈웃음으로 대답했다.
"네. 알았어요."

*　　　*　　　*

조영을 서원에 보내고 처소를 치우는 것은 그녀의 일과.
내원에서 돌아온 설리는 먼저 조영의 침상과 옷가지를 치우
고, 서탁에 어지러이 놓인 책들을 정리했다.
밤새 조영이 읽은 것들이었다.
그중 못 보던 책 하나가 눈에 띄었다.
〈진산기(眞算記)〉
산법 중에서도 가장 어렵다는 책이 아닌가.
"우리 도련님이 벌써 이런 책을 읽으시나?"
하루도 거르지 않고 해온 일과지만, 설리에게는 조영의 처
소를 정리하는 시간이 제일 행복했다.

"호호, 정말 상계에 동량이 되시려나?"

처소를 정리하고 막 욕실을 청소하려던 찰나였다.

"크흠."

헛기침으로 기척을 알리고 안으로 들어서는 자는 당주 진추목이었다. 손을 멈추고 서서 설리는 다소곳이 머리를 숙였다.

"나오셨는지요."

"영이는 서원에 보냈니?"

"예."

진추목은 의자에 앉아 손자의 처소를 둘러보았다.

곳곳에 설리의 손길이 닿아 어디 하나 흐트러진 곳이 없다.

"요즘 맞고 다닌다며? 돈도 뺏기고."

"예. 아무래도 무공을 모르니."

"에잉…… 쩝."

못마땅해하는 진추목에게 설리가 조심스럽게 의견을 제시했다.

"청운서원에 다니는 아이들은 죄다 명문세가의 자제들이라 무공은 기본입니다. 그러니 도련님이 고생을 하실 수밖에요."

"무공을 가르치자는 얘기냐?"

"예."

왜 아닐까.

그 심정은 설리보다 더하면 더했지 못하지는 않았다.

그러나 진추목은 씁쓸히 입맛을 다실 뿐이다.

"쩝. 나도 그랬으면 좋겠다만, 무공을 가르치지 못하는 피치 못할 사정이 있다."

"무슨 사정인지 여쭈어도 될는지요."

"체질이 그래. 무공을 배워서는 안 되거든."

"아쉽네요. 그러나 당주님의 재능을 이어받는 듯하니 큰 걱정은 안 하셔도 될 듯해요."

자신을 닮았다는 말에 진추목은 급격히 관심을 보였다.

"그래? 왜?"

"글쎄. 이거 좀 보세요."

설리가 보여준 것은 아까 조영이 맡긴 차용증이었다.

거기에는 오대세가의 자제들 이름은 물론이요, 고관대작에서부터 돈푼깨나 있다는 집 자식들의 이름까지 적혀 있었다.

"돈 뺏기고 다닌다고 그간 걱정하셨죠? 그냥 뺏긴 게 아니고요. 괴롭힘을 당하면서도 이런 걸 다 받아놓으셨더라고요."

진추목은 턱수염을 쓸어내리며 차용증을 찬찬히 훑어보았다.

"호오, 비록 몇 푼 안 되는 돈이지만, 이게 복리이자로 계산되면, 나중에는 상당히 큰돈일 텐데. 이 녀석, 아직 어려서 똥오줌 못 가릴 때, 그놈들의 코를 꿰어놓을 심산이 아니더냐."

"소녀의 생각도 그런 듯해요."

진추목은 아주 흡족하여 파안대소를 터뜨렸다.

"으하하하! 과연 내 손자야."

뚝.

진추목이 갑자기 웃음을 그치며 설리를 뚫어지듯 쳐다보았
다.

그의 의중을 파악한 설리가 얼굴을 붉혔다.

진추목이 설리의 눈치를 살피다 은근슬쩍 물었다.

"아직이냐?"

설리가 고개를 떨어뜨렸다.

"예."

"그것 참, 이상하네. 사내새끼가 열두 살이면, 불끈불끈할
나이인데. 이놈이 여자는 도통 관심이 없나?"

설리의 목소리가 잦아들었다.

"소녀가 여자로서의 매력이 떨어지나 봅니다."

"같이 목욕도 해봤어?"

"예."

"동침도 해봤고?"

"예. 그리도 해봤는데, 소녀의 옷고름도 건드리질 않던 걸요."

사실 속상한 건 설리였다.

스스로 여자로서 매력이 없다는 생각을 지니고 있었기 때문
이었다.

진추목은 땅이 꺼져라 한숨을 내쉬었다.

"휴우, 이놈이 고잔가?"

그러자 설리가 뺨에 홍조를 띠며 손사래를 쳤다.

"아닙니다. 도련님이 그럴 리가요."

"그럼, 왜 그래. 너처럼 예쁜 아이를 두고."

"아무래도 소녀가 서툴러서 그런 모양입니다. 잠자리 시중에 뛰어난 기녀라도 부르심이 좋을 듯……."

진추목이 고개를 저었다.

"에이, 그런 애들은 싼 티 나지 않냐. 그 까다로운 놈이 그런 잡것들을 쳐다보기나 하겠냐? 시녀도 방에 못 들어오게 하는데, 너 아니면 어림 반 푼 어치도 없지."

"……죄송해요."

"어쩌랴. 네 잘못도 아닌걸, 뭐."

"……."

"참, 네 신세도 박복하구나. 문장가의 여식으로 태어나 어쩌다 이런 신세가 되었는지. 내가 오히려 미안하다."

설리는 세가의 부정부패를 비판하는 글을 썼다가 투옥된 하급관리 설윤도의 여식이었다. 아비는 삭탈관직 당하고, 본인은 관비로 팔려갈 운명이었으나, 이를 가엾이 여긴 진추목이 몸값을 지불하고 데려왔던 것.

"아닙니다. 당주님 덕에 아버님도 옥사에서 풀려나시고, 소녀가 집안을 건사하질 않습니까. 그 은혜는 죽어도 다 갚지 못할 것입니다."

"무슨 그런 말을. 조영이 놈이 특이한 체질만 아니면, 의남매라도 맺어줬을 텐데."

“특이한 체질이요?”

진추목은 잠시 회상에 잠겼다가 속내를 털어놓았다.

“네게 못할 말이 뭐 있겠느냐. 처음 하는 얘기다만. 사실 조영이는 극독에 중독되어 있다. 그게 그놈의 운명이었는지…… 젖먹이 때, 내 품에 안겼을 때부터 그랬었어. 정각의 말이 양열지기가 강한 독이라 정순한 음기로 다스려 그 성질을 가라앉혀야 한다더구나. 그래서 널 곁에 둔 것이었다.”

정각의 말에 의하면, 봉인을 풀 수 있는 때가 열다섯이라 했던가?

지금부터 삼 년, 그때까지는 잘 버텨야 할 텐데.

“허나 안 되는 걸 어찌 하겠냐. 지금껏 잘 버틴 것도 다 네 덕이라 생각한다.”

“……”

말을 하고 나니 좀 민망하긴 했다.

아무리 노비라 할지라도 다 큰 처자를 손자와 억지로 합방을 시키려 하다니……. 어른스럽지 못한 점이 양심에 걸렸던 것이다.

진추목은 설리에게 변명 아닌 변명을 했다.

“허허. 할아비란 본디 그런 맘이 있다. 사실 할 말은 아니다만, 네가 이해하렴.”

“잘 알고 있습니다.”

“그래. 나는 이제 전포에 나가보련다.”

"예. 당주님."

진추목은 방을 나가며 의미심장한 미소를 지었다.

"그나저나 그 차용증, 나중에는 짭짤하겠는걸? 허허."

서원에 간 조영이 하루 종일 눈에 밟혔다.

극독에 중독된 몸이라니.

설리로서는 충격이 아닐 수 없다.

글을 가르쳤고, 동생처럼 대하고는 있지만, 실상은 몸종일 뿐, 조영은 엄연히 자신의 주인이 아닌가.

'영이의 몸이 상하면 어떻게 하지?'

가슴이 졸여지고 조바심마저 일었다.

설리는 다짐했다.

조영을 위해서라면 무슨 일이라도 해야 하지 않겠는가.

'아, 맞아.'

일순, 좋은 생각이 떠올랐다.

색향인 소관의 기녀들 사이에서는 비급처럼 소문난 책이 있다고 하는데, 언젠가 시비들이 은밀히 하는 소리를 들은 적이 있었던 것이다.

'옥문비서(玉門秘傳)'라던가?

제목도 참 얄궂지.

설리는 시비를 시켜 그 책을 구해보라고 했다. 시비는 오전이 가기도 전에 그 책을 가져왔다.

설리는 문을 걸어 잠그고 찬찬히 훑어보았다.

첫 장을 넘기자마자 얼굴이 화끈거렸다.

사내를 유혹하는 수단이나 합궁 시에 운우지락을 더해주는 묘법들이 책 전체에 걸쳐 적혀 있었기 때문이다.

거기에 중간에는 춘화까지 그려 넣은 친절함이란.

"하아, 이게 뭐람."

설리는 이마를 짚으며 한숨을 토했다.

그 묘사가 너무도 상세하여 얼굴이 달아오르고 손까지 떨려서다. 당장 덮고 싶었지만, 조영을 생각하면 그럴 수가 없었다.

"아냐, 흔들리면 안 돼."

설리는 마음을 굳게 다잡고 붓을 들어 합궁묘법 대목에 밑줄을 좍좍 그었다.

"꼭, 해내고 말 거야!"

＊　　　　＊　　　　＊

청운서원(靑雲書院).

광동성 최고의 서원으로 많은 인재를 배출한 사학의 명문이다. 따라서 고관대작이나 명문세가, 또는 부호의 자제들만 다닐 수 있었다.

강원(講院)에서는 오늘도 수업이 한창 진행 중이다.

선생은 새로 부임한 젊은 학사로 닳아빠진 빗자루처럼 자만

심이 가득한 자였다. 뒤편에 앉은 조영은 햇볕 아래 졸면서 그의 수업을 듣는 둥 마는 둥 하였다.

젊은 학사가 학동들에게 물었다.

"봄날에 얼음을 밟고 연못을 지나가면 어찌 되겠느냐?"

박빙여리(薄氷如履).

시경 '소아편(小雅篇)'에 나오는 한 구절을 묻는 것이다.

그가 마음에 안 드는 조영은 수업 내내 시큰둥하다.

'어쩌긴 물에 빠져 뒈지지.'

답을 아는 학동이 손을 번쩍 들고 소리쳤다.

"얼음이 깨져 연못에 빠질 위험이 있습니다!"

"옳지. 여기서 무엇을 배울 수 있느냐?"

"항상 조심하라는 의미입니다."

놀고 있네. 그걸 꼭 밟아봐야 아나?

"세상은 그토록 위험한 것이니 처세에 늘 조심하라는 가르침을 주고 있다. 알겠느냐?"

"예. 명심하겠습니다."

수업을 계속 진행하려던 젊은 학사가 의아한 표정으로 한 소녀를 쳐다보았다. 소녀가 이해가 안 되는 표정을 짓고 있기 때문이었다.

젊은 학사가 그 소녀에게 물었다.

"표정이 왜 그러느냐. 너는 이해가 가질 않느냐?"

소녀가 머뭇거리며 솔직히 대답했다.

"예. 소녀는 잘 이해하지 못했습니다."

"뭐야. 이걸 이해 못해?"

젊은 학사가 살짝 짜증을 냈다.

자신이 이렇게 잘 가르치는데 왜 모르느냐는 식의 태도였다. 바로 저런 식의 태도가 조영을 짜증나게 했던 것.

"이름이 무엇이냐?"

"단초린입니다."

"망해버린 대리 단씨는 아닐 테고."

"……."

젊은 학사는 소녀에게 아무렇지도 않게 모욕을 주었다.

"보통 얼굴 예쁜 것들이 머릿속이 텅 비었지. 꼴을 보니 공부에는 뜻이 없고, 크면 열심히 분칠이나 하고 다니겠구나."

"하하하."

젊은 학사의 말에 학동들이 웃음을 터뜨렸다.

조롱과 무시가 섞인 웃음이었다. 소녀는 얼굴을 붉혔으나 반듯한 자세를 잃지 않았다.

"모르니까 배우러 온 것이지, 알면 왜 비싼 돈 내면서 배우러 오겠습니까."

반박이 날아온 건 오히려 뒤쪽이었다.

모두의 시선이 뒤쪽으로 쏠렸다.

그 말을 한 건 조영이었다.

"도련님이 그 학사의 기를 한번 꺾어주면 되죠."
"알았어."

설리와 나누었던 애기가 떠올랐다.

마침 벼르고 있던 차에 걸려든 것이다.

큰 목소리는 아니었으나 조영은 또박또박 자신의 생각을 밝혔다.

"학생이 모르는 것은 잘못이 아닙니다. 몰라서 배우러 온 것은 더욱 잘못이 아닙니다."

"이렇게 쉬운 문장도 몰라서 핀잔을 준 것이다."

"저 애에게는 어려울 수 있습니다."

젊은 학사가 어이가 없다는 듯 조영에게 물었다.

"이 문장에서 어떤 부분이 어렵단 말이냐."

조영이 답했다.

"얼음(氷)이란 단어가 어려웠지 않을까요?"

"얼음이란 단어가 어려워? 하하하. 별 시답잖은 소리 다 들어 보겠다."

"하하하."

이번에도 젊은 학사와 학동들이 다 같이 웃었다.

문장의 의미를 이해하지 못할 수는 있어도 어떻게 얼음이란 단어가 어렵단 말인가.

허나 조영의 말은 그들의 웃음을 그치게 했다.

"옛 대리국은 기후가 따뜻하여 일 년 내내 눈도 오지 않고 얼음도 얼지 않는 곳입니다. 때문에 한 번도 보지 않은 얼음이 무엇인지 모르는 것은 당연한 것입니다. 이는 북해빙궁에 사는 아이가 남방에 서식하는 용설란을 보지 못한 이치와 같습니다. 학사님의 의도가 세상의 위험함을 가르치려 하신 거라면, 저 아이에게는 이렇게 물으셔야 했습니다."

조영이 단초린을 보며 물었다.

"늪 속을 맨발로 들어가는 것과 같은 말이야. 무슨 뜻인지 알지?"

단초린이 고개를 끄덕였다.

"응. 위험하다는 뜻이야."

"그게 왜 위험하지?"

"독사와 독충들이 많아서."

조영이 학사를 돌아보며 물었다.

"운남 땅에는 독사와 독충의 종류도 수백 가지나 됩니다. 이 아이가 얼음의 위험함은 잘 몰라도 독사와 독충의 위험함은 잘 알 것입니다. 학사님은 이 아이가 아는 만큼 독물에 대해 잘 아십니까?"

젊은 학사가 버럭 화를 냈다.

"내가 그런 독물들의 종류까지 다 알아야 하느냐!"

조영은 그를 몰아붙였다.

"아십니까, 모르십니까."

“모른다.”

“그럼, 학사님도 바보소리를 들어야 맞습니다. 허나 아니질 않습니까. 제가 드리고 싶은 말씀은, 가르침을 받고도 모르는 것이 바보지, 몰라서 배우러 온 것이 바보는 아니란 점입니다. 그래서 비싼 학비 내며 서원에 다니는 거겠죠.”

조영의 논리 정연함은 젊은 학사의 입을 다물게 만들었다.

“…….”

그러자 한 소년이 자리를 박차고 일어섰다.

오대세가 신룡문(新龍門)의 장자 추보성으로 평소에도 악동짓을 서슴지 않는 녀석이었다.

“돈 벌레 영감의 자식새끼 주제에 감히 학사님한테 대들어?”

퍽.

추보성의 발길질이 가슴팍에 꽂혔다.

“욱.”

조영은 바닥에 나뒹굴고 말았다.

“하여간 천박한 것들은 어딜 가도 티가 난다니까.”

퍽. 퍽.

추보성은 쓰러진 조영을 마구 밟아댔다.

놈의 더러운 성격을 아는 아이들은 꼼짝도 하지 않았고, 하물며 말려야 할 젊은 학사까지 놈의 행동을 방관했다.

조영은 몸을 바싹 움츠리고 이를 악물었다.

‘그래. 밟아라. 지금은 얼마든지 맞아줄 수 있다. 허나 그간에

빼앗어간 은화 열 냥이 얼마가 되는지, 훗날 확실히 보여주마.'

그때였다.

"당장 그만 두지 못할까!"

나이 지긋한 장년인이 호통을 치며 강원으로 들어섰는데, 그는 청운서원의 대학사인 주운봉이었다.

추보성이 재빨리 제자리로 돌아갔다.

큰 스승의 등장에 어수선했던 강원이 조용해지자 주운봉이 젊은 학사에게 말했다.

"그 아이의 말이 틀리지 않았다."

"……."

"가르침이란 내가 아는 것이 많음을 뽐내는 것이 아니다. 또 어린 제자들에게는 가장 쉽게 설명해 주는 것이 스승의 도리다. 너는 들어가 자성토록 하여라."

"예."

핀잔을 들은 젊은 학사는 서둘러 강원을 빠져 나갔고, 주운봉이 그를 대신하여 책장을 덮었다.

"오늘은 이만 하자. 내일은 이와 같은 의미의 구절을 논어에서 찾아 공부할 것이다. 모두들 집에서 예습을 해오너라."

"예. 스승님."

학동들은 힘찬 대답을 마치자마자 강원을 뛰쳐나갔다.

주운봉은 그 모습을 흐뭇하게 지켜보다가 책보를 챙기는 조영에게 엄명했다.

"너는 목침에 올라가 종아리를 걷어라."

조영은 책보를 내려놓고 군말 없이 목침 위로 올라갔다.

"예."

"회초리 열 대를 칠 것이다. 이의 있으면 말해라."

"없습니다."

딱.

주운봉은 한 대를 내려칠 때마다 질책을 했고,

"너는 세상 넓은 줄 모르는 우물 안의 개구리다."

조영은 한 대를 맞을 때마다 반론을 펼쳤다.

"한 우물만 파면, 굶어 죽지는 않습니다."

딱.

"비가 오면, 어디로 피할 것이냐."

"할아버지께 비가 내리지 않는 하늘은 없다고 배웠습니다."

주거니 받거니 열 대를 내려치자, 조영의 종아리에는 핏자국이 선명하게 올라왔다.

훈육을 끝낸 주운봉이 물었다.

"아프냐?"

"예."

주운봉이 그제야 매를 놓으며 물었다.

"왜 내게는 따지지 않느냐."

"따질 게 없어서요."

"아까는 잘도 따지더니."

"학사님의 가르침에서는 그릇됨이 보였으나 스승님의 회초리에서는 그릇됨을 보지 못해서입니다."

"혹시 아이들에게 내준 숙제의 답을 아느냐?"

"예."

"대답해 보아라."

"박빙여리(薄氷如履)의 가르침은 논어 태백편(太伯篇) 증자의 고사에도 나옵니다."

주운봉은 고개를 주억거렸다,

"잘 맞췄다. 나는 학당에서 주먹을 휘두른 보성이를 그냥 보냈다. 왜 그랬는지 아느냐?"

"모르겠습니다."

"회초리가 아까워서였느니라. 뜻을 알아들을 터."

"예."

"가 보아라."

조영은 책보를 챙겨들며 허리를 꾸벅 숙였다.

"또 뵙겠습니다."

"오냐."

조영이 강원을 나선 후, 주운봉은 입가에 은근한 미소를 떠올렸다.

'개구리도 한 우물만 파면, 굶어죽지는 않아? 박학다식이 현실적이지 못함을 지적하는 게 아닌가. 허허. 과연 진 당주의 손자다운 발상이로다.'

　　　　　*　　　　*　　　　*

　조영은 아이들보다 조금 늦게 서원을 나섰다.

　다른 아이들은 삼삼오오 짝을 지어 가지만, 조영은 늘 혼자였다. 고관대작의 자제들이라 전주(錢主)의 손자인 조영을 가까이 하지 않기 때문.

　'쳇, 설리 누나 때문이야. 가기 싫다니까. 그래도 무지하게 통쾌하다.'

　터덜터덜.

　정문을 나서 돌담을 따라 걷고 있을 때였다.

　탁. 탁. 탁.

　급히 쫓아오는 발자국 소리가 들렸다.

　누군가 싶어 돌아보니 말총머리의 단초린이 숨을 헐떡이고 있었다.

　"헉헉…… 불러도 대답 안 해서."

　조영은 머리를 긁적였다.

　"미안. 못 들었어. 근데 아직 안 갔어?"

　"응."

　"왜?"

　단초린이 거친 숨을 고른 후에 말했다.

　"저기…… 나 때문에 미안해. 회초리까지 맞게 해서."

　조영은 고개를 저었다.

"괜찮아. 네 잘못도 아닌데 뭘."

"아팠지?"

"아니, 사실은, 조금."

"풋."

단초린이 눈두덩에 든 멍을 보더니 웃음을 터트렸다.

이게 누구 때문인데.

"웃기냐?"

"아니, 미안. 나, 영흥로 구경시켜 주면 안 돼?"

영흥로는 소관에서 가장 번화한 상가거리다.

단초린은 특히 예쁜 장신구들이 많은 서역상점에 가고 싶어 했다. 그러나 썩 내키지 않다. 영흥로에는 할아버지의 전포(錢浦)가 있기 때문.

조영은 또다시 머리를 긁적였다.

'싫은데⋯⋯.'

조영은 전포에 나가는 게 싫었다.

사채업자인 할아버지가 창피해서가 아니었다. 사람들이 할아버지를 돈 벌레라 부르는 게 싫어서였다. 정말 납득이 안 갔다. 사람들은 왜 앞에서는 굽실대면서, 뒤에서는 손가락질을 할까.

돈 벌레의 손자.

얼굴이 아니라 가슴에 새겨야 하는 화인(火印).

"싫으면 할 수 없고. 운남에서 왔는데, 곧 돌아가야 하거든.

괜찮아. 조르지는 않을게.”

“돌아가?”

“응. 집안에 중요한 일이 있어서.”

“그러지, 뭐.”

할 수 없이 승낙하자, 단초린은 두발을 모아 콩콩 뛰었다.

“와, 신난다.”

그렇게 좋은가?

“언제?”

“며칠 있다가 봐서.”

그때였다.

추보성이 비아냥거리며 둘에게 다가왔다.

“큭큭. 니들 사귀냐? 하여간 천한 것들한테는 아직 낭만이 남아 있어. 응?”

놈의 옆에는 똘마니 마철과 방기가 건들댔다.

“둘이 관제묘에 가서 음탕한 짓이라도 하기로 약속한 거야?”

조영은 굳은 표정으로 부인했다.

“그런 거 아닌데?”

추보성이 화제를 돌리며 손을 벌렸다.

“뭐, 그건 알아서 하고. 오늘도 내가 돈이 좀 필요하거든?”

“얼마나?”

“은화 한 냥.”

"알았어. 차용증이나 써줘."

"아유, 그럼. 써주지."

은화 한 냥을 건네받고 차용증을 써주던 추보성이 물었다.

못 보던 조항이 들어가 있기 때문이었다.

대출담보 : 신룡문 소유의 염전.

"이게 뭐냐? 염전을 담보로 잡겠다는 거냐?"

"나도 뭔가 구실이 있어야 하잖아. 그래야 집에서 돈을 타오지."

"하하. 알았어. 이런 쓰레기라면, 얼마든지 써줄게. 돈 좀 많이 가지고 다녀라."

조영은 속으로 웃었다.

'쓰레기일지는 두고 보면 안다.'

*　　　*　　　*

추보성에게 맞은 얼굴은 푸르뎅뎅하고, 주운봉에게 맞은 종아리는 벌겋게 부어올랐다.

조영의 꼬락서니를 본 설리는 단단히 화가 났다.

"이렇게 매질을 하다니. 내일 당장 쫓아가서 따져야겠어요. 대체 왜 이런 거래요?"

"누나가 시켜놓고선."

"아, 죄송해요. 저 때문에."

"그래도 속이 뻥 뚫리는 기분이었어. 그 학사의 똥 씹은 표정을 누나가 봤어야 했는데. 하하."

설리가 양손으로 조영의 멍든 얼굴을 감싸 쥐었다.

"안 아파요?"

"괜찮아. 나야 워낙 피멍이 잘 빠지는 체질이잖아."

"하긴……."

정말 그랬다.

조영은 어렸을 때부터 회복력이 좋았다. 넘어져 깨지거나 나뭇가지에 쓸린 상처도 하룻저녁이면 아물었고, 맞아서 든 피멍도 반나절이면 붓기와 함께 빠졌다.

'그게 당주님이 말씀하신 독 기운 때문이었나?'

타박상에 좋은 약을 다 발라준 다음, 설리가 말했다.

"자, 이제 목욕할 시간이에요."

"벌써?"

"당주님이 탕제를 보내셨어요. 목욕 후에 그걸 드신 다음, 오늘은 일찍 주무셔야 해요."

"안 아픈데."

"보약이래요. 꼭 드셔야 해요."

"그리고 사업계획도 짜야 한단 말이야."

"무슨 사업이요? 영초들 양식하는 거 말고. 또요?"

친구의 양계농장에 들렀다가 문득 떠오른 것이 있었다.

　양계농장에서 체계적인 훈련을 받은 전서구를 대량생산하는 구상이었다. 지금은 전서구를 문파나 세가들이 주로 이용하지만, 일반인들까지 이용하면, 그 수요가 얼마인가. 조영의 생각에 이것은 돈을 갈퀴로 긁는 사업이었다.

　설명하자면 길어서 말을 끊었다.

"있어. 말하자면, 길어."

어떻게 된 머릿속이 온통 돈 벌 궁리뿐일까.

그러나 오늘 합궁을 작심한 설리는 단호했다.

"오늘은 안 돼요."

"아이, 목욕은 일주일에 한 번만 하면 되는데."

"어서요."

"알았어."

그녀가 단호하게 나오자 조영은 할 수 없이 일어섰다.

　조영이 목욕하러 들어간 후, 설리는 술을 몇 잔 거푸 마셨다. 용기를 얻기 위해서였다. 준비해놓은 춘약을 조영의 술잔에 탔다. 낮에 도움을 준 시비가 찔러준 것이었다.

　"이거 마시면요, 아마 짐승으로 변하실 거예요. 호호."

　"겨우 열두 살이에요."

　"열두 살이면, 이미 사내일 걸요?"

그런가?

아직 어린애로만 보이는 조영인데.

"다 씻었어."

젖은 머리칼을 털며 나오는 모습은 가슴을 뛰게 만들었다.

'정말이네.'

"나도 씻고 나올게요."

"누나도 오늘 여기서 자게?"

"네."

"좋았어. 오늘 내 사업 얘기 좀 들어줘. 정말 기가 막힌 구상이 있거든."

사업 얘기요? 오늘은 아니에요.

"알았으니 그 술을 마시고 기다리세요."

"와, 술까지. 분위기 제대로 잡히는걸?"

설리가 욕실로 들어가며 말했다.

"도련님, 방금 제가 들어가는 문을 불이문이라 이름을 붙였습니다."

불이문(不二門)?

좀 전까지만 해도 아무 생각 없이 드나들었던 욕실 문이었다.

굳이 이름을 붙일 만한 이유라도 생긴 건가?

조영은 천천히 문을 둘러보았다. 흰 천을 두른 것 외에 특별히 달라진 것은 없었다.

왜 이름을 붙였는지 궁금했다.

"그게 무슨 뜻이야?"

설리는 그에 대한 설명을 해주었다.

"불가에선 불이(不二)란 말을 승(僧)과 속(俗)이 둘이 아니며, 세간과 출세간이 둘이 아니며, 중생계와 열반계 역시 둘이 아니란 뜻으로 사용한답니다."

끙, 어렵다.

"와아, 그런 뜻이었어? 욕실 문 이름치고는 무지하게 심오하네."

"허나 소녀는 그런 뜻으로 이름을 지은 것이 아닙니다."

"또 다른 뜻이 있어?"

"예. 소녀가 문으로 들어서면 이 방 안엔 둘은 없다는 뜻으로 지은 것입니다."

즉, 한 몸이 되겠다는 의지였다.

그 말을 하곤 설리는 얼굴을 붉혔다. 허나 조영의 반응이 영 시원치 않다.

"아, 어려워. 대체 뭔 말이야. 둘이 없다면, 한 사람은 어디로 가. 숨어? 숨바꼭질 하자는 거야?"

설리의 눈초리가 살짝 올라갔다.

"기다려 주세요."

"알았어. 책이나 보고 있을게."

목욕을 마치고 나온 설리는 단 위에 세워진 촛대에 불을 밝히기 시작했다. 촛불 하나가 커질 때마다 얇은 백삼에 가려져 있던 그녀의 젖가슴이 완연한 굴곡을 드러냈다.

열아홉, 성결한 눈꽃 같은 자태는 사내의 이성을 좌절시키기에 충분했다.

"도련님."

치자나무 열매라면, 금세라도 땅에 떨어져 버릴 것 같은 그녀의 붉은 입술이 움직였다.

"소녀는 오늘 초야(初夜)를 준비했습니다."

"……."

아무런 대답이 없자, 설리는 다시 한 번 불러보았다.

"도련님……."

드르렁. 드르렁.

"혹시 잠든 거예요?"

아니나 다를까, 코고는 소리가 진동을 했다.

조영은 책에 얼굴을 처박고 침까지 흘리고 있었다.

"휴우……."

설리는 낙담하여 의자에 주저앉고 말았다.

"하루 종일 준비했는데 이게 뭐야."

속상한 마음에 설리는 탁자에 놓인 술병을 들었다. 그리고 병째로 벌컥벌컥 마시기 시작했다.

"뭐, 짐승으로 변한다고?"

극독에도 멀쩡한 몸에 춘약 따위가 들을 리 만무하다.

"……."

엎드려 있던 조영이 살짝 실눈을 떴다.

사실 잠든 게 아니라 자는 척했던 것이었다.

'깜짝이야. 누나가 왜 갑자기 들이대지?'

급히 마신 술이 빨리 취하는 법.

이미 설리의 뺨에는 홍조가 많이 올라와 있었다. 평소 주량이 센 편이 아니라 조영은 은근히 걱정이 되었다.

'벌써 다섯 병째인데 괜찮을까?'

왜 아닐까.

곧 우려했던 일이 발생했다.

쿵.

둔탁한 소리를 내며 설리의 이마가 탁자를 들이받았다.

'윽, 아플 텐데.'

"……너, 나빠."

설리는 혀 꼬부라진 소리로 한마디 내뱉고는 그대로 기절하고 말았다.

"아니, 그러게 왜 못 먹는 술을."

조영은 조심스레 그녀를 보듬었다.

그녀의 머리카락에선 치자꽃 향이 났다.

백운산 골짜기에 여름 내내 진동하던 달콤한 치자꽃 향기가.

"햐아. 냄새 좋다."

조영은 설리를 침상에 조심스레 눕혔다.

그리고 분(粉)때 민 흔적조차 없는 설리의 예쁜 민낯을 흐뭇하게 내려다보았다.

"할아버지가 시켰지? 하여간 노인네가 문제야. 누나도 그래. 어차피 나한테 시집올 건데 뭘 그렇게 서둘러?"

제3장

소년, 용심(龍心)을 사로잡다

내원의 뒤뜰.

뚝딱. 뚝딱.

풍덕은 땀을 삘삘 흘리며 닭장을 만들고 있다.

전포 선임 서기 삼덕의 아들로 세 살 어린 조영과는 호형호제하며 자란 사이다. 지금 풍덕이 만드는 것은 닭장 비슷하지만 사실은 구사(鳩舍; 비둘기장)다.

나름 전포 선임 서기의 자식인데 불목하니나 할 법한 일을 하고 있으니 입이 댓발이나 나온 풍덕. 물론 풍덕을 이렇게 막 부리는 자는 당연히 조영이다. 장부나 뒤적이고 있어야 할 서열이 도련님의 부당한(?) 명에 따라 닭장이나 만들고 있는 것이다.

"휴우, 더워라."

풍덕은 이마에 땀을 팔뚝으로 닦으며 책장을 넘겼다.

구사(鳩舍)를 만드는 것은 마릿수에 따라 차이가 있다. 구사의 최소한의 넓이는 2마리의 경우 두 칸, 8마리의 경우 두 칸 반, 15마리의 경우 다섯 칸 정도가 적당하다.

풍덕은 책에 적힌 설명을 읽으며 머리를 끄덕였다.

"모든 것에는 이치가 있어 이것도 공부로구나. 이것도 전서구의 삶과 죽음을 결정하는 일이니 불평을 가져서는 안 될 일이야."

짝짝짝.

그때, 별안간 뒤에서 박수 소리가 들렸다.

"좋아. 아주 좋아. 지금은 그런 투철한 장인 정신이 필요한 시대지. 역시 금보당의 기둥다워. 아마 그 안에서 살 전서구들도 풍덕 형의 진심에 감동을 할 거야."

조영이었다.

그는 아주 흡족한 표정으로 풍덕을 내려다보았다.

"잘 돼가?"

"네가 시켜서 하긴 하는데. 이게 잘하는 짓인지 모르겠다. 도중(都中; 상인조합)에서 보내온 장부를 일주일 내로 정리해서 평시서로 보내야 하는데, 아예 들여다보질 않았거든."

"그 자식들이 왜 형한테 일을 시키는데?"

"당주님께 부탁을 한 모양이야."

"아, 새끼들. 머리가 모자라면 모자란 대로 살지. 귀찮게 굴긴. 머리 나쁜 놈들이 염치까지 없어요."

"……."

조영의 한쪽 미간이 꿈틀거렸다.

"그래서 내가 시킨 일은 하기 싫다 이거야?"

풍덕이 화들짝 놀라며 대답했다.

"그런 게 아니라……."

조영이 낮게 목소리를 깔며 윽박질렀다.

"형, 누구랑 전포 생활 오래해? 참고로 할아버지는 환갑 넘었다."

조영의 성격을 잘 아는 풍덕이 말을 더듬었다.

"당, 당연히 너, 아니 도련님이시죠."

"알면 조용히 비둘기장이나 만들어. 알았지?"

"알았어."

일단은 대답을 먼저 했다.

수틀리면 날벼락이 떨어질 게 분명해서였다.

그래도 의아한 건 의아했다. 대체 왜 전서구를 키우려는 걸까. 궁금한 것은 참지 못하는 풍덕이 조영에게 물었다.

"근데 갑자기 전서구는 왜 키우려는 거야?"

조영은 식지로 풍덕의 머리를 쿡쿡 찌르며 말했다.

"앞으로의 전쟁은 정보전이거든? 그러니 전서구를 장악한 자만이 천하를 호령할 수 있다는 얘기지. 약간 심오한 말씀인데 알아듣겠어?"

전쟁?

"뭐야, 남만해적들이라도 쳐들어 왔어?"

어떻게 이 머리로 전포 일을 보고 있지? 뭔가를 설명하려던 조영은 손사래를 치며 말을 끊었다.

"아유, 백날 떠들어봤자 내 입만 아프지. 어여, 망치질이나 하세요."

"알았어. 헤헤."

대청마루에서는 두 노년인이 대작을 하고 있었다.

왼편에 남색견의를 정갈하게 입은 자는 금보당 당주 진추목이었고, 오른편에 붉은 관복을 입은 자는 평시서(平市署; 물가를 통제하고 상도를 바로잡는 관청)의 수장인 총감 백시현이었다.

육십이 넘어 백발이 성성함에도 불구하고, 두 사람은 아직 꼿꼿한 신모(身貌)를 유지하고 있었다.

쪼르륵.

술병을 기울이자 죽엽청주가 청아한 소리를 내며 떨어졌다. 진추목은 오랜 친구의 술잔을 가득 채워 내밀었다.

"받게."

백시현은 그것을 흐뭇한 표정으로 받았다.

"좋군."

그가 사뭇 진지하게 물었다.

"진 당주, 정말 상단을 만들 생각인가."

"응. 이미 시작하였네. 주강을 중심으로 화운상단이 동쪽을, 중산상단이 서쪽을 점하고 있으니, 북쪽 지역에도 상단 하나 정도는 있는 게 형평에 맞지. 여기 소관을 중심으로 말이야."

"두 상단의 반발이 만만치 않을 텐데."

"그야 당연하지. 지 밥그릇에 손대면 개도 싫어하는데, 하물며 어떤 놈이 좋아하겠나. 어느 정도 출혈은 예상하고 있네."

"조영이 때문인가?"

진추목이 고개를 끄덕였다.

"그래. 그놈 때문이야. 제대로 된 상단 하나 차려서 다시는 돈 벌레의 자식이란 소리는 듣지 않게 해줄 셈이네."

"하긴, 그것이 자네의 꿈이기도 했으니."

"그놈은 해낼 거야."

"그래, 내가 뭘 도와주면 되겠나."

"도중의 황보승에게 일을 진행시켰네. 우선 상단 설립과 관련된 모든 허가를 내주게."

"승산은 있는 싸움인가?"

"머릿속에 그림을 그리고 있으니 나머지는 차차 상의하기로 하세."

"알았네."

백시현이 섬돌 옆에서 기다리고 있던 평시부사 도현량을 불렀다.

"인사드려라."

"도현량입니다."

"나를 보좌하고 있네. 명석한 친구지. 한 가지 흠이라면, 성품이 너무 대쪽 같아 법규에 어긋나는 일은 하질 않네. 뇌물 같은 건 씨알도 안 먹힌다는 얘기야."

진추목이 이마를 치며 엄살을 부렸다.

"아이고, 큰일 났네. 그런 청백리시라면, 우리 같은 사채꾼들을 싫어하실 텐데."

도현량이 또렷하게 말했다.

"맞습니다. 허나 진 당주님은 비교적 저리의 이자를 놓으시고, 선행을 많이 하셔서 그 평판을 믿고 온 것입니다."

"허허. 그리 말씀해 주시니 고맙구면."

백시현이 도현량 앞에 봉투를 내밀었다.

"이건 진 당주가 주는 낚싯밥이다. 이 안에는 네가 평생 먹고살 돈이 들어 있다. 이 낚싯밥을 물든 안 물든 그건 네가 판단하여라."

"소생에게 시킬 일이 무엇인지요?"

"상단의 허가를 내주는 것이다."

"그런 일이라면, 소생에게 그냥 명하시면 될 일입니다. 굳이 이러실 필요 없습니다."

두 사람의 대화에 진추목이 끼어들었다.

“맞는 말씀이네. 단순히 허가를 얻는 일이라면, 법규에 맞게 서류를 제출하면 그뿐이지.”

“한데요?”

“나는 사람을 사고자 하는 것일세. 백 총감이 평시부사를 천거했고, 나는 저 사람의 안목을 믿고 평시부사를 택한 것이라네.”

도현량이 겸손하게 말했다.

“하하. 하급관리에게 너무 과한 기대를 하셨네요. 그러다 소생의 능력이 못 미쳐 큰 손해라도 보시면 어쩌시려고요.”

진추목은 손사래를 쳤다.

“아닐세. 혹여 사람을 잘못 봤더라도 날리는 건 내 돈인데 뭘 걱정하는가. 좋은 상단 만들어 상계의 판도를 한번 바꿔볼 요량이니 밀어주시게나. 청백리로 독야청청하며 사시겠다면 할 수 없지만.”

도현량이 웃음을 머금었다.

“하하. 그렇게 융통성이 없는 놈은 아닙니다. 저도 돈 좋아합니다.”

“그것 참 바람직한데?”

“다만, 진정한 거상(巨商)을 만나 보지 못해서 그러는 것입니다. 저를 사시려면, 제 마음을 움직여 보시지요.”

진추목이 한숨을 내쉬며 생각에 잠겼다.

“허어, 청백리의 마음을 어찌 움직일꼬.”

그때, 대화가 잠시 중단되었다.

대청 앞을 지나가던 조영이 눈에 띈 것이다. 반가운 마음에 백시현이 조영을 불렀다.

"조영이 아니냐."

"어?"

그를 발견한 조영이 얼굴을 활짝 펴고 달려와 정중히 허리를 숙였다.

"안녕하셨어요. 총감어른."

"그래, 잘 있었느냐. 청운서원에 다닌다면서?"

"헤에, 그럭저럭요."

진추목이 혀를 차며 비꼬았다.

"쯧쯧, 돈 뺏기고 얻어맞으면서 다니고 있지."

"저런."

조영은 발끈하여 대꾸했다.

"다 작전이거든요?"

"작전? 별 시답잖은 소리. 후퇴라는 작전은 들어봤어도 매 맞는 작전은 처음 들어봤다."

"치잇, 나도 생각이 있다고요."

백시현이 조영에게 물었다.

"요새 어떻게 지내느냐?"

"사업을 몇 개 구상하고 있어요."

진추목이 무시가 담긴 어조로 말했다.

"사업? 네가 무슨 사업을 하는데?"

"할아버지는 일도 시작하기 전에 천기누설을 해요?"

백시현이 관심을 기울였다.

"들어보고 싶구나. 가능성이 있으면 나도 투자를 해보게."

"전서구 사업이에요."

"전서구 사업?"

"연락용으로 사용하는 전서구 있잖아요. 그게 비싸잖아요. 그래서 문파나 세가에서 주로 쓰는데, 그걸 대량생산해서 서민들한테 싸게 보급하는 거죠. 그걸 꼭 군사용으로만 사용해야 하나요? 연서도 보내는 거죠."

허어, 이런 황당무계한 발상이 있나.

"그걸 어디서 키우고 훈련시키지?"

"친구 집이 양계장을 하다가 망했는데, 그걸 싸게 인수하려고요."

"또?"

"영물과 영초들을 양식하는 중이에요. 듣자니 기연을 얻으려고 절벽에서 뛰어내리다가 횡사하는 하류무사들이 많더라고요. 재배에 성공하면, 무공에 재능이 없는 하류무사들에게 희망을 주지 않을까 싶어요. 물론 좀 비싸겠지만."

"다소 엉뚱하지만 상상력은 기발하구나. 그래. 여기 있다. 나는 닷 냥 투자했다."

쩔렁.

백시현이 은화 닷 냥을 내놓자, 조영은 그것을 챙기며 엄지손가락을 추켜들었다.

"역시 총감어른의 안목은 탁월하세요."

"자네도 좀 투자하지. 그래."

백시현이 투자를 권하자 진추목은 펄쩍 뛰었다.

"미쳤어? 말도 되지 않는 일에 피 같은 돈을 패대기치게? 자고로 장사란 시기적절해야 하는 법이야. 너무 뒤쳐져도 너무 앞서가도 안 되지. 쉽게 예를 들어줄까? 화평한 시대에 전쟁이 일어날 것을 대비해서 병장기를 매점매석하는 것은 어리석은 짓이다, 이런 뜻이야. 왜냐면 돈이 묶이거든. 알아듣겠냐?"

백시현이 조영에게 물었다.

"할아버지의 말도 일리가 있는 것 같은데. 너는 어찌 생각하느냐?"

"한마디로 케케묵은 구시대적 발상이죠."

"왜?"

"전쟁이 절로 일어나는 건가요? 누군가 일으키는 거지. 병장기가 재고로 쌓여 있으면, 전쟁을 일으켜서라도 땡처리 해야지, 장사꾼이 놀아?"

조용히 앉아 있던 도현량의 눈이 반짝였다.

이 녀석, 지금의 부패한 상계(商界)를 비웃고 있는 거지?

조영은 양손을 허리에 올리고는 장난기 가득한 얼굴로 조부를 놀렸다.

"아, 할아버지는 옛날 분이라 이해가 좀 어렵겠다."

진추목이 주먹을 쥐며 때리는 시늉을 했다.

"이놈이 할아비 놀리는 게냐?"

"맞아요. 놀리는 거예요."

"손자만 아니면 곤장이야. 이놈아."

"손자인 걸 어떻게 해요. 하하."

"그러게 말이다. 허허."

그때, 옆에서 조영의 얼토당토않은 궤변을 경청하던 도현량이 진추목에게 진중히 양해를 구했다.

"당주님. 죄송하지만, 손자에게 몇 가지 물어봐도 되겠습니까?"

"시험을 해볼 생각이신가?"

"예. 그러합니다. 아이가 총명하여 발상은 뛰어나나 실물 장사는 생각과 크게 다른 법이니까요."

진추목은 흔쾌히 승낙했다.

"그러시게."

도현량이 조영에게 질문을 던졌다.

"평시서 부사로서 한 가지 물어보마. 요즘 시중에서 제일 많이 팔리는 면포가 무엇인지 아느냐?"

그러자 조영이 되물었다.

"부사께서는 무엇이라 생각하시는데요?"

도현량은 순간 멈칫하여 등을 뒤로 물렸다.

질문이 되돌아 올 줄은 예상치 못했던 것이다.

“나?”

“그래요.”

갑자기 벌어진 조영과 도현량의 설전(說戰)이 흥미로운 듯, 진추목과 백시현은 둘을 가만히 지켜보았다.

“나는 면포전의 옥양목이라 생각한다.”

“저는 난전에서 파는 왜광목이라 생각해요.”

사실이었다.

면포전의 옥양목이 최상의 품질이긴 하나 요즘 제일 잘 팔리는 물목은 왜국에서 들어온 광목(廣木)이었다.

이유는 간단했다.

값이 싸기 때문.

도현량도 그 사실을 알고 있었으나, 조영을 시험해 볼 요량으로 모른 척했을 뿐이었다. 그러나 조영이 시전 돌아가는 상황을 정확히 알고 있자, 도현량이 내심 놀라서 물었다.

“어찌 알았지?”

조영은 차분하게 그 이유를 설명하였다.

“장사치들이 종종 금보당에 돈을 빌리러 오곤 하거든요. 할아버지는 그때마다 무엇에 쓸 것인가를 묻습니다. 하면, 그들은 어떤 물품을 사서 장사를 할 것인지 말해 줍니다.”

“흐음……”

“저는 시전에 나가 그것이 과연 장사가 될지를 알아보는데, 요즘은 싼 맛에 사람들이 왜국에서 들어온 광목을 많이 찾더

군요. 말이 필요 없죠. 사람들이 잘 찾는 물건이 곧 돈이 되는
물건 아니겠습니까? 만약 왜국의 광목으로 장사를 하겠다면
저는 선뜻 돈을 빌려줄 겁니다.”

“일리가 있구나. 그들이 장사가 잘되어야 빌려준 돈을 회수
할 테니까.”

“그럼요. 그러나 면포전의 옥양목으로 장사를 하겠다면, 요
즘 같아서는 저는 빌려주지 않습니다.”

“호오, 그래? 그 연유는 무엇이냐?”

“춘궁기에다가 요즘같이 수적이 횡횡하여 어획량이 좋지 않
으면 시중에는 돈이 마르지요. 인지상정이라 먹는 것도 궁한
판국에 값비싼 옥양목을 몸에 두를 엄두가 나겠습니까?”

아무리 좋은 물건이라도 돈이 없으면 사지 않는다는 뜻이다.

“흐음……..”

“물론, 가을걷이를 하거나 수적의 활동이 뜸해져 어획량이
많아 시중에 돈이 풍부해지는 시기에는 그 반대긴 하죠. 하여
간 심중에 이런저런 타당함이 서지 않으면 돈을 빌려주지 않
는 걸 원칙으로 하기든요. 다른 것도 마찬가지라 생각해요. 장
사의 원리는 다 같으니까요. 장부를 보고 돈의 흐름을 읽다 보
면 세상 돌아가는 것이 종종 눈에 보이는데, 그래서 그리 대답
한 거예요.”

조영의 청산유수와 같은 언변과 광동 상계의 흐름을 꿰뚫어
보는 날카로운 시각에 도현량은 연신 경탄을 금치 못했다.

‘……대단한 상재(商材)로구나.’

답변을 들은 도현량이 진추목에게 말했다.

“총감어른의 칭찬이 결코 지나치지 않군요.”

자식 칭찬에 기분 좋지 않을 할아비가 있겠는가.

진추목의 입이 함지박만 하게 벌어졌다.

“으핫핫, 그런가?”

“이제 가 볼게요.”

백시현이 조영을 붙들었다.

“어디 가려고, 좀 있다가 가지.”

“사업자금 만들려고 요즘 밤에 일하거든요.”

“돈이라면 할아비한테 좀 빌리지 그러냐.”

조영이 단박에 눈살을 찌푸려졌다.

“이자가 너무 비싸서 싫어요. 할아버지 돈 쓰면, 앞으로 남
고 뒤로 까져요.”

이런 녀석……. 백시현은 말문을 닫고 말았다.

“……헐.”

마당을 가로질러 가는 조영의 뒷모습을 도현량은 멍하니 바
라보고만 있었다.

“엉뚱한 생각을 할 나이니 괘념치 마라.”

백시현의 말에 도현량은 고개를 저었다.

“엉뚱한 소리만은 아닙니다.”

“그래?”

"한 가지만 더 물어봐야겠습니다."

"……."

조영의 뒤통수에 대고 도현량이 소리쳤다.

"광동의 상계가 발전하려면 우리 평시서에서 해야 할 일이 무엇이라 생각하느냐?"

조영은 돌아보지도 않고 손을 흔들었다.

"금난전권을 폐지시키는 일이죠."

"……!"

"그거 악법이거든요."

금난전권(禁亂廛權)이란 거대 상단에게 부여한 독점적 상업권으로, 난전(亂廛; 불법상점)을 무력으로 단속할 수 있는 권리였다.

조세를 거둬들이기 위해 시행하였으나 영세 상인들의 생계를 위협하여 폐단도 많은 정책.

금난전권의 폐지는 평시서에 들어오며 관리로서 처음으로 품었던 자신의 꿈이 아니었던가. 그걸 열두 살 소년의 입에서 듣다니.

묘한 감정에 휩싸일 수밖에 없는 도현량이었다.

이게 열두 살짜리 머리에서 나온 생각 맞나?

전서구를 키우겠다는 둥, 영물영초를 양식하겠다는 둥, 아까 보여준 엉뚱함과는 달리 지금 보여주는 비범함은 도현량을 다시 한 번 경탄케 했다.

“한 가지만 더 묻자.”

우뚝.

또 질문을 하겠다고 하자, 돌연 걸음을 멈추더니 조영이 되돌아왔다. 그리고 게슴츠레한 눈을 끔벅이며 도현량에게 물었다.

“나이가 몇이세요?”

“스물이다.”

“그럼, 편하게 형이라 부를게요. 형은 누군데, 자꾸 귀찮게 묻는 거예요?”

도현량이 멋쩍은 미소로 답했다.

“나는 잠룡이다.”

그러자, 조영이 갑자기 파안대소를 터뜨렸다.

“푸하하. 잠룡? 자기 입으로 잠룡이래. 이 형, 손발 오그라들게 만드는 재주 있네.”

“……”

“하여간에, 그렇다 치고. 잠룡이면, 뭐야. 그러니까 아직 물속에 잠겨 있는 새끼용이라는 얘기잖아. 그리고 천하에 잠룡이 한둘인가? 그들이 다 승천한다는 보장도 없고 말이야. 형은 뭘 믿고 내 발걸음을 붙잡는 건데요? 일일이 상대하기 귀찮은데 나중에 승천하고서 찾아오시면 안 되겠수?”

도현량은 조영의 다그침을 느긋하게 받아주었다.

“내가 승천하면, 너 같은 꼬맹이를 상대나 해주겠냐?”

그 말에는 조영이 한풀 꺾여 이마를 긁적였다.

“하긴, 그러네. 그러니까 뜨기 전에 서로 간을 보자는 얘기 신가?”

도현량이 맞장구를 쳤다.

“맞아.”

“좋아요. 물어볼 게 뭔데요?”

“남해의 해적과 주강의 수적은 골칫덩이가 아니냐. 그들이 없어지면, 광동의 상계는 규모가 두 배 이상 불어날 것인데, 얼마의 병력이면, 그들을 소탕할 수 있다고 보느냐.”

“날 제갈량으로 착각하시나?”

“설마.”

“그런데 왜?”

“네 입으로 말하지 않았더냐. 간을 보겠다고. 그냥 네 생각을 알고 싶은 것이다.”

조영이 한참을 뜸 들였다.

생각을 밝힐까 말까 망설이는 것으로 보였다. 조영의 대답을 듣고 싶은 건 도현량보다 두 노인네들이 더한 것 같았다. 둘은 목을 빼고 조영의 입만 쳐다보았다.

드디어 조영이 입을 열었다.

“군사 같은 건 증강할 필요 없어요.”

“왜지?”

“군사를 증강시켜 그들을 때려잡으면 뭐 하겠어요. 춘궁기 지나면 해적과 수적은 또 생길 텐데. 그러면 또 출병을 하나

요? 때려잡고, 또 생기고. 이건 악순환만 반복하는 거예요. 정
말 문제를 해결하려면 고리를 끊어야죠."

"계속해 보렴."

"해답은 간단해요. 배고픈 사람들 먹고살게끔 해주면 상황
은 끝이에요. 배 안 고프면 수적질 안 할 테니까. 이치가 그렇
잖아요. 먹을 게 있는데 집 나가서 수적질 하겠어요? 아주 간
단한 건데 관리님들은 그걸 모르는 것 같더라고요. 우리 평시
서 부사 형님은 이해가 되시려나? 이해되면 좀 개념 있는 관
리라고 봐줄 텐데."

"……!"

"이제 가도 되죠? 이제 그만 물어봐요. 나 무지하게 바쁜 몸
이거든요."

도현량은 밝은 미소를 머금었다.

"그래. 또 보자."

"형! 승천하면 찾아와요. 네? 하하."

조영이 대청을 나가자 백시현이 말했다.

"허허, 영흥로 바닥에서 돈놀이나 할 놈은 아니구먼."

"돈 벌레의 자식이란 소릴 제일 싫어하지."

"자칫하면, 저놈이 자네가 평생 모은 재산을 다 들어먹겠는걸?"

"어차피 죽을 때 짊어지고 갈 것도 아닌데, 천하를 한번 흔
들어 보는데 쓰는 것도 괜찮지. 망하면 속은 많이 쓰리겠지만,
그래도 모양은 그럴듯하잖아?"

“허허. 그 할아비에 그 손자일세.”

잠시, 골똘한 생각에 잠겨 있던 도현량이 주탁에 놓인 봉투를 챙겨들었다. 진추목의 제안을 받아들이겠다는 행동이었다.

“얼맙니까?”

“금화 백 냥일세.”

그는 아까와는 전혀 다른 모습을 보여주었다.

“좀 짜시네요. 잘릴 각오하고 벌여야 되는 일인데. 백 냥만 더 쓰시죠.”

마치 고기 맛을 본 땡초가 양이 안 찬다는 격이다.

진추목이 백시현을 곁눈질로 째려보았다.

“청백리라며?”

“그런 줄 알았는데…… 사람 속이야. 낸들 아나.”

도현량은 한 술 더 떴다.

“그리고 저를 중앙관직으로 올려주십시오.”

“몸값을 두 배로 올리는 것도 모자라 관직까지 사달라는 얘기신가?”

“예.”

“실력도 출중하다니 어지간하면 과거에 임하시지.”

“귀찮습니다. 관직을 돈으로 살 수 있는 세상에서 뭐 하러 복잡한 절차를 거칩니까.”

“중앙관직으로 올라가려는 이유가 뭔가. 여기 남아 내게 도움이 되어야지.”

"아시지 않습니까. 성도의 관료들이 세가와 결탁해 있는 이상, 여기 있어봤자, 그 나물에 그 밥. 큰 도움은 되지 못할 것을요. 그보다는 훗날을 생각하셔야죠."

진추목이 콧구멍을 벌름거렸다.

"흐음. 훗날? 무슨 훗날?"

"저는 당주님과 일을 할 게 아니라 저 아이와 하게 될 것입니다."

"엥? 내가 아니라고?"

"예. 어차피 당주님이나 총감님은 물러나실 때도 되셨잖아요? 연로하셔서 말입니다."

진추목이 발끈했다.

"아니, 멀쩡한 사람을 뒷방으로 보내시나? 나 아직 팔팔해."

그러나 도현량은 개의치 않고 할 말을 다했다.

"늘그막에 개털 되면, 냉골에서 주무셔야 합니다. 노후 대책이라 생각하십시오. 조영이랑 제가 뒷방에 군불은 확실하게 지펴드릴게요."

"끙."

백시현이 진추목의 어깨를 두드렸다.

"그건 그래."

"저 아이가 용틀임을 하려면 앞으로 십 년은 걸릴 것입니다. 지금이 아니라 그때를 생각하십시오. 십 년 후에 제가 어떤 관직에 있느냐가 관건이 되겠지요."

십년지계(十年之計)라……

그때라면 도현량의 나이가 서른, 자신의 안목이 옳다고 봤을 때, 무인이라면 천하를 호령할 것이고, 중앙 관직에 나간다면 구경(九卿; 9개 부처의 각 으뜸 벼슬)의 자리 하나는 꿰차고 있을 나이였다.

세상에 나아갈 조영에게는 커다란 도움이 될 터.

손자에게 힘이 될 제대로 된 인재를 사는데 억만금이 아깝겠는가. 진추목은 못 이기는 척 도현량의 조건을 받아들였다.

"끙. 부탁이 아니라 거의 협박이로군. 알았네. 목마른 놈이 우물 파야지 어떻게 하겠는가."

"고맙습니다."

"고맙다는 얘기는 내가 할 수 있도록 해주게."

"하하. 그러죠."

　　　　　*　　　　*　　　　*

매일 천방지축으로 싸돌아다는 것 같지만, 사실 조영의 하루 일과는 정해진 틀이 있다.

새벽에는 항구에 나가 어시장을 둘러보고, 돌아오면 구사로 나가 모이를 주고, 코를 막아가며 비둘기 똥을 치우고, 아침을 먹은 후에는 만년하수오와 천년용설을 키우는 화원을 가꾼 다음―사실 만년하수오와 천년용설이 아니라 인삼과 향미료인 육두구

(肉豆簆)다. 워낙 가격이 비싸고 접하기 어려운 물건이라 재배를 해
보려고 했던 것인데 결과는 실패였다. 기후와 토양이 맞질 않아 인
삼은 해동(海東)의 것을 능가하지 못했고, 육두구는 남만의 것에 비
할 바가 못 되었던 것.— 설리와 함께 점심을 먹은 후에는 팔상
전(八商廛; 나라에서 정한 여덟 품목의 점포)을 돌아보았다.

물론 서원에 나가는 날에는 그러지 못했지만.

거기에 최근 일 년 동안 하루를 거르지 않고 해온 일이 추가
된다.

초경쯤, 홍등가로 나가는 것.

광동의 항주라 불릴 만큼 색향인지라 소관에는 유명한 청루
주사(青樓酒肆)가 많았다. 허나 조영이 나간 곳은 돈 많은 한량
들이 넘치는 번화한 거리가 아니었다.

어두운 뒷골목에 있는 유곽(遊廓).

그러니까 주머니가 가벼운 취객들이 몇 푼의 돈으로 여자를
살 수 있는 매음굴이었다.

붉은 등불이 켜진, 좁다랗고 긴 골목에 늘어선 여자들이 오
늘도 천박한 교태로 취객을 유혹하고 있다. 이들은 예(藝)와
기(技)를 우선으로 하는 기녀와는 달랐다. 술을 따르는 건 부
수적일 뿐, 그녀들의 주된 일은 돈 몇 푼에 몸뚱이를 파는 것
이었다.

"오라버니, 무당파 도사 아니시면 놀다 가셔요~"

"소림사 중들도 제가 사리 빼드렸어요~"

"저는 고자들 전문이에요~"

노류장화(路柳牆花)들의 걸쭉한 농담은 늘 골목을 활기차게 만들었고, 거나하게 취한 중년 사내가 그녀들의 농담에 붙들렸다.

"하하하. 그년들 입심은. 그래, 허풍일지라도 좋다. 소림사 장문인 사리 뺀 솜씨 좀 보자."

"호호. 확실히 보여드릴게요."

"애들아. 손님 받아라."

조영은 유곽의 초입에 궤짝을 놓고 자리를 잡았다.

그러자 건너편에서 따뜻한 국물을 파는 뚱보 아줌마가 조영을 반겼다.

"이제 나왔니?"

"예. 오늘은 좀 늦었네요."

이 짓도 벌써 일 년째 하다 보니 이 바닥에서 조영을 모르는 사람이 없을 정도다.

창녀는 물론이요, 심지어 포주까지 아는 척을 했다.

"동생은 왜 이 짓을 해?"

"다 먹고 살자고 하는 짓 아닙니까. 누님."

"듣자니 손해 많이 본다던데?"

"뭐, 인생 공부라고 생각해요. 하하."

여기서 조영이 하는 일은 다름 아닌 채권, 주로 어음을 매입하는 일이었다. 채권상인으로서의 조영은 꽤나 유명했다. 왜냐면, 어떤 어음이든, 묻지도 따지지도 않고 딱 오 부만 떼었기 때문이다.

어음의 환전이란 기일에 따라, 또 발행 전포의 신용도에 따라 할인율이 다르게 적용되는 게 정법이었다.

그러나 조영은 그 정법을 따르지 않았다.

어떤 어음은 극히 위험하여 쓰레기나 마찬가지였지만, 조영은 그런 것도 오 부만 떼고 묵묵히 매입해 주었다.

그러니 유명할 수밖에.

쉽게 말하자면 동네방네 호구가 된 셈이다.

그걸 모를 리 없는 풍덕은 오늘도 볼멘소리를 했다.

"아이고, 속 터져서. 이 짓을 대체 왜 하는 건지. 장욱 형님, 안 그러우?"

이곳에 올 때, 호위무사 장욱을 대동하는 건 필수다.

환전해 줄 용도로 항상 거액을 지니고 있기 때문.

장욱은 차분한 성격답게 조용히 풍덕을 질책했다.

"시끄럽다. 생각은 도련님이 할 테니까 넌 시키는 일만 하면 된다."

"뭐야. 난, 아예 없는 사람 취급하는 거야? 말도 못해? 꿔다 놓은 보릿자루처럼 찌그러져 있으라는 거야?"

"응."

"아오, 아예 귀신 취급을 하는구먼."

그때, 한 중년 남자가 쭈뼛거리며 다가왔다.

비단옷을 걸친 걸 보니 원래 가난한 사람은 아닌 것 같았다. 허나 추레한 행색에 돈에 찌든 몰골이 지금의 형편을 말해 주고 있었다.

폐인이라고.

그는 기어들어가는 목소리로 물었다.

"여기서 어음을 바꿔 준다던데……."

이제는 목소리만 들어도 알 것 같다.

남자의 얼굴은 이렇게 말하고 있었다.

'나는 도박을 하여 재산을 탕진했네. 돈을 준다면, 당장 양 잿물이라도 마실 걸세.'

남자가 쭈뼛거리며 물었다.

"……오 부만 뗀다는 게 사실인가?"

이 물음은 또 이런 뜻이다.

'내가 가지고 있는 어음은 쓰레기나 마찬가지일세.'

조영은 가만히 웃으며 물었다.

"얼마짜리죠?"

"은, 은화 열 냥짜리일세."

"줘 보시오."

"여, 여기……."

혜주 도중(都中)에 속해 있는 어물전의 어음이었다. 점포주가 여색에 빠져 석 달 안에 망할 집구석의 어음조각. 아마도 시전 바닥을 뺑뺑 돌다가 여기까지 온 것이리라.

이런 어음을 내미는 이 남자도 참 뻔뻔했다.

'날 바보로 아나?'

조영이 빠끔히 쳐다보자, 중년 남자가 헛기침을 하며 시선을 피했다.

"크흠."

"바꿔 드려."

풍덕이 오 부를 제한 나머지 돈을 중년 남자에게 건네주었다.

"고맙네."

중년 남자는 뒤도 돌아보지 않고 인파 속으로 사라졌다.

조영은 뒷맛이 영 씁쓸했다.

'젠장, 누가 다시 달랠까봐 그러나? 그럴 생각이었으면, 애당초 바꿔주지도 않았수다.'

그가 사라지자마자 풍덕이 우는 소리를 했다.

"야, 미쳤냐? 이건 휴지 조각이라고."

"알아."

"벌써 일 년째다. 언제까지 이럴 거냐?"

"글쎄, 안다고 했잖아."

그때였다.

"놔, 이 자식들아!"

앙칼진 여인의 음성이 관도의 밤공기를 갈랐다.

골목에서 내다보니 한 무리의 무사들이 미모의 여인을 강제로 마차에 태우고 있었다. 차림새가 기녀인 듯. 여인이 발버둥을 쳤지만, 무사들의 완력을 당해낼 수는 없었다.

여인이 악에 받쳐 소리쳤다.

"지금은 돈에 팔려 끌려가지만, 내가 소관 최고의 기녀 송화영이야. 두고 봐. 돌아와서 기필코 복수할 테니까. 꼭 두고 보라고!"

묘한 느낌의 여인이었다.

출중한 미모이나 약간은 차가운 느낌을 주는 그런 여인이었다.

상황은 불 보듯 뻔했다.

빚 같은 것 때문에 세가에 팔려가는 것이리라.

이런 일은 종종 목격하여 이제는 담담하기까지 했다.

'송화영?'

그러나 이 여인만큼은 뇌리에 남았다.

미친 듯이 소리치는 와중에도 발하는 서늘한 눈빛 때문이었다.

'저자들 왠지 실수하는 것 같은데?'

삼경이 되어, 행인들의 발길이 뜸해지자 조영은 자리를 털고 일어섰다.

"얼마나 샀어?"

"몰라."

오늘 매입한 어음이 총 은화 백 냥이었다.

조영이 기지개를 켜며 말했다.

"하암, 이제 가 볼까?"

“또 철대문집에?”
“당연하지.”

　유곽 거리, 깊숙한 안쪽에는 비밀스런 전장 하나가 자리하고 있다. 허름하고 규모는 크지 않으나 오랜 세월 영세 상인들과 함께해 온 유서 깊은 곳이다.
　대문이 철문이라 세인들은 철대문집이라 불렀으나 전장의 정식 명칭은 ‘귀복(龜福)’이었다.
　일반 전장과 달리 귀복전장에서는 오직 어음만을 취급했다. 귀복전장은 거대상단이나 산하 점포에서 발행한 어음을 할인해 주고, 영세 상인들은 자신들이 결제받은 어음을 이곳에서 환전하여 생계를 꾸려나가는 것이다.
　귀복전장은 영업방식도 특이했다.
　환전을 하려는 자가 철문 옆에 달린 연통에 어음을 놓으면, 그것이 안으로 들어갔다가 나올 때는 현금으로 바뀌는 것이다.
　방식이 이러하다 보니 애당초 가격 협상은 불가했다.
　어쩔 도리가 없었다.
　전장에서 정한 일방적인 할인율에 따라 환전하게 되는 것이다. 그것이 싫으면 이곳을 이용하지 않으면 그뿐이었다. 그러나 대부분의 영세 상인들은 이곳을 이용했다. 방식이 일방적이긴 하나, 이곳의 할인율은 저울보다 정확했기 때문이었다.
　굳게 닫힌 녹슨 철문.

지난 수년 간 한 번도 열리지 않은 문이다.

조영은 그 철문을 뚫어지게 쳐다보며 생각했다.

'한 번쯤 열어줄 때도 되지 않았나?'

조영이 철문 옆의 줄을 잡아당기자, 여느 때와 마찬가지로 작은 창이 열리며 연통 하나가 삐져나왔다.

조영은 그곳에 오늘 매입한 어음을 놓았다.

연통은 다시 작은 창으로 들어갔고, 잠시 후, 은화 사십 냥과 환전이 거절당한 어음이 돌아왔다.

풍덕이 단박에 투덜거렸다.

"어휴, 오늘은 육십 냥이나 떡 사먹었네."

조영은 개의치 않고 철문을 한참 동안 지켜보았다.

'후우, 오늘도 아닌가?'

막 돌아서려는 순간이었다.

끼익하는 기분 나쁜 소리를 내며 철문이 열리는 것이 아닌가.

풍덕의 눈이 곧 튀어나올 것 같았다.

"어? 웬일이지?"

조영은 입가에 회심의 미소를 떠올렸다.

'일 년이나 헛짓을 했는데 한 번은 만나 주셔야죠. 그렇지 않습니까?'

장욱이 물었다.

"이것 때문이셨습니까?"

"응."

“이제 들어와도 좋다는 뜻 같습니다.”

“그런 것 같아.”

“제가 따르겠습니다.”

“아냐. 나 혼자 들어갔다 올게. 두 사람은 여기서 기다려.”

철커덩.

조영이 들어가자마자 철문은 육중한 소리를 내며 닫혔다.

안은 밖에서 보기와는 달랐다.

집무실로 가는 장랑(長廊)은 꽤나 화려하게 치장이 되어 있었다. 전장의 이름에 걸맞게 거북이 문양이 많았다. 그렇지만 이미 오래전부터 인적이 끊긴 듯 복도에는 썰렁함이 가득했다. 전장에 흔한 호위무사 하나 없는 걸 보니 건물 전체가 기관일 가능성이 컸다.

집무실 안으로 들어서자 나이를 짐작키 어려운 노인네가 장부를 뒤적이고 있었다.

‘이분이로군.’

핏기 없는 노르께한 얼굴에 안장코를 가진 꼽추 영감.

이자가 몇십 년간 광동의 어음시장을 주물러온 채권왕 염천상이다. 완전히 비밀에 쌓인 인물로 그의 재산과 조직력은 아예 알려지지도 않았다.

조영은 그 앞에 가서 당당히 인사했다.

“안녕하세요.”

그는 조영을 뚫어지게 쳐다보며 물었다.

"너였더냐? 되지도 않은 어음을 들이밀고, 일 년간이나 환전해간 멍청이가?"

조영은 밝게 웃으며 대답했다.

"예."

"조그만 녀석이 통도 크다."

"헤헤."

"듣자니 모든 어음을 오 부에 할인해 주고 매입했다더구나. 나한테는 시세에 따라 환전해가고."

"예."

"꽤나 큰 손해를 봤을 텐데."

"헤헤. 그랬어요. 오늘은 그 이유를 물어보시려고 문을 열어주신 거죠?"

"그렇다. 너같이 멍청한 놈은 처음이거든. 날 만나려고 이 짓을 한 게냐?"

"예."

"그래. 날 만나고자 한 이유가 뭐냐?"

"채권왕 어른께 배움을 얻으려고 그리한 것입니다."

"배움이라…… 그렇게 돈을 패대기쳤으니 이미 배운 게 있을 터."

시험이었다.

이 시험을 통과하지 못하면, 암시장 거물과의 인연은 만들지 못할 것이었다.

조영은 미리 준비했던 생각을 꺼내놓았다.

"상계를 구성하고 있는 각 상단과 상단 산하의 도중, 그리고 각 점포의 가치는 어음의 할인율을 봐야 정확하다는 사실을 알았습니다. 다시 말해 아무리 장사가 잘 되는 점포라도 할인율이 높으면 내부적인 문제가 생긴 것이고, 당장 어려워 보일지라도 할인율이 낮으면 그 점포의 재정은 견고하다는 것입니다."

염천상의 눈이 반짝였다.

"내부적인 문제라는 것은?"

"실제로 장사가 잘된 것이라면, 자금관리를 잘못한 것이고, 장사가 잘 되지 않은 것이라면, 장부를 조작한 것이라는 결론을 얻었습니다. 보이는 것이 전부가 아니라는 뜻입니다."

"그 차이를 실제로 확인해 보았느냐."

"그렇습니다. 할인해가는 어음 모두를 일일이 조사하여 확인하였습니다. 대인께서 정한 할인율에서 모두 한 치의 오차도 없었습니다."

"그래. 손해 본 것만큼 이상의 배움을 얻었느냐?"

"예."

염천상이 고개를 주억거렸다.

"제법 이재에 밝구나. 그만 하면 되었다. 배운 만큼 행하면 장사에 큰 손해 볼 일은 없을 것이다. 항상 명심하고 이제 이 짓은 그만하여라."

"한 가지 더 배운 것이 있습니다."

"한 가지 더?"

"이 일은 전문가가 해야 한다는 사실입니다."

한참을 생각하던 염천상이 입가에 야릇한 미소를 떠올렸다.

"발칙한 놈, 날 부려먹겠다는 소리냐?"

"거래라는 좋은 표현도 있는데요."

"내가 누군지는 알고 왔을 터."

"그럼요. 채권왕 염천상 어르신입죠."

"알면서 그런 말을 해? 내가 너 같은 꼬맹이하고 거래를 할 것이라 생각하였더냐."

"당연히 아닐 것이라 생각했습니다. 아직 제가 어리니까요. 하지만 언젠가는 저도 어른이 될 것입니다. 그때, 제게 기회를 주십사하고 부탁드리려는 겁니다."

이 말을 하려고 일 년을 투자했다는 얘기.

염천상이 관심을 보였다.

"어느 집 손이더냐."

"금보당주가 제 조부이십니다."

"진 당주의 손자라…… 어쩐지 독종인 듯싶더라. 이름은?"

"조영입니다."

"네 꿈이 무엇이냐?"

"전왕(錢王)입니다."

"흘흘."

"왜 웃으십니까?"

"같잖아서 웃었다."
조영이 입술을 삐죽거렸다.
"비웃지 마십시오. 나름 창창한 꿈인데."
"이놈아. 그러니까 네 나이에는 학문이나 무공에 전념해야지 왜 하필 돈이냐. 돈 많이 벌어서 떵떵거리며 살고 싶냐?"
"돈 벌레의 자식이란 소리를 듣고 자랐습니다. 사람들이 뒤에서는 욕을 하면서도 앞에서는 굽실거리며 돈을 빌려가는 걸 보아 왔습니다. 기왕에 귀에 못이 박히도록 들은 욕. 내친 김에 세상의 돈을 전부 가져보겠습니다. 그 다음에 대체 돈이 무엇인지, 내가 왜 욕을 먹었는지 한번 생각해 보려고요."
염천상의 어조가 약간 누그러졌다.
"꼴에…… 대답은 마음에 든다."
"하면, 제게 기회를 주시겠습니까?"
"내 물음에 답을 맞추면 주마."
"물어보시지요."
"현금과 어음의 차이를 설명해 보아라."
"현금이 권(拳)이라면, 어음은 검(劍)입니다."
"어떤 비유지?"
"현금은 상대와 싸울 때 치고받는 주먹에 해당되며, 어음은 상대를 베는 칼에 해당된다는 의미입니다."
상계에서는 현금보다 어음이 더 치명적일 수 있다는 뜻이었다. 한참을 생각하던 염천상이 결국 고개를 끄덕였다.

“좋다. 딱 한 번의 기회를 줄 것이다. 다만 명심해라. 이 바닥은 피 말리는 전쟁터와 같다. 전쟁터에서 두 번의 기회는 사치라는 것 정도는 알지?”

“예. 명심하겠습니다. 대인, 훗날 꼭 찾아뵙겠습니다.”

“기억해 두마.”

채권왕 염천상과 인연을 맺다니…….

일 년 만에 이룬 쾌거였다. 생각만으로도 몸이 날아갈 것 같았고 절로 웃음이 나왔다. 그동안 패대기친 돈도 전혀 아깝지 않았다.

“후후…….”

혼자 웃는 조영을 보며 풍덕이 눈을 끔벅였다.

“얘가 날아가는 새 똥구멍을 봤나. 대체 누구를 만났는데 그렇게 실실 거리냐?”

“채권왕 염천상 어른.”

“응? 지난 수십 년간 두문불출하였다는 기인 아냐. 그분이 너를 만나주었다고?”

“응.”

“우와, 대단하다.”

“일 년이나 노력했잖아.”

“나도 얘기 들었어. 기력이 세서 보통 사람들은 그분 눈빛만 봐도 오줌을 지린다고 하더라고. 근데, 눈이 세 개란 말이 사실이야?"

쿨럭.

뭐, 눈이 세 개? 뭐 이런 인간이 있지?

조영이 한심하다는 듯 풍덕을 쳐다보았다.

"그래. 마빡에 하나 더 있더라. 직접 봤으면 형은 오줌이 아니라 똥까지 쌌을 거야."

"에이, 그건 아니지. 나도 내공 있는데."

"풋! 내공은 개뿔. 어디 가서 내상이나 입지 마셔."

"무, 무시 하냐?"

장욱도 관심을 보였다.

"그분이 뭐라고 하시던가요?"

"응. 인연을 맺고 싶다고 했더니 나중에 기회를 한 번 주신대. 그게 어디야. 아, 기분 좋아. 배고픈데, 우리 맛있는 거나 먹으러 갈까?"

먹는 얘기가 나오자 풍덕이 당장 앞장섰다.

"요새 북항 초입에 있는 향어촌이 대박이래. 특히 생선튀김 요리가 맛있다고 하던데. 어때?"

"그래. 가자."

제 4 장

돈 되는 일이라면,
고철이라도 주워 팔아야지

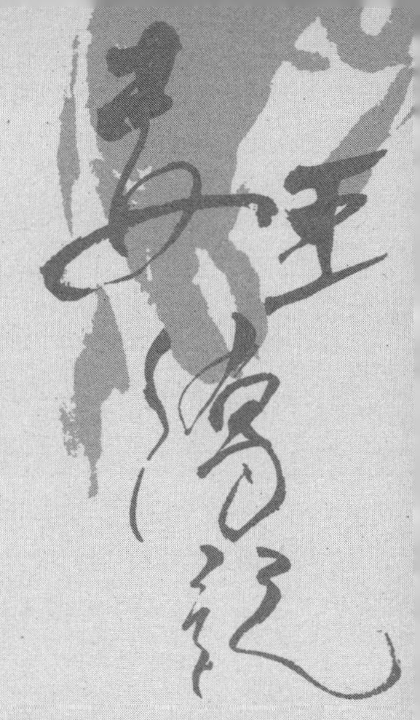

향어촌(香漁村).

주강에서 갓 잡은 물고기를 바로 튀긴 생선 요리로 유명한 곳이었다. 꽤 커다란 음식점이었는데도 별미를 맛보기 위한 식객들로 발 디딜 틈이 없었다. 점소이 말을 듣자니, 오늘은 봄철에 가장 맛있는 도미가 들어오는 날이라 특히 손님이 많다고 했다.

정말이었다.

오대세가의 복장들도 눈에 띄었고, 이름 있는 상단과 도중의 행수들도 보였다. 쉽게 말해 돈푼깨나 있는 자들은 죄다 몰린 듯했다.

조영은 볼에 바람을 넣어 놀란 심중을 표현했다.

"와, 장사 대박이네."

돈푼깨나 있는 손님들이 모두 방을 잡은 터라 좌석 잡기가 쉽지 않을 것 같았다.

점소이가 조영 일행을 맞이하며 물었다.

"지금 자리는 창가밖에 없는데요. 기다리시겠습니까?"

풍덕이 녀석에게 물었다.

"얼마나 기다려야 하는데?"

"글쎄요."

점소이의 눈에는 매상을 많이 올려줄 손님으로 보이질 않는 모양이었다. 표정으로 볼 때, 기다리든 나가든 신경 쓰지 않겠다는 투였다.

풍덕이 발끈했다.

"글쎄? 뭔 장사를 그렇게 하냐."

조영이 발끈하는 풍덕을 막았다.

"뭣 하러 답답하게 방에서 먹어? 강바람도 쐴 겸 창가에서 먹으면 운치도 있고 더 좋지."

"그러시죠."

방을 잡을 여력이 안 되는 손님들 때문에 창가의 좌석도 별로 없었다. 딱 두 자리가 남아 있을 뿐이었다.

"그나마 운 좋았네."

"그러게 말이야."

조영 일행이 막 자리에 앉았을 때였다.

한 무리의 사람들이 들어오자, 계산대 앞에 있던 지배인이 부리나케 달려가 반갑게 맞이했다.

"아이고, 아가씨 오셨습니까."

그들은 광동 제1상단인 화운(華雲)상단의 사람들로, 광주제일미라 소문난 채운정, 채운려 자매와 호위무사들이었다.

"예. 오랜만이에요. 손님이 많네요?"

"예. 오늘은 도미가 들어오는 날이라 아주 손님이 미어터집니다요."

"우리도 도미 먹으러 왔어요."

"어떻게 하지요. 지금은 방이 없어서…… 조금만 기다려 주시겠습니까?"

호위총관인 듯한 자가 채운정에게 말했다.

"큰아가씨, 다른 데로 가시죠."

그러자, 지배인은 마치 죽을죄를 지은 양 굽실거리며 그들을 막아섰다.

"오랜만에 오셨는데 어떻게 그냥 보내드립니까요. 단주님이 아시면 소생은 혼구멍이 날 것입니다요. 잠시, 창가 쪽에 앉아 계시면, 방이 비는 대로 옮겨드리겠습니다. 이대로 그냥 가시면 정말 소생이 면목이 없게 됩니다요."

채운정이 흔쾌히 응낙했다.

"그래요."

“저녁이라 강바람이 찹니다. 아가씨.”

“잠깐이라잖아요.”

채운정은 동생 채운려와 함께 착석했다.

조영 일행의 바로 옆 식탁이었다.

하긴 마지막 남은 자리니 선택의 여지도 없었다. 두 자매가
착석을 하자, 손님들의 시선이 일제히 이쪽으로 쏠렸다. 멀리
서 보기에도 눈에 띄는 채운정의 출중한 미모 때문이었다.

개중 몇몇은 급기야 숙덕이기까지 했다.

“광주제일미라 역시 다르구먼.”

“아직 어린데도 저러니 크면, 정말 천하의 절색이 될 걸세.”

채운정 또한 사람들의 시선이 자신에게 쏠려 있음을 의식했
다.

‘신경 쓰여……’

바로 건너편 좌석의 소년만 빼고.

뭐지?

분명 마주보고 앉았는데도 소년은 곁눈질도 주지 않았다.
소년의 일행들은 저들끼리 뭐라 애기를 주고받는데, 서로 웃
고 난리도 아니었다.

뭐가 그리 재미있는지 궁금할 정도였다.

지배인이 정중히 요리를 권했다.

“갓 잡아 올린 도미를 탕수(糖醋)로 해 올리겠습니다.”

“려아도 좋니?”

채운려 또한 언니 못지않게 예쁜 소녀였다.

다만 병증이라도 있는지 안색이 창백했다.

"응. 언니."

"네. 그렇게 주세요."

자신을 힐끗 쳐다본 채운정의 시선은 의식하지 못한 채, 조영은 강물 위에 떠 있는 반짝이는 불빛을 물끄러미 구경했다.

야간에도 조업을 하는 어선의 등불.

'참으로 치열한 삶이야. 저렇게 고생해서 고기를 잡아도 어부들이 손에 쥐는 돈은 불과 몇 푼이겠지. 불공평해. 그에 비하면 상단은 앉아서 돈을 버는 거나 마찬가지잖아. 이게 다 금난전권 때문이야. 그것만 폐지되어도 서민들이 살만할 텐데. 노력한 만큼 보상을 받는, 그런 공평한 상계를 만드는 방법은 없을까?'

점소이가 온 것은 그때였다.

"주문 도와드릴게요."

원래는 먼저 주문을 받으러 왔어야 했지만, 머리통 속에 나름 손님 서열을 정해 놓은지라 조영에게는 맨 나중에 주문을 받으러 온 것이었다.

녀석이 무척 성의 없이 물었다.

"탕수어(糖醋魚)로 드실 거죠?"

손님을 가려서 대하는, 그런 저의가 태도에서 역력히 드러났지만 조영은 개의치 않았다.

"아니."

"우리 집 별미라 모두들 그거 드시는데요?"

"난, 생선을 기름에 튀긴 건 싫어. 그러면 제 맛이 안 나거든. 그건 순전히 양념 맛이잖아."

조영의 목소리가 너무 컸던 탓에 주변 손님들이 돌아보았다. 저 녀석은 뭐가 그렇게 까다로워? 대략 이런 반응이었다. 거기에는 물론 채운정도 포함되어 있었다.

점소이가 퉁명스럽게 대꾸했다.

"그럼, 튀긴 게 싫으시면 어떻게 드실 건데요?"

"회로 먹어야지."

"알았어요. 종류는요?"

"죽상어로 부탁해."

"예?"

점소이가 초짜인 모양이었다.

조영이 죽상어를 찾자 녀석의 눈이 소불알만 하게 커졌다.

"상어요? 상어를 먹는다고요?"

"횟감용으로 쓰는 죽상어라고 있는데, 몰라? 꽤 유명한 요릿집이라 해서 왔더니…… 그것도 아닌가?"

"잠시만, 기다려 보세요."

점소이가 주방으로 뛰어 들어갔다가 다시 돌아왔다.

어느새 녀석의 태도는 달라져 있었다.

불평을 터트리다가 숙수에게 한소리 들은 게 분명했다.

"저희 숙수께서 활어는 없고, 얼음에 잰 것과 햇볕에 말린 것이 있답니다."

조영이 아쉬운 표정을 지었다.

"아, 아쉽다. 냉동이라니……."

상어를 먹는다는 게 야만스럽게 보였는지 주변의 손님들은 눈살을 찌푸렸다.

"쩝. 아쉽긴 해도 할 수 없지. 얼음에 잰 것은 그냥 물기 빼서 회로 주고, 말린 것은 실고추 많이 넣어 쪄와."

"예."

"아참, 연골부위 빼면 안 돼."

"알았어요."

지랄.

어지간한 미식가도 이렇게 까다롭지는 않을 것 같았다.

어렵사리 주문을 받은 점소이는 주둥이가 댓발이나 나온 채 주방으로 갔다.

풍덕이 물었다.

"도련님, 연골부위가 맛있어?"

"그럼, 꼬들꼬들한 게 완전히 죽이지. 특히 자연산 기름이 적당하여 여자들 피부미용에 최고야. 튀김요리는 살만 뒤룩뒤룩 찌잖아. 돼지처럼."

쿨럭.

그럼, 죄다 앉아서 탕수도미를 먹는 사람들은 뭐란 말인가.

돼지?

그것 참 묘했다.

조영의 말은 듣는 사람의 입장에서는 거북하였으나 귀를 쫑긋하게 만드는 무언가가 있었던 것이다.

조영의 다음 한 마디가 채운정의 관심을 끌었다.

"기관지에도 좋고."

동생 채운려가 선천적으로 기관지가 나빠 고생을 하고 있기 때문이었다.

풍덕이 신기한 듯 물었다.

"장사하려면 그런 것까지 알아야 하나?"

"당연하지. 주강에 인접한 어시장에서 다루는 생선이 몇 종류인지 알아? 무려 팔백여 종이 넘어. 장사를 하려면 이름은 물론, 특징과 맛까지 다 알아야 한다고."

"대단하다."

그때였다.

조영이 시킨 죽상어 요리가 나왔는데, 요리접시를 손에 든 건 점소이가 아니라 향어촌의 숙수장인 허영보였다. 숙수장이 직접 음식을 내오는 일이 처음인 터라 손님들의 이목이 집중되었다.

"주문이 하도 까다로우시기에 어떤 미락가신지 궁금하였는데, 생각보다 젊은 손님이셨군요."

"까다롭게 굴었다면 죄송해요."

"아닙니다. 요리에 대해 정통한 식객을 모시는 것은 본 숙수의 기쁨입니다."

"아, 과찬이신데."

"한번 시식해 보시지요."

조영이 젓가락을 들어 회 한 점과 찜 한 점의 맛을 각각 보았다.

"음, 회는 물기를 제거하여 꼬들꼬들한 맛을 더했고요. 찜은 실고추를 많이 써서 알싸한 맛을 가미했는데, 죽엽청주를 살짝 뿌려 말린 생선에서 나는 꿉꿉한 냄새를 제거하셨네요. 최고예요."

숙수장 허영보의 얼굴이 환하게 펴졌다.

"고맙습니다."

"활어였으면, 연골의 맛이 더 투명했을 텐데. 그죠?"

"정확하십니다. 다음에는 미리 연락을 주시면, 활어를 준비해놓겠습니다."

"예. 잘 먹겠습니다."

"한데, 아직 어린 나이인데, 어찌 요리에 정통하신지 궁금하군요."

"미락군자님께 배웠어요."

"왕문 선생 말입니까?"

“예.”

허영보가 양손을 모아 경의를 표했다.

“역시, 그랬군요. 오늘 모신 걸 영광으로 생각하겠습니다.”

“별말씀을요.”

이게 무슨 상황인가.

유명한 요리집의 숙수장이 경의를 표하다니. 사람이 확 달라보였다. 역시 사람은 행색으로 판단하는 게 아닌가? 게다가 채운정은 눈치까지 보였다. 그 말을 들은 동생 운려가 계속 옆 식탁의 소년이 먹는 걸 지켜보고 있었기 때문이었다.

채운정이 동생에게 눈치를 주었다.

“려아야, 남이 먹는 걸 보는 건 실례야.”

“나도 저 오빠가 먹는 거 먹어 보고 싶어.”

“우리 음식이 있잖니.”

“이건 먹으면 기침 나와.”

공교롭게도 그 말이 조영의 귀에 들렸다.

돌아보자 맑고 커다란 눈을 가진 앙증맞은 소녀가 자신을 쳐다보고 있었다.

여덟 살 정도?

조영이 웃으며 소녀에게 물었다.

“너, 기침이 많이 나오냐?”

“응.”

“그럼, 그런 튀기거나 양념이 많은 요리는 먹으면 안 돼. 양

념은 목을 자극하거든. 그래서 기침이 더 나오는 거야.”

“몰랐어.”

“이거 같이 먹을까?”

“정말?”

화운상단의 호위무사가 낮은 말로 속삭였다.

“작은 아가씨. 다른 사람 눈이 있습니다.”

“또 먹지 말라는 거야?”

“그게 아니라. 먹고 싶으시면 나중에 준비해 드리겠습니다.”

채운려는 금세 뾰루퉁해졌다.

“만날 먹지 말라는 것뿐이야.”

하나뿐인 동생이 원하는데 못해 줄 것이 없다. 채운정이 먼저 합석을 청했다.

“실례가 안 된다면, 같이 식사해도 될까요?”

“예?”

풍덕이 쌍수를 들어 환영했다.

“아이고, 영광입지요. 아가씨, 사실 음식은 같이 먹는 게 제일 맛있걸랑요.”

간단한 인사와 통성명을 나눈 후, 조영은 채운려에게 먹는 법을 자상하게 일러주었다.

마치 친오빠처럼.

“와, 맛있다.”

“담백하지?”

“응.”

그 모습을 지켜보던 채운정이 말했다.

“사실 려아는 기관지가 좋질 않아요. 어렸을 때 폐렴을 앓은 후유증이죠.”

“그랬군요. 약은 쓰셨나요?”

“좋다는 약은 다 먹여 봤어요.”

“기관지에는 도라지가 좋은데.”

“도라지요?”

비싼 약은 죄다 써봤는데, 흔해빠진 도라지가 무슨 약효가 있을까 싶었다. 그러나 조영은 도라지의 약효와 복용법을 상세히 설명해 주었다.

“도라지가 생각보다 효과가 좋아요. 가래를 삭혀주거든요. 달여서 차로 마셔도 좋고, 좀 쓰면, 꿀에 재었다가 얇게 썰어서 먹어도 되고요. 가장 중요한 것은 꾸준히 장복해야 한다는 거죠.”

그런가?

광동 제1상단의 장녀로서의 삶에는 제약이 많았다.

아직 어린나이지만 어디에서든 몸가짐이나 언행을 조심해야 했다. 그렇게 교육을 받아왔기에. 허나 그것은 분명히 속박이었다.

그런데, 이 자리는 뭐랄까.

왠지 편하다고나 할까?

조영은 화운상단이라는 배경 따위는 염두에 두는 것 같지도 않았고, 특히 늘 부담스럽게 여겼던 자신의 미모에도 관심을 보이질 않았다.

그런 외부적인 조건에서 벗어나다 보니 마음이 편했고, 그래서 합석에 대한 부담도 없었다.

또래 친구와 밥 한 끼 먹는 정도?

인상도 좋았다.

서글서글한 생김새도 괜찮았고, 게다가 무공 얘기나 하는 다른 사내들과는 달리 요리에서 약재까지 두루 해박함을 갖춰, 약간의 호감이 넘어 집안을 묻고 싶을 때였다.

"어, 돈 벌레의 자식 아냐."

누군가 조영을 향해 소리쳤다.

식사를 마치고 나가던 세가의 자제들 중, 신룡문의 추보성이 조영을 발견한 것이다.

조영은 이맛살을 찌푸렸다.

'아, 재수하고는. 하필 이 자식이랑 마주쳤을까.'

추보성이 조영의 자리로 걸어오며 깐죽거렸다.

"이야, 역시 돈은 많은가 보네. 이렇게 비싼 데서 요리도 먹고 말이야."

그러다가 채운정을 발견한 놈의 얼굴색이 급변했다.

"어, 운정 소저잖아요?"

채운정도 아는 듯 가볍게 인사를 받았다.

"추 공자시군요."

표정을 보니 녀석이 탐탁지 않은 모양이었다.

한데 추보성은 눈치 없이 거품을 물었다.

"아니, 어떻게 이런 놈하고 식사를 같이 하십니까? 이놈이 누군지 모르는군요? 이놈은 사채꾼 금보당주의 손자 놈이에요. 서원에서도 나한테 만날 돈을 뺏기는 찌질이라고요."

"네?"

추보성이 조영에게 다그쳤다.

"야, 네 입으로 말해 봐. 아냐?"

조영은 이놈이 미쳤나 싶었다.

앞에 앉아 있는 여자애한테 잘 보이고 싶은 모양인데, 서원에서 친구들 돈을 뺏고 다닌 걸 제 입으로 떠들다니.

그게 자랑할 일인가?

'그래. 엿이나 먹어라.'

조영은 복수할 기회다 싶어 벌떡 일어섰다.

"예. 맞습니다. 하하. 저는 서원 친구들에게 돈을 뺏기는 찌질이입니다. 여기 보성이는 물론, 저기 창필이, 송준이한테도 돈을 뺏겼습니다. 그래도 괜찮습니다. 돈 벌레의 손자라 돈이 많거든요. 하하."

스스로 못난 놈이라 자인했지만, 실상은 소위 오대세가 자제들의 악행을 고자질한 것이었다.

손님들의 시선이 자연스레 세가의 자제들을 향했다.

호위무사들 때문에 대놓고 비난하진 못했으나 죄다 경멸에 찬 시선들을 보냈다.

때 마침, 녀석의 아비인 신룡문주 추태성이 들어서다 그 광경을 목도했다. 자식 놈의 악행을 만천하에 알린 셈이라 그의 얼굴은 벌레 씹은 표정이 되어버렸다.

'어라? 일거양득이네?'

조영은 속으로 쾌재를 불렀다.

'고맙다. 이 멍청한 놈아. 네가 깔아준 멍석 덕분이다.'

그리고 추보성을 올려다보았다.

"시키는 대로 말했어. 이제 안 때릴 거지?"

눈치 없는 추보성이 채운정에게 말했다.

"들었죠? 이런 놈이라니까요. 핫핫핫."

채운정이 추보성을 매몰차게 쏘아붙였다.

"참, 어이없군요. 친구 돈을 뺏고 때리는 게 자랑스럽게 떠들 만한 일인가요?"

"예? 저, 이놈이랑 친구 아니에요."

"요새 신룡문이 어렵나 보죠? 힘들면 저희 상단에 찾아오세요. 얼마든지 빌려드릴게요. 친구들 돈이나 빼앗지 말고요."

가문의 형편이 어려워서 친구들 돈을 뺏는다니.

개망신도 이런 개망신이 없었다.

"운정 소저. 뭔가 오해가 있는 듯……"

어쭙잖은 변명을 해보지만 채운정은 알아주지 않았다.

그저 경멸에 찬 눈빛으로 쳐다볼 뿐이었다.

제 잘못을 모르는 추보성은 채운정이 왜 저런 눈빛으로 보는지 알 길이 없었다.

'이런 못난 놈이 있나.'

아들놈의 꼬락서니를 본 추태성의 속은 부글부글 끓었다.

사채꾼의 자식에게 돈 뺏은 걸 자랑스럽게 말하지를 않나. 일개 상단의 계집애 따위에게 쩔쩔 매질 않나. 뭐 한 가지 마음에 드는 구석이 없었던 것이다.

특히 좌중의 시선은 추태성을 열 받게 했다.

성질 같아서는 가게를 통째로 들어 엎어버리고, 모멸감을 안겨준 눈빛들을 싹 쓸어버리고 싶었다.

그러나 추태성이 그 정도로 앞뒤 분간을 못하는 인물은 아니었다.

치밀어 오르는 화를 누르고 그는 아들을 불렀다.

"당장 오지 못할까!"

"예. 아버지."

추보성은 변명조차 못하고 아비 추태성을 쫓아가고 말았다.

상황이 정리되자 채운정이 말했다.

"머리가 좋군요."

조영은 손가락을 가슴께에 갖다 댔다.

"내가요?"

"추보성을 이용하여 오대세가에게 망신을 주었잖아요."

조영은 멋쩍게 뒷머리를 긁적였다.

"결과적으로 그렇게 된 건가요? 하하."

"하지만, 그쪽도 썩 좋아 보이진 않았어요. 당당하게 보이지 않아서요."

"나는 무공을 몰라요. 그냥 부딪혀서는 만날 터지기 일쑤죠. 그래서 나름 자구책을 구한 거예요."

"남아라면, 당연히 무공을……."

채운정의 말이 막 끝나기 전이었다.

선착장 쪽에서 '펑' 하는 굉음이 들리더니 검붉은 화염이 치솟는 게 아닌가.

"홍룡방이다!"

누군가가 소리쳤고, 모두가 깜짝 놀라 밖으로 뛰쳐나갔다.

마침 오대세가의 일행들이 빠져나가기 전이었는데, 신룡문 호위총관이 급히 추태성에게 보고를 했다.

"문주님. 홍룡방의 무리들이 중신상단의 선박을 습격하고 있습니다."

"관부에는 연락했더냐."

"예. 중산상단에서 하였습니다. 하지만 여기까지 오려면 시간이 걸릴 듯합니다."

호위총관이 주변을 살피더니 나지막이 속삭였다.

"중산상단의 것이니 우리가 나설 것까지는 없는 듯합니다."

추태성이 혀를 끌끌 찼다.

"쯧쯧. 생각이 짧다."

"무슨 말씀인지."

"이렇게 생색내기 좋은 기회를 놓쳐서야 되겠느냐."

"하면, 병력을 투입할까요?"

"우리 신룡문의 체면이 있는데 당연히 그래야지. 대신 관군이 올 때까지 만이다. 중산상단의 물품을 굳이 구할 필요는 없고, 우리 병력들이 안 다치는 선에서 적당히 싸우는 척하다가 관병이 오면 빠져라."

"예. 문주님."

그리 명한 추태성이 장검을 빼들고 돌연 군중 앞으로 나아갔다. 그는 마치 영웅대협이라도 된 양 그들 앞에서 일장연설을 했다.

"홍룡방은 광동의 상계를 위협하는 해적들이오. 협과 의를 아는 우리가 나서지 않는다면, 이는 실로 수치일 것이오. 모두 나가 저들을 물리치고 중산상단의 물품을 구합시다!"

그리 외치고 걸어 나가니 다른 세가의 무사들도 이에 동조하여 검을 빼들었다.

"추 문주님을 따릅시다!"

"해적 놈들을 물리칩시다!"

　　　　＊　　　＊　　　＊

　중산상단의 선박 한 척을 두고 남해 홍룡방과 세가연합과의 일전이 벌어지며 선착장은 창졸지간에 아수라장이 되었다.

　창. 창. 창.

　병장기 부딪히는 소리와 처절한 비명이 난무했다.

　오대세가의 자제들도 비록 나이는 어리나 저마다 검을 빼들고 싸움에 뛰어들었다. 물론, 그들에겐 수신호위가 뒤따랐기에 위험할 것은 없었다.

　화운상단 무사들의 모습도 보였다.

　비록 경쟁 상단의 일이었지만, 홍룡방이라는 공적 앞에서는 힘을 보태는 상도를 발휘한 것이다.

　그리되자, 구경하던 사람들의 중의(衆意)가 급변했다.

　"역시 신룡문은 뭐가 달라도 다르구먼."

　"전통의 무가가 아닌가."

　말 몇 마디로 상황을 급변시킬 수 있는 것.

　이것이 광동 최고의 무가 신룡문을 이끌어 온 추태성의 힘이었다.

　조영은 난간에 기대서서 조용히 이 이상한(?) 싸움을 지켜보았다.

　장욱이 물었다.

　"저도 좀 나설까요?"

조영은 시큰둥하게 반응했다.

"남 똥 싸는데 왜 우리가 힘을 줘?"

"그래야 도련님 체면이 설 것 같아서요."

"체면이 밥 먹여주나? 됐어. 괜히 힘 빼지 마."

홍룡방도들은 해적답게 거칠었다.

세가연합 무사들의 무위가 더 뛰어났음에도 불구하고 그들을 물리치기란 쉽지 않았다. 물론 선박을 선점하고 방어하는 이점도 있었지만, 무엇보다 죽기 살기로 덤벼들기 때문이었다.

그러나 신룡문의 무사들은 달랐다.

왠지 적당히 싸우는 듯한 느낌이랄까.

심하게는 홍룡방을 물리칠 의사가 과연 있는지 의심스러울 정도였다.

적어도 조영의 눈에는 그렇게 보였다.

'이거 이상한데?'

싸움의 내용을 조금 더 자세히 들여다보면 더욱 이상했다. 정작 죽기 살기로 싸워서 선박을 찾아야 할 중산상단의 무사들조차 대충 싸우는 것으로 보였던 것이다.

'어쭈구리. 지금 뭐하자는 거지?'

죽어나가는 것은 다른 세가의 무사들과 부화뇌동하여 끼어든 잡배들뿐이었다.

삐이익!

"세가를 도와 상단의 물품을 구해라!"

관병이 도착하자, 신룡문과 중산상단의 무사들은 아예 싸움에서 빠져버렸다. 홍룡방도들에게 집중하느라 다른 사람들은 낌새조차 알아차리지 못했다.

그제야 조영은 고개를 끄덕였다.

'아, 그런 거였어? 어쩐지 생선튀김 먹으러 멀리도 왔다는 생각이 들더라.'

어떤 결론에 도달한 조영은 코웃음을 쳤다.

'흥, 놀고들 있네.'

그리고 시선을 돌려버렸다.

조영의 시선이 멈춘 곳은 관병들이 쏜 불화살에 맞아 불타는 애꿎은 어선들이었다.

어부들은 불을 끄려고 발버둥 쳤으나 역부족이었다. 선착장에는 갑자기 날벼락을 맞은 영세 상인들이 넋을 놓고 주저앉아 있었다.

내일 새벽장사에 나갈 물건들이 죄다 못쓰게 된 탓이었다.

그들은 바닥에 널브러진 어물들을 보며 땅을 쳤다.

허나 그들에게 관심을 가져주는 이는 아무도 없었다.

'원래 의와 협을 행하는 곳에는 누군가의 희생이 따르기 마련이지. 하지만 어쩔 수 있나? 힘없는 게 죄인 것을.'

"결국 상선을 강탈당했군요."

장욱에 말에 고개를 돌려 보니 중산상단의 선박이 항구를 빠져나가고 있었다. 결국 홍룡방에게 강탈당하고 만 것이다.

조영은 심드렁하게 대답했다.

"빤하지 뭐."

"예? 미리 알고 계셨던 것처럼 들리는데요?"

"장욱 형, 나랑 재미있는 내기할까?"

"갑자기 내기라니요."

"중산상단의 선박에 실린 물목이 뭘 거 같아? 나는 암염이라는 것에 내 전 재산을 건다."

"중산상단에서 암염을 수입했다는 말씀입니까?"

"맞아. 나는 저 인간들이 여기에 나타날 때부터 이상한 생각이 들었었어."

신룡문주 추태성이 무관 출신임에도 불구하고, 대부호의 자리에 오를 수 있었던 것은 나라에서 관리하는 천일제염의 독점권을 불하받았기 때문이다. 기존의 상단들이 아무리 날고 기어도 신룡문을 추월할 수 없는 이유가 여기에 있었던 것인데.

실제로 중산상단이 암염을 수입하려 했다면, 그건 신룡문에 도전장을 내민 것이나 다름없었다.

그 사실을 알고도 묵인할 추태성이겠는가.

"확신하시는 근거는요?"

"홍룡방과의 싸움에서 신룡문과 중산상단은 양쪽 다 최선을 다하지 않았어. 신룡문은 지들이 피를 흘려가며 중산상단의 물품을 구해줄 이유가 없기 때문이고. 중산상단은 배에 실려 있는 물품이 공개되는 걸 원치 않았기 때문이지. 그 두 가지를 충족시킬 만한 물품은 암염뿐이야.”

“홍룡방은 암염이 실려 있다는 걸 어떻게 알았을까요?”

“누군가 알려줬으니까 알지. 그렇지 않으면 남해에서 해적질하기도 바쁜 놈들이 여기까지 기어올라 왔겠어?”

“설마, 추 문주가.”

“설마는, 십중팔구지.”

“정말 흉악한 인물이군요.”

“아니, 자기 밥그릇을 어떻게 지켜야 하는지 확실히 보여주잖아. 최고의 자리에 오른 데엔 다 이유가 있는 거지. 배울 점이야.”

상선을 빼앗기고도 추태성은 군중들에게 영웅대접을 받고 있었다. 추태성은 한사코 손사래를 치며 겸양지덕을 발휘했다. 양민들을 위해 해적 소탕에 총력을 기울이겠다는 말을 하자 분위기는 최고조에 이르렀다.

중산상단의 외원각주 주상욱이 추태성에게 다가가 포권의 예를 갖추었다.

“저희 상단을 위해 힘써 주신 점 고맙습니다. 은혜를 잊지 않겠습니다.”

추태성이 너그러운 얼굴로 인사를 받았다.

“좀 더 총력을 기울였어야 했는데, 선박을 구하지 못해 미안하네. 워낙 거친 놈들이 되어서.”

“별말씀을요…….”

그 광경을 보며 조영은 혀를 내둘렀다.

“와우, 둘 다 연기까지 좋은데?”

아마 두 사람의 심중 대화는 이랬을 것 같았다.

‘추 문주! 당신의 짓이란 걸 다 알고 있소. 오늘의 일은 잊지 않으리다.’

‘너희 상단 따위는 날 넘어설 수 없다. 다시 한 번 허튼 짓을 하면, 그때는 아예 밟아줄 테다 명심해라.’

상황이 종료되었다고 판단한 조영은 장욱과 풍덕에게 말했다.

“저쪽을 봐.”

조영이 가리킨 곳은 창고 뒤편, 부상으로 신음하고 있는 어부들과 난전상인들이었다.

“사실 나쁜 인간이긴 해. 지가 진정한 대협이라면, 여기서 일장연설을 할 게 아니라 저기에 있는 힘없고 가난한 사람부터 챙겨야지. 안 그래?”

“그렇습니다.”

사람들이 빠져나가자 선착장은 마치 썰물이 빠져나간 갯벌 같았다. 부상자와 시체들이 나뒹굴고, 화염과 매캐한 연기가 자욱했다.

씁쓸한 표정으로 조영이 물었다.

"여긴 누가 치워?"

장욱이 대답했다.

"내일 아침쯤, 관부에서 치울 것입니다."

아수라장이 된 곳을 물끄러미 바라보던 조영이 말했다.

"어디서 손수레를 빌릴 수 없을까?"

장욱이 의아한 듯 되물었다.

"손수레는 뭐 하시게요?"

조영은 담담히 대답했다.

"돈 줍게."

풍덕이 화들짝 놀라 바닥을 눈으로 훑었다.

"돈이 어디 있어."

"와! 돈이다."

조영이 큰 소리로 외쳤다.

멀리 난전상인들에게 들리도록 일부러 그런 것 같긴 했다.

한데 왜 그러지?

풍덕은 처음에는 어처구니가 없어 쳐다보다가 한참이 지나
서야 그 뜻을 알 수 있었다.

버려진 병장기들.

쉽게 말해 고철 수거를 하자는 얘기였다.

풍덕이 주둥이가 또 댓발이나 나왔다.

"아, 정말 우리가 이런 짓까지 해야 해?"

"그럼, 노냐?"

조영은 널브러진 병장기를 하나 둘씩 주워 손수레에 실었다. 장욱도 조영을 따라 병장기들을 주웠다. 그렇게 되자, 울며 겨자 먹기로 따를 수밖에 없는 풍덕이다.

"백철로 만든 건 없나?"

"글쎄요. 다들 허접한 것들뿐이네요."

"하긴 상관없지. 어차피 무게로 팔 건데. 천하의 보검인들 뭔 의미가 있어. 그지?"

"하하. 생각해 보니 그러네요."

잠시 후였다.

등에 젖먹이를 업은 여자가 조심스럽게 다가왔다.

식구들 끼니라도 마련해 보려고 좌판을 깔았다가 난데없이 날벼락을 맞은 여자였다. 여자는 고난에 찌든 표정으로 물었다.

"저기, 이거 주워서 팔면 돈을 주나요?"

조영은 일부러 힘주어 대답했다.

"당연하죠. 철인데요."

"임자는……."

"임자가 따로 있나요? 길바닥에 널린 물건, 보는 놈이 임자죠. 설마 죽은 사람이 지 칼 돌려달라고 하겠어요?"

"그렇군요. 한데, 귀한 댁 공자님 같은데, 어째서 이런 험한 일을……."

"돈 버는 데 편한 일이 따로 있습니까? 뭐든 닥치는 대로 해야죠. 우리 할아버지도 개같이 벌어서 절 이렇게 키우셨습니다.”

여자의 눈가에 물기가 고였다.

“좋은 말씀이네요. 고맙습니다.”

조영은 여자에게 용기를 북돋워 주었다.

“자, 넋 놓고 보고만 있지 말고, 힘을 내세요. 외곽 쪽에 가면, 연강호라는 도검소가 있거든요? 거기에 갖다 주면 돈을 줄 거예요. 누가 보냈냐고 하면, 금보당에서 보냈다고 하세요.”

“네.”

그 말을 듣고 있던 늙은 상인이 멍하니 서 있는 난전상인들에게 말했다.

“여기 공자님 말씀 못 들었나? 병장기만 주워 팔아도 오늘 품삯은 나오겠네. 자, 뭣들 하나. 어서들 움직이세.”

“예. 어르신.”

용기를 얻은 난전상인들이 병장기들을 줍기 시작했다.

그때, 조영은 슬그머니 손수레를 끌고 빠져나왔다.

바람만 잡고 그들에게 양보한 것이다.

“제가 끌까요?”

“아니.”

“이게 도련님의 의도였군요. 저 사람들을 가르쳐 주고 싶었던 거죠?”

조영은 고개를 저었다.

“아니, 일부러 그 사람들을 가르칠 의도는 없었어. 내가 누굴 가르칠 주제가 되지도 않고. 그렇게 선량한 마음도 없고.
하지만 모든 사람은 똑같아. 치열하게 살아야 생존할 수 있다
는 거지. 그건 알아야 하지 않겠어? 그걸 깨우치면 살아남고,
못 깨우치면 만날 그 모양 그 꼴로 살아야 해. 가르치지 못하
는 건 나도 저들 중의 하나니까.”
　“어찌됐건 돕고 싶으신 거였잖아요.”
　“그런 건 있었지.”
　“갑자기 왜 그런 생각을 하신 건지…….”
　“저 사람들 중에는 우리 전포에서 돈을 빌린 자들도 있을 거
잖아. 저들의 형편이 풀려야 돈을 갚지. 저 꼴로 놔두면 악성
채권 돼. 할아버지가 돈놀이도 숨통을 틔워주고 하는 거랬어.”
　“졌습니다.”
　“하하. 명색이 전주(錢主)인데 당연하지.”

　채운정은 향어촌 앞에 마차를 대기시키고 조영을 기다렸다.
동생에게 잘해 준 것에 대한 감사한 마음을 전할 생각이었던
것이다.
　물론 그것이 이유의 전부는 아니었다.
　뭐랄까.
　여태껏 접해보지 못한 소년에 대한 호기심 같은 것도 있었다.
아니, 좀 더 솔직히 말하자면, 살짝 좋은 감정이 든 것이었다.
　그러나 채운정은 곧 자신의 눈을 의심해야 했다.

조영이 고철을 실은 손수레를 끌고 왔기 때문이다.

"어, 아직 안 가셨습니까?"

"고맙다는 인사를 하려고 기다렸어요."

"고맙기는요. 덕분에 제가 즐거웠는걸요."

"한데, 웬 손수레죠?"

조영이 멋쩍은 웃음을 지었다.

"아, 이거. 고철이에요. 고물상에 팔면 돈 좀 되거든요."

남들은 싸울 때, 구경만 하다가 죽은 사람의 병장기를 실어 가는 중이란 얘기가 아닌가. 그것도 고철로 팔아먹으려고. 이래서 돈 벌레의 자식이란 소릴 듣는 건가? 사람의 눈은 보고 싶은 것만 보기 마련. 신룡문의 계략이나 양민들의 처지를 생각해 본 적이 없는 채운정은 급격히 실망을 하고 말았다.

'역시 신분의 격차는 줄일 수 없는 건가?'

잠시 가졌던 좋은 감정도 일거에 사라졌고, 그 탓에 채운정의 표정이 싸늘히 식었다.

그런 심중의 변화를 눈치재지 못할 조영이 아니었다.

'고철을 줍는다고 하니 천하게 보이는 모양이네.'

조영은 일부러 주접을 떨었다.

"매일 이런 싸움만 있으면, 꽤나 짭짤할 텐데요. 그러면 두 소저께 저녁도 종종 사드리고."

채운정은 조영의 호의를 매몰차게 거절했다.

"그런 돈으로 저녁 얻어먹고 싶진 않네요."

"아, 그러십니까? 제가 좀 앞서 갔네요. 하하."

"하여간 오늘은 고마웠습니다. 그럼."

"예. 조심히 돌아가세요."

마차 안에서 얼굴을 속 내민 채운려가 앙증맞게 손을 흔들었다.

"오빠, 안녕. 나중에 우리 상단에 놀러와. 꼭!"

"알았어. 잘 가. 려아야."

마차가 떠나자 조영은 곧바로 손수레를 끌기 시작했다.

뒤에서 밀던 장욱이 몇 번 망설이다가 눈치를 보며 물었다.

"광주제일미라 소문난 아가씨예요."

"쟤가?"

"예. 세가의 자제들이 몰려드는 거 보셨잖아요."

"응. 그래서 녀석들이 그렇게 껄떡거렸구나."

"도련님은 안 예쁘던가요?"

"몰라. 자세히 보지도 않았어. 아니, 그렇게 예쁜 줄 모르겠던데. 그리고 여자 예쁘면 뭐 해? 옷 사고 분칠하는 데 돈만 쓰지."

"하하."

"왜 웃어?"

"꼭 단주님하고 얘기하는 것 같아서요."

"에이, 기분 나쁘게 누구랑 비교하는 거야!"

"하하하."

제5장

예기치 못한 사고

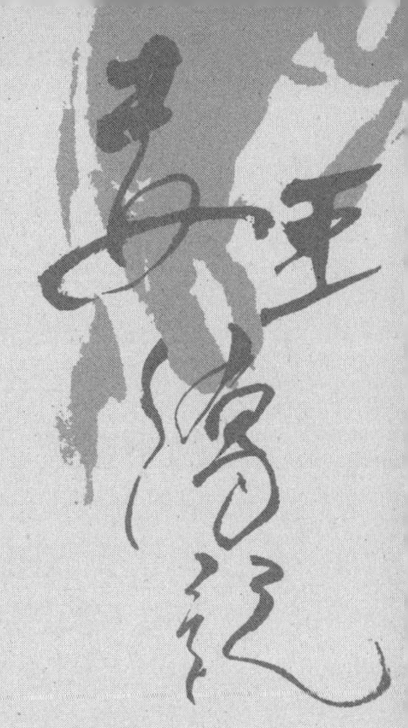

조영에게는 교복(敎僕)이나 설리의 정식 직분은 집사장(執事長)으로 내원에서는 가장 높았고, 그 서열에 대한 대우는 엄격했다. 이는 진추목이 그녀의 신분을 철저히 숨겨 줬기 때문이다.

햇볕이 좋은 날이라 내원에서는 청소가 한창이었다.

하인들은 집안 곳곳에 빗질을 했으며, 하녀들은 깨끗이 빤 옷가지, 이불을 널어 바래기를 했다.

그동안 설리는 조영의 서고를 정리했다.

"설리 아가씨."

한식경쯤 지났을 때, 장욱이 서고로 들어왔다.

"누가 도련님을 찾아왔는데요."

“누가요?”

“서원 친구랍니다.”

장욱의 말이 끝나기도 전에 한 소녀가 불쑥 들어와 인사를 했다.

“안녕하세요.”

뒤축 높은 꽃신에 황조가 수놓아진 비단 치마를 입은 것으로 보아 꽤나 신분이 높은 것 같았다.

“저는 단초린이라고 해요.”

설리는 엉겁결에 단초린의 인사를 받았다.

“아, 그래요? 그런데 여긴 어쩐 일로……”

“요즘 조영이 서원에 나오질 않아서 찾아왔어요.”

“도련님은 지금 안 계시는데 어쩌죠?”

단초린이 고개를 갸웃거렸다.

“도련님? 그럼, 당신은 몸종인가요?”

몸종이라니. 뭐, 이런.

어린 소녀의 당돌한 말버릇에 장욱이 발끈했다.

“대답에 앞서, 어느 가문의 소저인지는 모르나 좀 무례하시군요. 이분은 본당 내원의 집사장이십니다. 언행에 격식을 갖춰 주십시오.”

“어찌됐건 조영의 아랫사람 아닌가요?”

장욱은 불쾌한 감정을 감추지 않았다.

“아무리 도련님의 친구라도 더 이상의 무례는 용납하지 않겠습니다."

설리가 그를 자제시켰다.

"장욱, 나는 괜찮아요."

"무례했다면 용서하세요. 죄송해요. 나도 모르게 적의(敵意)
가 느껴져서 그랬어요."

사과를 했지만 내용은 갈수록 가관이었다.

설리가 화들짝 놀라 단초린에게 물었다.

"적의요? 저한테 말인가요?"

"그래요. 이유는 나도 몰라요. 그냥 여자의 육감이에요."

기껏해야 열 살 된 소녀가 무슨 여자의 육감?

장욱이 고개를 절레절레 흔들었다.

"하하. 이거야 원. 도련님 친구 분이라 하셨지만 제 눈에는
두 살쯤은 어려 보입니다만."

이번에는 단초린이 발끈했다.

"어리다고 무시하지 마세요. 제 육감은 틀린 적 없으니까요."

설리가 의아하여 물었다.

"왜 제게 적의를 느끼셨나요?"

단초린은 당돌하게 자신의 생각을 밝혔다.

"내가 조영이의 여자 친구가 될 생각이거든요. 아무리 예쁜
애들이 옆에서 알짱거려도 신경이 안 쓰이는데…… 아줌마는
왠지 첫눈에 거슬리네요."

아줌마? 방년 열아홉 꽃다운 처녀 보고 아줌마라니.

그러나 저러나 그 의도가 다소 충격이 아닐 수 없다.

말인즉슨, 여자 친구의 입장에서 볼 때, 자신이 신경 쓰인다는 말이 아닌가.

"혹시 연적(戀敵)을 말씀하시는 건가요?"

"네."

풍덕이 다가와 얼굴을 단초린의 코앞에 바싹 들이댔다.

"아니, 우리 도련님도 소저를 그리 생각합니까?"

단초린은 정말 당당했다.

"아직은 아니에요. 하지만 조영이 생각 따위는 필요 없어요. 내가 그렇게 만들면 되니까요."

풍덕이 머리를 감싸 쥐었다.

"아놔, 돌아버리겠네. 소저의 자신감은 대체 어디서 나오는 거요? 키도 조그맣고 얼굴도 까맣고…… 뭐 내세울 게 없는데."

단초린은 까만 눈을 반짝이며 말했다.

"오 년만 지나면, 아줌마보다 키도 커지고 가슴도 빵빵해질 거예요."

쿨럭.

"아, 예. 어련하시겠습니까요."

풍덕은 이 어린 소녀를 무시하였지만, 설리의 심정은 조금 달랐다. 가슴이 철렁 내려앉는 기분이었던 것이다.

육감이란 표현…… 어쩌면 맞을지도 모른다는 생각을 했다.

턱없는 소리를 하는 것 같지만, 여자는 본능적으로 안다고
나 할까?

설리 또한 이유를 알 수 없는 긴장감 같은 게 느껴졌던 것이
다.

"풍덕, 도련님 계신 곳을 가르쳐 드려."

"예. 누님."

금보당 정문 앞길.

백 년 이상 된 백당나무들이 늘어서 일제히 꽃망울을 터뜨
린 하얀 꽃은 장관이었다.

"와아, 정말 예쁘네."

단초린이 나오자 수상한 죽립무사들이 그녀를 재빨리 에워
쌌다. 그들의 수장으로 보이는 붉은 무복의 사내가 대기 중이
던 마차에서 뛰어 내려왔다.

"공주님. 시간을 더 이상 지체하시면 아니 됩니다. 빨리 환
궁하셔야 합니다. 그렇지 않으면 부왕께서 역정을 내실 겁니
다."

단초린은 못마땅한 듯 쏘아붙였다.

"여기서는 아가씨라 부르라고 했잖아."

"알겠습니다. 알았으니까 어서 마차에 오르시지요. 아가씨.
운남까지 가려면 서둘러야 합니다."

"싫어. 만나야 할 사람이 있어. 그러니 항구에서 한 시진만

기다려줘.”

“그게 누군데요?”

“내가 그런 것까지 일일이 보고해야 해? 위아래 구분 못하는 거야?”

붉은 무복의 사내가 얼른 정자세로 시립했다.

“아뇨.”

“견룡위에 몇 년 있었지?”

“십오 년입니다.”

“오래 있었네.”

붉은 무복의 사내가 거의 울상이 되어 단초린의 소매를 붙들었다.

“공주님. 더 오래 근무하고 싶습니다.”

“그러니까 따라다니지 말란 말이야.”

“그게 밥줄인데 어쩌란 말입니까. 여기는 중원입니다. 여기서 공주님 놓치면 전 죽습니다.”

그제야 단초린의 어조가 가라앉았다.

“알았어. 얼굴만 보고 올게.”

“하면, 약속을 해주십시오.”

“뭘?”

“이번에도 도망치시면, 강제로 모실 것입니다.”

“맘대로 해.”

　　　　　*　　　　*　　　　*

도검소 연강호(鍊鋼戶).

광동성에서 소용되는 모든 도검을 만들어내는 곳이다.

연강호의 마당에서는 웃통을 벗은 대장꾼들이 경쾌하게 메질을 하고 있었다.

따깡. 따깡.

쇠 두들기는 소리가 청명했다.

정련로(精鍊爐) 옆에는 웃통을 벗어젖힌 장년인이 망치를 들고 서 있었다. 아침햇살에 빛나는 구리빛 피부, 힘의 움직임에 따라 꿈틀거리는 등 근육이 그의 연륜을 보여주는 듯했다.

도검소 연강호의 주인인 철목중.

명장(名匠) 중의 명장으로 소문난 자다.

도검을 만드는 솜씨는 하늘에 이르렀지만, 장인들이 대개 그러하듯, 불같은 성격 탓에 철목중은 주변 사람들을 몹시 피곤하게 만들었다.

아니나 다를까, 그는 오늘도 대장꾼들에게 호통을 쳐댔다.

"네놈들이 쇳밥을 먹은 것이 몇 년이냐? 아직도 메질 하나를 제대로 못하는 게 말이 되냔 말이다!"

"죄송합니다요. 도검장 어른."

적잖이 나이를 먹은 대장꾼들인데 철목중의 호통에 오금을 펴지 못했다.

그때, 조영이 손수레를 끌고 안으로 들어왔다.

"아저씨, 저 왔어요."

철목중이 손수레에 실린 고철을 보며 물었다.

"이건 또 뭐냐?"

"뭐긴 뭐예요. 고철이죠."

"몰라서 묻냐?"

철목중이 대충 훑어보더니 냉랭하게 내뱉었다.

"완전히 쓰레기들이네."

"그러니까 고철이죠. 안 그러면 새철이게?"

"하긴 부엌칼이나 만들고 있는데 재료가 뭔 상관이랴."

부엌칼이란 관부에 납품할 병장기를 칭하는 것이다.

"그러니까 좋은 원석을 쓰지 말라고 했잖아요. 모래도 섞고 그래야 남지. 원리 원칙대로 만들면 이문이 남아요?"

"인마. 그런 짓 하면 하루도 못 가서 부러져."

"답답하긴. 빨리 망가져야 또 주문이 들어오죠. 장사 그런 거 아닌가?"

철목중이 펄쩍 뛰었다.

"이놈이 어디서 개풀 뜯어먹는 소리를 하고 있어. 나, 인간 철목중이 평생 그렇게 안 살았어."

"그러니 평생 돈을 못 벌었죠. 안 그래요?"

"쩝. 그러긴 하네. 한데, 이것들은 다 어디서 주워 왔냐?"

"어젯밤에 선창에서 해적이랑 관군이랑 한바탕 했어요. 거기서 주워왔어요.”

“그래서 어쩌라고?”

조영이 철목중을 보며 해맑게 웃었다.

“사달라는 얘기죠. 하하.”

“싫어. 내가 왜 이런 쓰레기들을 사냐?”

그때였다.

“계십니까?”

행색이 초라한 사람들이 난데없이 연강호 안으로 들어오는 것이었다.

등에 지게를 짊어진 사람, 손수레를 끌고 온 사람, 별별 사람들이 왔는데, 그들은 저마다 고철을 한가득 싣고 있었다.

어젯밤 조영의 말을 듣고 찾아온 영세상인들…….

“여기서 고철을 사준다고 해서 찾아왔습니다.”

‘이, 이게 뭐야.’

깜짝 놀란 철목중이 조영의 귀에 대고 속삭였다.

“야, 이 미친놈아. 네놈 짓이지?”

조영은 잽싸게 도리질을 했다.

“아닌데요.”

그때, 아이를 등에 업은 여자가 조영을 알아보았다.

“맞아요. 여기 공자님이 말씀하셨어요.”

조영은 움찔했다.

‘윽, 걸렸다.’

그런 조영을 철목중이 죽일 듯이 쏘아보았다.

‘너 뒈질래?’

‘헤헤. 사람들이 보고 있잖아요. 좀 웃어요.’

‘저 쓰레기를 어디에 쓰란 말이야!’

‘녹여서 농기구라도 만들면 되잖아요.’

‘여기가 대장간이냐?’

기왕에 저지른 일 도망칠 수도 없었다. 하여 조영은 솔직하게 사정을 털어놓았다.

“아이참. 제 얼굴 봐서 좀 봐주세요. 연강호에서 받아주지 않으면, 저 사람들은 굶어 죽어요. 어서 대인배의 모습을 보여 줘요.”

“끙.”

철목중이 힐긋 시선을 돌렸다.

조영의 말대로 고철을 사주지 않으면, 풀죽도 못 끓여 먹을 것 같은 행색의 사람들이 앞에 서 있었다.

이런 젠장.

철목중은 울며 겨자 먹는 심정으로 활짝 웃으며 그들을 반겼다.

“핫핫핫. 잘 찾아오셨습니다. 여기가 바로 여러분이 찾던 고철상입니다. 무게를 달아 돈을 드릴 테니 저쪽에 부려놓으세요.”

늙은 상인이 눈물을 글썽이며 철목중의 손을 붙잡았다.

"고맙습니다. 공자님 말씀대로 정말 대인배시군요. 이런 고철을 마다하지 않으시다니."

'대, 대인배? 내가?'

갑자기 통 큰 대인으로 예우를 해주자, 철목중은 자신도 모르게 격앙되어 생각지도 않았던 말을 내뱉고 말았다.

"아유, 별 말씀을 요. 제가 고철을 얼마나 좋아하는데요. 제가 아니면 누가 사겠습니까. 앞으로 고철은 연강호로 가져오십시오. 제가 다 사드리겠습니다. 핫핫핫!"

그리고 곧바로 후회를 했다.

'……아, 이게 아닌데.'

늙은 상인이 대표로 조영에게 감사를 표했다.

"저희는 비록 힘이 없고, 가난한 자들이나 은혜마저 모르는 자들은 아닙니다. 어느 가문의 공자님인지 존함이라도 일러주시면, 하찮은 늙은이의 마음 속 깊이 새겨두겠습니다."

"금보당의 진조영이에요."

"아, 그러시군요."

"혹시, 꼭 필요한 돈이 있으면 금보당을 찾아오세요. 제 조부께서 어려운 사정을 외면하지는 않을 거예요."

"저희 같은 것들을…… 뭘 믿고."

"돈 많고 신의 없는 것보다는 낫죠."

"허허…… 말씀이라도 고맙습니다."

영세 상인들이 돌아가자, 한바탕 소동을 치른 것 같았다.

철목중이 시큼털털한 표정으로 투덜거렸다.

"너 때문에 저 쓰레기들을 무려 동전 오십 냥이나 주고 샀다."

"역시 대인이셔요."

따악.

조영의 머리에 군밤이 떨어졌다.

"아욱!"

워낙 완력이 좋은 사람이라 머리가 두 쪽으로 갈라질 것처럼 아팠다.

"돈은 내 주머니에서 나가고, 왜 생색은 네가 내냐?"

"그러니까 대인이시라고요."

"지랄, 손에 쇳물 묻히고 사는 놈이 대인은 개뿔!"

"내 말대로 하면, 그거 다섯 배 벌어요."

"나더러 농기구를 만들라고?"

"농기구뿐이에요? 돈 되면 젓가락이라도 만들어야죠. 이제 명검이나 만들던 시대는 갔다고요. 그거 하나 팔아서 얼마나 번다고. 그거 만드는 시간에 젓가락 만 개 파는 게 낫다니까요. 전문용어로 박리다매."

"아, 시끄러워!"

조영이 대장꾼들의 풀죽은 모습을 보며 물었다.

“왜 아침부터 혼을 내셨어요?”

철목중은 분이 아직 안 풀린 표정으로 쇠 집게를 내밀었다.

“야, 차라리 네가 쇠를 잡아라.”

“예? 예.”

무엇 때문에 역정을 내었냐고 물을 필요도 없었다.

이럴 땐 아무런 대꾸 없이 일만 하는 것이 상수였다.

조영은 조용히 쇠 집게를 집어 들었다.

“간다.”

“옙!”

따깡. 따깡. 치이익

두 사람의 호흡은 마치 하나인 듯했다.

철목중이 모루 위에 놓인 쇠를 두들기면, 조영은 이를 구유통에 담갔다.

소위 메질과 담금질이라는 것.

이 작업을 수없이 반복해야 검의 재료인 정철(精鐵)을 얻을 수 있는 것이다.

그제야 노기가 풀린 듯 철목중의 음성이 누그러졌다.

그는 대장꾼들에게 벌겋게 달아오른 쇠를 보여주었다.

“이렇게 강 엿처럼 눅진눅진해진 상태에서 두들겨 줘야 쇠똥이 잘 빠지는 것이다. 알았냐?”

“예. 어르신.”

철목중은 틈틈이 조영에게도 도검제작의 요령을 일러주었

다. 조영은 한 마디라도 빠뜨리지 않기 위해 정신을 집중했다.

"단타(鍛打)를 해야 하는 이유를 뭐라 했지?"

"맥석이 강철 안에 고르게 퍼져 검신을 견고하게 하기 위함이고, 또한 검신에 공극(孔隙)이 생기는 것을 방지하기 위함이지요."

"옳다. 귀찮다고 메질을 게을리 하면 공극이 생기고, 그리하면 검은 쉽게 부러지고 만다. 알았냐?"

"예."

"메질하는 대장꾼이 잡생각을 해도 결과는 마찬가지니라."

"예."

철목중은 부동자세로 서 있는 대장꾼들의 면전에 불망치를 들이밀었다.

"다른 놈들도 지금 하는 애길 잘 들어둬! 조영이 반만 따라 하란 말이야. 알았어?"

"예. 명심하겠습니다."

대장꾼들은 재빨리, 그리고 똑 부러지게 대답했다.

그의 불망치에 곤죽이 되고픈 자는 없을 테니까.

그때였다.

연강호 안으로 소녀 하나가 성큼성큼 들어오는데, 뜻하지 않게도 단초린이었다.

조영의 눈이 등잔만 하게 커졌다.

"어…… 여길 어떻게 알았어?"

"니네 집 서기가 가르쳐줬어."

"풍덕 형이?"

"응."

"근데, 웬일이야?"

"나한테 약속했잖아. 영흥로 구경시켜 주기로."

약속을 한 건 맞는데 사실 귀찮기 짝이 없다.

여자애랑 한가하게 놀러 다닐 때가 아닌 것이다. 흥미도 없고. 그래서 대충 변명을 둘러댔다.

"아, 그랬지. 어떻게 하지? 지금은 여기 일 좀 도와줘야 하기 때문에 바쁜데. 다음에 가면 안 될까?"

"시간 없다고 했잖아."

철목중이 초를 쳤다.

"이놈, 하나도 안 바쁘니 빨리 데려가라."

"정말 이러기예요?"

*　　　*　　　*

부드러운 봄날 저녁.

싱그러운 연초록 나뭇잎은 바람에 흔들리고 향긋한 풀 냄새가 코를 스쳤다.

하늘은 그림처럼 분홍빛이었다.

"정말 신기하다. 하늘이 너무 아름답지. 구름이 어쩌면 저렇게 예쁜 모양으로 널려 있을까."

'참, 신기한 것도 많다.'

여자의 감정이 잘 이해되질 않았다.

'설리 누나도 그랬었는데, 왜 여자들은 저런 걸 보고 좋아할까.'

해거름 녘의 시장은 상인들과 손님들로 들끓었다.

단초린은 마치 시장을 처음 본 것처럼 호들갑을 떨었다.

"여긴 정말로 사람이 많다. 왜 그래?"

"시장이니까 많지. 시장 처음 봐?"

"응."

"나 참. 시장 처음 봤다는 애는 또 처음이네."

"왕궁에서 나올 일이 없으니까."

뭐래?

조영이 손바닥에 글자를 써 보였다.

"이렇게 쓰는 왕궁(王宮) 말하는 거야?"

단초린이 고개를 끄덕였다.

"응."

조영이 넌지시 물어보았다.

"어머님이 궁녀시냐?"

"아니. 왕후야."

"……"

그렇게 안 봤는데 애가 좀 황당한 구석이 있네.

하긴, 멀리 운남 땅에서 와서 다른 애들에게 무시당하지 않으려다 보니 거짓말을 할 수도 있지 싶었다.

"왕후의 따님이면, 네가 공주란 얘기네."

"응."

"근데, 어느 나라 공주셔? 학사 말마따나 대리국?"

"있어. 내력이 복잡해서 말해 줘도 몰라."

"궁에 계시지 왜 여기까지 오셨어?"

"중원의 동태를 살피려고."

"그럼, 잘못 왔네. 여긴 중원이 아니라 변방이니까."

"알아."

그때, '매애' 하는 양 떼 소리가 시장을 들쑤셨다.

한 노인이 양 떼를 몰고 가는 것이다.

순간, 망태기에서 튀어나온 닭 한 마리가 푸드덕거리며 양 떼를 쫓아 뛰기 시작했다. 닭 주인으로 보이는 중늙은이가 도망가는 닭을 쫓다 양치기 노인과 부딪쳐서 곤두박질쳤다.

꼬꼬댁!

놀란 닭이 비단 가게로 뛰어들었다.

비단 장수는 미친 듯이 날뛰는 닭을 잡으려다 진열대를 치고 말았다. 그 통에 잔뜩 쌓여 있던 비단이 무너지며 비단 장수는 천 속에서 거꾸러졌다.

시장 안은 순식간에 아수라장이 되고 말았다.

"하하하."

"호호호."

사람들은 박장대소하며 즐거워했고, 단초린도 웃음을 참지
못했다.

"까르르."

"뭐 살 건데?"

"떨잠."

"떨잠?"

여자들 머리의 앞 중심과 양 옆에 꽂는 머리꾸미개를 말하
는 것이었다.

"머리에 하는 장신구야. 영흥로에 나가면 서역에서 들어온
예쁜 게 있다고 들었어."

서역상점에서 조영은 떨잠이란 걸 처음 보았다.

원형, 각형, 나비형의 옥판에 칠보, 진주, 보석 등으로 꾸미
고, 은사로 가늘게 용수철을 만들어 끝에 은으로 만든 꽃, 새
모양의 떨새가 붙어 있는 장신구였다.

'아, 이거였구나.'

여자들이 머리에 붙이고 다니는 건 많이 봤지만, 이게 떨잠
인지는 몰랐던 것이다.

하나라도 팔 욕심에 상인은 거품을 물고 떠들었다.

"떨잠은 옥판 위의 떨새가 움직일 때마다 흔들리기 때문에
생긴 이름이야. 예쁘지?"

"우와, 너무 예뻐요."

"이 정도는 머리에 꽂아 줘야 남자애들이 눈길을 준다고 볼 수 있지."

"얼마예요?"

"음, 좀 비싼데…… 서역에서 막 들어온 거야. 그러니 비쌀 수밖에."

상인 말마따나 떨새의 모양이 무척 아름답게 보였다.

순간, 조영은 머릿속에 설리를 떠올렸다.

치장이라고는 해본 적도 없는 여자.

'누나 머리에 해주면 정말 예쁘겠는데?'

"여기 있는 떨잠 전부하고요. 저기 뒤꽂이도 주세요."

"이야, 물건 볼 줄 아네."

단초린은 운남에 돌아가서 장사라도 할 것처럼 마구 골라댔고, 조영은 단초린이 정신없이 고르는 동안 몰래 나비모양 떨잠 하나를 사서 주머니에 넣었다.

"다 샀냐?"

"응."

"이제 가자."

막 상가 거리를 벗어나려는 순간이었다.

눈에 익은 화상들이 앞을 막아섰다.

"어라? 돈 벌레의 손자 아냐."

놈은 추보성이었고, 여자애는 놈의 동생 추보령, 나머지 둘은 놈의 똘마니인 마철과 방기였다.

영 반갑지 않은 존재들이다.

방기가 목을 쏙 내밀며 이죽거렸다.

"둘이 뭐하는 거냐? 혹시 농탕질 하러 가는 거냐?"

마철이 받아쳤다.

"낄낄. 그러게."

"그건 그렇고. 가진 돈 있으면 줘봐. 배고파서 그래."

시전의 흑도패거리들도 아니고, 이놈들은 어떻게 마주치면 돈을 달라고 하지?

단초린이 앙칼지게 놈을 째려보았다.

"이러지 마."

"훗, 남만에서 온 촌년 아냐. 너는 비켜."

추보성이 살짝 잡아당긴 것 같았는데, 단초린은 주루룩 밀려나 넘어지고 말았다.

"어맛."

그걸 본 조영의 눈매에 싸늘한 빛이 서렸다.

"그만해. 여자애를 때리는 건 나쁜 짓이잖아."

"이 새끼가 어디서 훈계질이야! 너 때문에 운정 소저에게 망신당한 걸 생각하면 아직도 이가 갈린다. 알아?"

"그게 내 잘못이야?"

"이게 미쳤나. 오늘따라 왜 개기고 지랄이야!"

퍽!

추보성의 주먹이 조영의 얼굴을 가격했다.

조영은 정신이 아찔하여 넘어질 뻔했으나 겨우 중심을 잡고 버텼다.

"어쭈?"

그러자 또 한 번의 주먹질이 조영의 얼굴로 날아왔다.

퍽!

"욱!"

이번에 조영은 시장 바닥에 넘어졌고, 세 놈이 번갈아 밟아 댔다.

퍽! 퍽! 퍽!

물론 돈은 있었다.

그러나 오늘만큼은 줄 수 없었다. 놈들과 부딪힐 줄은 생각 지도 못했기에 차용증을 가져오지 않았기 때문이다.

조영은 이를 악물고 참았다.

밟아라.

부러진 뼈는 다시 붙고, 시퍼런 멍은 며칠이면 빠지겠지만, 그냥 뺏긴 돈은 영원히 되찾지 못할 테니까.

'맞아 죽어도 차용증을 받지 않고는 못 준다.'

아프지 않다. 왜 아프지 않지?

추보성에게 아랫배를 밟히는 순간부터인 것 같았다.

자신도 모르게 배에 힘을 꽉 주었는데, 순간 명치끝에서 알

수 없는 뜨거운 기운이 꿈틀거리더니 그 뒤로는 통증이 느껴
지지 않았다.

착각이지 싶었다.

하도 많이 맞아서 이젠 통증마저 못 느끼는 것이라 생각했
다. 그러면서도 예전에는 한 번도 갖지 못했던 한줄기 감정이
가슴 속에서 일었다.

맞고만 있지 않아도 되잖아.

나도 때릴 수 있는 거 아냐?

무공을 할 줄 모르니 놈들보다는 잘 싸우지는 못하겠지만,
저놈들이 열 대 때릴 때 나도 한 대쯤은 때릴 수 있지 않을까?

한 대만 때려도.

후후, 그래도 그게 어디야.

아주 소박한 살심(殺心)…….

그리 생각하니 갑자기 마음이 편해지며 막힌 가슴이 확 뚫
리는 기분이었다.

"건방진 놈! 내가 누군 줄 몰라서 개기는 거야?"

"무조건 밟아버려!"

퍽. 퍽.

조영은 맞으면서도 침착하게 등과 옆구리로 날아드는 발길
을 보았다.

정강이가 눈에 들어왔다.

엎드리고 있어서 어떤 놈의 정강이인지는 정확히 모르나 하

나만 뚫어지게 바라보며 땅 바닥에 있는 돌멩이를 손에 움켜
쥐었다.

그리고 그것을 세차게 휘둘렀다.

"야아아!"

휘익. 퍽. 우직!

뼈가 부러지는 느낌이 손에 생생하게 전해졌다.

"아악, 내 다리!"

그 정강이는 방기 놈의 것이었다.

날아오는 발길을 향해 휘두른 것이라 맞는 순간, 반탄력이
작용하였고, 그 탓에 놈의 정강이는 힘없이 부러지고 만 것이
다.

"어? 방기야!"

예상치 못한 반격에 추보성과 마철이 주춤했다.

허연 뼈가 드러난 방기의 정강이를 보고 멍하니 서 있는 추
보성에게 조영은 돌멩이를 휘둘렀다.

휘익.

"덤벼, 이 새끼야!"

"오빠, 조심해!"

퍽.

"악, 대가리야."

추보성이 머리를 감싸 쥐며 비명을 질렀다.

약간 빗맞았으나 머리가 찢어졌고, 이마를 타고 붉은 피가

흘러내렸다.

"이게 미쳤나!"

"그래. 미쳤다!"

조영과 추보성은 막 바로 엉켜 붙어 싸웠다.

싸움의 양상은 요령조차 모르는 조영이나, 무공을 익혔다는 추보성이나 마찬가지였다. 아직 어렸고 지나치게 흥분한 탓에 초식이고 뭐고, 머릿속이 하얘져 흥분한 닭처럼 드잡이판을 벌인 것이다.

물론 많이 얻어맞은 쪽은 조영이었다.

그러나 지친 쪽은 추보성이었다.

"헉헉, 이 새끼, 오늘 가만두지 않을 테다."

"헉헉. 죽기밖에 더해?"

"뭐야. 죽기를 각오하고 싸우겠다는 거야?"

"그럼, 나만 계속 맞아줘야 돼?"

조영이 너무 드세게 나오자, 추보성의 목소리가 한껏 잦아 들었다.

"여…… 여태까지 그랬잖아."

말하는 꼬라지가 딱 부잣집 철부지 그 이상도 이하도 아니 었다.

"오늘은 그렇게 못해."

"왜!"

"차용증이 없어서다."

추보성은 질렸다는 듯 치를 떨었다.

"으으, 뭐, 이런 놈이 다 있지?"

피투성이의 조영이 돌멩이를 든 채 앞으로 한 발자국 나아가며 소리쳤다.

"내가 안 준다고 했어? 준다고 했잖아. 그런데 왜 사람을 패?"

그러자, 추보성은 뒤로 물러나며 더 이상 싸울 의사가 없음을 밝혔다.

"야, 알았어. 알았으니까 오늘은 그만하자."

조영은 피로 범벅이 된 입술을 이죽거렸다.

"후후, 싫어. 나는 오늘 태어나서 처음 싸워보는데 무공을 배운 니들이 왜 피해? 네놈들이 무조건 이길 테니 걱정하지 말고 싸우자. 그리고 딱 한 놈 나랑 같이 죽자. 그걸로 만족할 테니까 끝을 보잔 말이다. 응?"

"이, 이거 완전히 미친 놈 아냐."

휘익. 휘익.

조영은 미친 듯이 돌멩이를 휘둘렀다.

"덤비라고, 이 새끼들아!"

딱!

"윽."

둔탁한 타격음과 함께 조영의 손이 허공에서 멈췄다.

누군가가 검집으로 등을 내려친 탓에 돌멩이를 놓쳐버리고 만 것이다.

조영에게 손을 쓴 자는 추보성의 수신호위 육조강이었다.

"괜찮으십니까. 소주님."

그제야 추보성은 놀란 가슴을 쓸어내렸다.

"후우, 괜찮아."

"무슨 일입니까."

돈 뺏으려다가 싸우게 되었다는 얘기를 차마 할 수 없어 추보성은 대충 얼버무렸다.

"그렇게 됐어."

그때, 추보령이 도와준답시고 나섰는데 오히려 고자질을 한 격이 되었다.

"오빠가 돈을 달라고 했는데, 이놈이 주질 않은 거야."

추보성은 여동생에게 눈을 부라렸다.

"시끄러."

자신의 행실을 육조강이 아는 게 싫었던 것이다.

그러나 저러나 추보령은 자신에게 닥칠 횡액을 모른 채 밉살맞게 굴었다.

"오빠, 거짓말일지도 몰라. 사채꾼 자식의 말을 어떻게 믿어? 호주머니를 뒤져봐."

"맞아. 그럴지도 몰라."

"소주님. 남들 보는 눈이 있습니다. 그냥 가시지요."

육조강이 주변의 시선을 의식하여 말렸지만, 추보성은 막무가내였다.

“돈 때문이 아니라 이놈이 거짓말을 했어.”

“……”

추보성이 마철에게 지시했다.

“야, 이 녀석 일으켜 세워.”

마철이 엎어진 조영을 일으켜 세웠다.

“양팔 들어.”

정식 무사의 칼집에 맞은 터라 조영은 힘을 쓸 수가 없었다. 하여 묵묵히 양팔을 벌려주었다.

“뒤져서 한 푼이라도 나오면 넌 오늘 죽는다.”

“죽여.”

“오빠, 내가 뒤질게.”

그때, 아무도 신경 쓰지 않았던 소녀, 단초린의 눈초리가 올라가며 장심으로 푸른 기운이 몰려들었다. 그 기운은 손을 지나는 여섯 개의 혈맥을 통해 온 것이었는데, 만약 정종무학에 정통한 고수가 보았다면, 소녀가 사용하고자 하는 무공이 육맥신검(六脈神劍)과 관련된 것임을 간파할 수 있었을 것이다. 물론, 열 살 나이에 그 무쌍한 경지에 올랐을 리는 없지만, 최소한의 품계는 밟고 있는 것이 분명했다.

‘재수 없는 것들. 조영이 창피할까봐 나서지 않았지만, 정말 꼴을 봐줄 수가 없네.’

추보령이 촐랑대며 조영의 호주머니를 막 뒤지기 시작했을 때였다.

"아얏!"

추보령이 인상을 찌푸리며 손을 흔들었다.

"아파라, 뭐에 찔렸나?"

손가락 끝에 맺힌 피가 보였다.

중지 끝에는 가시 같은 것에 찔린 듯한 자국이 두 개가 생겼고, 피는 거기에서 난 것이었다.

피를 보자 추보령은 버럭 성질을 부렸다.

"뭐야, 은침 같은 것이 들었나봐. 오빠, 이 녀석 호주머니 좀 봐봐."

마철이 조영의 호주머니를 뒤집어 보였다.

그곳에서는 아무것도 나오질 않았다.

"없는데?"

"뭐야, 정말 없잖아."

그때, 작은 거미 한 마리가 조영의 다리를 타고 장화 속으로 들어갔는데, 그걸 본 사람은 단초린과 육조강, 두 사람뿐이었다.

'금선지주?'

단초린은 출수를 하려고 들었던 손을 슬그머니 내려놓았다.

'저게 어떻게 조영의 주머니에서 나오지?'

그사이 육조강이 독거미를 찍어 눌렀다.

맹독의 거미에게 물린 걸 모르는 추보령은 주먹을 들어 보이며 계속 윽박질렀다.

"하여간 약속 안 지키면 죽어. 내일 은화 한 냥이야. 알았어?"

그때였다.

갑자기 추보령이 들었던 주먹을 부르르 떠는 것이 아닌가.

"어머…… 왜 이러지?"

그 뿐만이 아니었다.

"오빠…… 몸이 이상해."

몸이 말을 잘 안 듣는 듯 비틀거리다 털썩 주저앉고 마는 것이다.

'뭐야? 이 계집애, 중독된 것 같은데?'

추보령의 표정에서 이상한 느낌을 감지한 단초린은 장심에 모았던 푸른 기운을 조용히 회수했다.

"보령아, 왜 이래?"

추보성이 동생을 부축해 보았지만 소용없었다.

"아악!"

처음에는 손이 붓다가 점차 붉은 반점이 팔뚝까지 올라오는 것이었다. 시간이 지체되자, 추보령의 상태는 더욱 악화되었다. 눈동자는 까뒤집혀지고, 사지에 경기를 일으키고, 입에서는 게거품이 흘러나왔다.

"보령아, 왜 그래. 무섭잖아!"

육조강이 추보령을 들쳐 업으며 외쳤다.

"아무래도 아가씨께서 독물에 물린 것 같습니다. 빨리 의원에게 가야 합니다!"

소관 포청 안치실.

추태성은 싸늘히 식어버린 여식의 손을 부여잡으며 분루(憤淚)를 삼켰다.

"크흐흑. 보령아, 네게 무슨 일이 일어난 게냐."

형조좌랑(刑曹佐郞)까지 지냈던 그는 낙향한 후, 성도 광주에 정착해 세가를 이루었는데, 그것이 광동 오대세가 중 하나인 신룡문이다. 전통적 무가(武家)인데다가 염전의 독점권까지 지녀 신룡문의 영향력은 실로 막강하였다. 세상 부러울 것이 없는 추태성에게 오직 바라는 게 있다면, 하나는 장남 보성이 무과에 급제를 하는 것이요, 둘은 차녀 보령을 명문세가에 시집보내는 것이었다.

그런 금지옥엽이 죽다니.

그야말로 하늘이 무너지는 심정이 아닐 수 없었다.

"이 아비가 네 억울함을 밝힐 것이다."

추태성은 조사실로 찾아가 사건을 담당한 포두 구양준에게 권고했다.

"자초지종은 들었네. 내 딸이 살해당했다는 사실을 밝혀주게. 그리고 그 흉수인 이놈을 참형에 처해주게."

포두 구양준은 난감하였다.

분명 죽은 자는 있으나 죽인 자가 없는 묘한 사건이기 때문이었다.

"흐음……."

조영은 당당한 눈빛으로 앉아 있었다.

큰 사건에 연루되었음에도 불구하고, 겁에 질리거나 주눅이 든 모습은 찾아볼 수가 없었다.

육조강의 증언처럼 추보령은 독물에 물려 죽은 것이 분명했다.

상처 부위나 시신의 상태를 볼 때, 이는 부정할 수 없는 사실이었다. 그리고 그 독물이 금선지주라는 것도 확인되었다. 허나 추태성의 주장처럼 조영이 추보령을 죽였다고 보기엔 무리가 있었다.

구양준이 탁자 위에 놓여 있는 금선지주의 사체를 가리키며 조영에게 물었다.

"이것이 네 주머니 속에서 나왔다던데, 사실이냐?"

조영은 부인하지 않았다.

"그런 것 같습니다."

그 대답을 빌미로 추태성은 조영을 살인자로 몰아붙였다.

"자백을 했으니 더 조사할 것도 없겠군. 이놈을 당장 참형에 처하게."

구양준이 미간을 찌푸렸다.

공정해야 할 조사에 누군가 간섭하는 것이 싫었기 때문이었다. 이는 구양준의 성격이 강직함을 보여주는 것으로, 세도가

추태성이 영향력을 행사하려 하자 구양준은 패기 있게 이를
제지했다.
"조사관은 접니다. 좀 기다려 주시지요."
그의 말을 막은 구양준이 다시 조영에게 물었다.
"이게 맹독의 거미란 걸 알았느냐?"
조영은 고개를 저었다.
"아니요."
"이것에 물리면 추보령이 죽을 것을 알았느냐?"
"아뇨."
그럴 것이었다.
남을 해치기 위해 일부러 금선지주를 주머니에 넣고 다니는
정신 나간 놈이 있겠는가 말이다.
몇 가지 석연찮은 점도 있었다.
남만의 오지에서나 볼 수 있는 독물이 시장 바닥에 나타난
것도 그렇고. 정작 당사자는 멀쩡한 것도 이상한 점이었다.
'묘한 일이군.'
그때였다.
기별을 받은 진추목이 급히 조사실로 들어왔다.
"내 손자가 무슨 잘못을 저질렀소이까."
조부를 보자 조영은 가슴이 먹먹해졌다.
"할아버지……."
진추목이 구양준에게 물었다.

"나는 금보당을 운영하고 있는 진가입니다. 내 손자 녀석이 어떤 잘못을 저질렀는지 말씀해 주시지요."

구양준이 애매하게 대답했다.

"글쎄, 잘못을 저질렀다기보다 일이 묘하게 꼬여서 그렇습니다."

구양준은 진추목에게 사건의 정황을 설명해 주었다.

이를 경청한 진추목이 추태성에게 정중히 말했다.

"존경하는 추 문주님, 차녀의 일은 안타깝지만, 명확한 근거 없이 제 손자를 살인죄로 모는 건 좀 타당치 않군요. 부디 합리적으로 생각해 주시기 바랍니다."

이어 진추목은 구양준에게도 말했다.

"죄가 있다면, 죄 값을 치르는 것이 옳습니다. 허나 죄가 없는데도 포청에 붙잡아 두는 건 옳지 않습니다. 아직 어린 나이지 않습니까. 손자 놈 또한 친구의 급사로 얼마나 놀랐겠습니까."

구양준은 고개를 주억거렸다.

"옳은 말입니다."

"부디 귀가하도록 선처해 주십시오."

그 역시 추태성의 주장에는 무리가 있다고 생각했고, 뚜렷한 증거도 명분도 없이 포청에 잡아둘 수는 없는 일이라 구양준은 기꺼이 귀가를 허락했다.

"그렇게 하십시오. 더 조사를 해보고 필요하면 다시 부를 테니 협조 부탁드립니다."

“예, 그리 합지요.”

허나 추태성의 마음은 그렇지 않다.

‘기다리라 해서 조용히 기다렸더니, 이놈이 나를 허깨비로 보고 있질 않은가.’

구양준의 일처리에 격노한 추태성이 입을 열었다.

“지금 내 딸 아이를 죽인 놈을 방면하겠다는 말인가!”

“명확한 증거가 없지 않습니까.”

급기야 추태성이 본성을 드러냈다.

“증거가 없을 수도 있다. 저놈이 죽이지 않은 것일 수도 있다. 살인이 아닐 수도 있고, 그냥 단순한 사고일 수도 있다. 그러나 내가 살인이라고 말하면, 누군가 하나는 살인자가 되어야 한다. 죄인이 나와야 된단 말이다!”

“…….”

“왜냐면, 내가 바로 추태성이기 때문이다. 알겠나!”

일방적인 주장에 진추목이 씁쓸히 웃고 말았다.

“허허. 너무 오만한 생각이시로군요.”

그러자 흥분한 추태성이 막말을 퍼부었다.

“오만한 생각? 이 하찮은 돈 벌레 늙은이가 어디서 함부로 주둥이를 놀리는가. 정녕 죽고 싶은 겐가!”

조영이 두 주먹을 불끈 쥐고 탁자를 내리쳤다.

쾅!

“우리 할아버지한테 돈 벌레라고 욕하지 마요!”

그리고 추보성을 죽일 듯이 쏘아보았다.

두 눈에는 붉은 핏발이 섰고, 불끈 쥔 두 주먹은 격분을 이기지 못해 부들거렸다.

"보령이는 보성이가 시킨 대로 내 돈을 뺏기 위해 호주머니를 뒤지다가 독거미한테 물린 거예요. 주머니 속에 독거미가 들었는지 내가 어떻게 아냐고요. 잘못이라면, 돈을 뺏으려던 당신 아들의 잘못이지 누구의 잘못이겠어요!"

추태성의 얼굴이 일그러졌다.

"뭐, 내 아들이 네 돈을 갈취하려 했다고?"

"나만 아니라 다른 애들도 다 뺏겼어요."

"뭐가 부족해서 내 아들이 남의 돈을 뺏었단 말이냐."

"그건 보성이한테 물어 보셔야죠."

"뭐, 뭐야?"

추태성이 아들에게 물었다.

"똑바로 말해라. 정말이냐?"

겁에 질린 추보성이 사시나무처럼 떨며 거짓말을 했다.

"아니에요. 이놈이 거짓말을 하는 거예요. 아버지."

추보성의 말이 믿기지 않자, 구양준이 마철과 방기를 불러다 추궁했다.

"너희는 사실대로 진술해야 할 것이다. 그렇지 않으면, 치도곤을 낼 것이니. 보성이가 친구들 돈을 갈취했느냐? 그리고 보령이는 조영이의 돈을 뺏으려고 호주머니를 뒤지다 그리된 것이냐?”

구양준의 서슬 퍼런 추궁에 겁을 먹은 두 소년은 사실을 자백하고 말았다.

“네. 흑흑. 우리는 보성이가 시키는 대로 했을 뿐이에요. 그리고 먼저 호주머니를 뒤지자고 한 것도 보령이에요.”

추태성이 수신호위 육조강에게 물었다.

“사실이냐?”

“예, 문주님.”

구양준이 추태성에게 말했다.

“들으셨습니까. 이는 누구의 탓도 아닙니다. 아드님의 잘못된 행동이 이 사단을 불러일으킨 것입니다. 안 됐지만 사고로 사건을 종결할 테니 그냥 돌아가십시오.”

추태성은 싸늘히 식은 표정으로 서 있었다.

한참을 그리 서 있던 그가 진추목을 노려보며 섬뜩한 웃음을 흘렸다.

“후후, 영감의 전포가 금보당이라 했던가? 그 작은 전포가 어떻게 망하는지 분명히 보여줄 것이다.”

그것은 분명한 경고였다.

구양준이 젊은 패기에 발끈하여 그의 행동을 질책했다.

“실망스럽군요. 정6품의 관직까지 지내신 분이 그리 용렬한 마음을 가져서야 되겠습니까. 부디 명망에 걸맞은 옷을 걸치십시오.”

그러자, 추태성은 구양준에게도 동일한 경고를 날렸다.

"큭큭큭. 젖비린내 나는 놈. 내 오늘의 치욕은 잊지 않겠다. 너 역시 마찬가지다. 햇병아리 포두의 공명심이 얼마나 부질없는 것인가를 가르쳐 주마."

"당장 꺼지시오."

"크하하! 이래서 현직이 좋은 건가? 턱도 없는 민틋한 관모(冠帽) 하나만 써도 하늘 높은 줄 모르고 큰소리를 치니 말이야. 포두께서 꺼지라면 꺼져야지. 힘없는 놈이 어깃장 부려봤자 씨알도 안 먹힐 테니."

"……."

돌아오는 발걸음은 너무도 무거웠다.

정말 후회스러웠고, 머릿속이 복잡했다.

평소처럼 돈을 주었다면 이런 일도 없었을 텐데.

왜 그랬을까. 왜 갑자기 없던 투쟁심이 생겼을까.

추보령이도 그랬다.

아무리 미운 아이였지만, 죽기까지 바란 건 아니었는데.

금선지주는 왜 아직까지 호주머니 속에 들어 있었을까.

그렇게 치명적이라면서 나는 왜 아무렇지도 않지?

그리고 추태성이 가만히 있지 않을 텐데…… 할아버지는 괜찮을까?

체내에 봉인된 독각수가 성체(成體)를 이루는 과정에서 벌어지는 현상임을 모르는 조영에겐 모든 게 의문투성이일 수밖에 없었다.

손자의 복잡한 심사를 읽은 진추목이 다정한 음성으로 물었다.

"그래서 학당에 가기 싫었던 게냐?"

조영은 미안한 마음에 고개만 주억거렸다.

"예."

"그래, 그렇구나. 아무래도 할아비가 잘못 생각한 모양이다. 사람다움을 가르치지 않는 그런 곳에서 무얼 배우겠느냐. 내일부터는 서원에 나가지 마라."

걱정된 조영이 물었다.

"할아버지를 괴롭히면 어떻게 해요?"

신룡문의 문주 추태성.

세인들은 '죽어서는 염라대왕이 무섭고, 살아서는 추태성이 무섭다.'라고 했다. 최소한 광동 땅에서는 염라대왕에 비견될 정도로 그의 영향력이 막강함을 반증하는 것이다.

그에 반해 금보당은 어떠한가.

전포로서는 비교적 큰 규모이나 남해의 염전을 독점한 신룡문에 비하면 조족지혈에 불과했다. 그동안 신룡문에 맞선 가문들은 모두 멸문의 화를 당하고 말았다. 업종이 다른 탓에 서로 부딪힐 일이 없었으나, 이번에는 그의 금지옥엽이 죽었다.

결코 피해갈 수 없을 것이었다.

내내 마음에 걸렸으나 내색할 수는 없는 일.

진추목은 짐짓 목에 힘을 주어 말했다.

"할아비는 그깟 놈들 하나도 두렵지 않다."

"저도 그렇게 믿어요."

"암, 그래야지."

"근데, 이상한 게 있어요."

"뭔데?"

"저도 그 독거미에게 물렸었어요. 그런데 저는 아무렇지도 않았어요."

"……"

독물에 물려도 멀쩡하다니.

이것이 정각이 말한 독각수의 힘인가.

언젠가는 사실을 말해 주어야겠지만 지금은 아니라고 생각했다. 정각의 말에 의하면, 열다섯이 되어야 봉인을 해제할 수 있다고 하지 않았던가.

'그래. 앞으로 삼 년, 삼 년은 모르는 게 좋을 게야.'

진추목은 거짓말로 손자를 위로했다.

"예끼, 이놈아. 그럴 리가 있냐. 그건 독거미가 아니었겠지."

"아닌데. 똑같이 생겼는데……"

진추목이 얼른 화제를 돌렸다.

"근데, 저 아이는 누구냐?"

아차, 단초린을 잊고 있었다.

뒤를 돌아보니 단초린이 죄라도 지은 듯, 풀 죽은 얼굴로 따라오고 있었다. 포청 밖에서 기다리다가 조영이 나오자 따라온 모양이었다.

"서원 친구예요."

"아까부터 계속 따라오는 거 같은데?"

"같이 시장 구경을 하고 있었어요."

"그래? 그럼, 좀 더 놀다오너라. 할아비는 전포로 갈 테니."

"아참, 이거."

조영은 은빛으로 반짝이는 나비떨잠을 내밀었다. 서역상점에서 샀던 것이었다. 손자의 속내를 읽은 진추목이 웃으며 물었다.

"설리, 갖다 주랴?"

"네."

"허허, 알았다."

제6장

만독불침(萬毒不侵)

백운산(白雲山).

소관에서 가장 높은 산이다.

'빙산지부' 라 일컫는 천산에 비유해 사람들은 소천산(小天山)이라고도 했다. 정상에는 일 년 내내 만년설이 덮여 있었다. 물론 정상까지 가 본 적은 없지만, 가끔 중턱의 너럭바위에 올라 꿈을 키웠던 곳.

조영은 너럭바위에 앉아 항구의 저녁풍경을 구경했다.

그 옆에는 단초린이 다소곳이 앉아 있었다.

"미안해. 나 때문에……"

"……"

"할아버님이 곤란해지시겠지?"

조영은 가만히 고개를 저었다.

"아니, 우리 할아버지는 강한 분이야. 신룡문의 압력에도 굴복하지 않으실 거야. 난 그렇게 믿어."

"그럼, 다행인데."

산 아래, 삼나무 숲 앞에는 잠자리 떼가 흐르고 있었다.

저녁이 깊어지면서 잠자리 떼도 다급히 속력을 내는 것 같았다.

뭔가에 쫓기는 듯.

삼나무 숲에서 푸드덕 하고 뛰쳐나온 까마귀가 저녁 바람 속으로 솟구쳤다.

잠자리 떼를 초조하게 만든 건 까마귀였다.

"불쌍하다. 그지?"

까마귀가 잠자리 잡아먹는 모습이 불쌍해?

참나, 잠자리가 모기 잡아먹는 걸 보면 울겠네.

여자애들은 다 그런가? 아니면, 얘만 이런가.

여자들은 종종 사물에 자신의 처지를 빗대고 감상적이 된다는 사실을 모르는 조영은 단초린의 말을 이해하지 못했다.

"그렇지 않아?"

두 번이나 묻자, 조영은 억지로 호응해 주었다.

"그래. 불쌍하다."

바람이 세차게 불자, 단초린의 팔이 옆구리를 불쑥 파고들

었다. 그리고 소녀의 머리가 어깨에 살짝 얹어졌다. 머리칼에
서 나는 향기가 바람결에 전해졌다.
　그리고 팔 언저리에 느껴지는 소담한 젖가슴.
　'어, 뭐야.'
　기분이 묘했다.
　가슴 언저리에서 뭉클거리는 짜릿한 느낌이 나쁘지는 않았
다. 그러나 조영의 눈앞에는 한 여자의 모습만 아른거렸다.
　분(紛)때 민 흔적조차 없는 청초한 여자.
　설리.
　'이건, 누나를 배신하는 짓인데…….'
　조영이 슬쩍 물었다.
　"추워?"
　"아니."
　"너무 늦은 거 아냐?"
　그만 내려가자는 뜻이었는데, 단초린은 그 의견을 가볍게
무시했다.
　"아니."
　그럼, '얘기나 계속해야겠구나.' 라고 생각하여 물었다.
　"린아."
　"응?"
　단초린이 기다렸다는 듯이 고개를 돌렸다.
　그러자 얼굴이 너무 가까워졌다. 소녀의 빛나는 까만 눈동

자, 붉고 도톰한 입술, 까무잡잡한 피부가 눈에 가득 들어왔
다. 설리가 청초한 수국이라면, 단초린은 화려한 남국의 꽃이
었다.

"지금, 네 몸에서 나는 향수 말이야."

단초린의 눈동자 반짝였다.

향수를 뿌린 이유를 이제 알겠어? 하고 묻듯이.

"대리국에서만 나는 건가?"

"응."

"이름이 뭐야?"

"그건, 왜?"

"광동엔 없는 물건이라 여기에 들여와 팔면 대박날 것 같아
서. 네 생각에도 그렇지 않냐?"

단초린의 눈꼬리가 매섭게 치켜 올라갔다.

"너, 돈 계산 잘하지?"

"응."

"난, 마음의 계산을 잘하거든?"

조영이 웃었다.

"야야, 그런 걸 어떻게 계산하냐?"

단초린이 냉담하게 말했다.

"못하면 어떻게 되는지 잘 봐."

툭. 툭.

별안간 단초린이 어깨와 가슴, 그리고 다리를 손가락으로

찔러댔다. 이상했다. 그저 손가락으로 찌른 것뿐인데, 몸을 움직일 수가 없었다.

"어, 왜 이러지?"

"몸이 말을 안 듣지?"

"응."

"이상하게 생각할 거 없어. 혈도를 제압했으니까."

혈도?

"너, 무공을 아는 거야?"

"당연하지. 아까 성질대로 했으면, 보성이 놈은 그 자리에서 죽었어."

"뭐?"

조영이 깜짝 놀라 물었다.

"그럼, 날 죽이려는 거야?"

단초린은 답답한 듯 짜증을 부렸다.

"야! 내가 널 왜 죽여."

"그럼, 왜 무섭게 혈도를 짚어? 이치가 그렇잖아. 왜 이러는지 이유는 알아야 할 거 아냐."

"이래서 똑똑한 애들은 짜증나. 계집애가 사내를 좋아하는데 뭔 이유가 있고, 뭔 이치를 따지냐? 그냥 마음 가는대로 몸이 따라가는 거지."

마음 따라 몸 따라?

"그러니까 뭘 하려는 건지…… 설명 좀 해주면 안 될까?"

“아이참, 진짜 말 많네. 조용히 좀 할 수 없어? 나도 처음이
라 떨린단 말이야.”
“뭔데?”
“입맞춤.”
헉! 입맞춤?
“야! 하지 마.”
조영이 강하게 반발했으나 움직일 수 있는 건 동공뿐이었
다.

*　　　*　　　*

단초린의 촉촉한 입술이 닿자 문득 정신이 아득해졌다.
‘에라, 마음대로 해라.’
자포자기의 심정으로 누워 있는데, 산 아래쪽에서 누군가를
찾는 소리가 들렸다.
아까부터…….
“공주님! 어디 계십니까.”
살짝 눈을 떠 보자 단초린은 눈을 지그시 감은 채 입맞춤에
열중하고 있었다. 미소까지 머금은 채. 마냥 행복해하는 표정
이라 말을 할 수 없었지만, 조영은 왠지 서글펐다.
‘이건, 아니야. 정말.’
따져 물을 수도 없었다. 무슨 짓을 할지 몰라서.

그저 넋 놓고 있자니 지루하고.

"저 소리 들려? 공주가 산에서 길을 잃었나봐."

"신경 꺼."

"어느 나라 공주가 멍청하게 길을 잃었을까."

"아이참, 이 기분으로 있게 좀 닥치고 있으면 안 될까?"

"으응…… 알았어."

누워서 본 밤하늘. 별빛이 유난히도 밝았다.

조영은 굳게 다짐했다.

아무래도 무공을 배워둬야겠어……. 할아버지의 가업을 잇는 것도 좋지만, 전포 일만 보기엔 세상이 너무 험한 것 같아.

"공주님! 어디 계십니까. 제발 대답 좀 해주십시오."

조영은 입술이 떨어지는 틈틈이 나불댔다.

"근데, 공주는 어디 갔을까."

"……"

"찾아주면 사례금 좀 받을 텐데."

단초린이 결국 참지 못하고 폭발했다.

"야!"

별빛 아래의 소녀는 잔뜩 화가 난 표정이었지만, 상당히 귀여웠다. 새삼 그걸 깨닫는 순간에 단초린이 버럭 소리를 질렀다

"그 정신 나간 공주가 나다. 나!"

도저히 못 참겠다는 투였다.

“저 사람들이 찾는, 아니, 네가 말한 정신 나간 년이 바로 나다. 그러니까 저 사람들에게 여기 있다고 알려주고, 사례금이나 챙겨라.”

성질머리하고는.

내리는 소나기는 일단 피하자는 심정으로 조영은 꼬랑지를 말았다.

“아, 알았어. 이제 입 다물게.”

“관둬.”

기분이 상해버린 단초린이 풀숲에 털썩 주저앉았다.

그 탓에 둘의 첫 입맞춤은 그렇게 싱겁게 끝나버리고 말았다.

“미안해. 어색해서 그랬어.”

“나는 뻔뻔해서 그랬냐?”

“……”

단초린의 눈망울에 물기가 맺혔다.

“너를 좋아하게 되었는데, 집으로 돌아가야 할 처지에 놓였고, 이대로 가면 다시는 못 만날 것 같고, 너는 완전히 숙맥이고, 그래서 나라도 용기를 낸 거야. 나도 여잔데, 첫 입술을 주기가 쉬운 줄 알아?”

여자는 무슨…… 꼬맹이지.

그래도 눈물을 보자, 약간은 불쌍하다는 생각이 들었다.

“왜 벌써 돌아가야 하는데?”

"왕위를 계승해야 돼."

쿨럭. 얘가 뭐라는 거야.

"……."

"말했잖아. 내가 저 사람들이 찾는 공주라고."

조영이 반신반의하며 물었다.

"그럼, 낮에 말한 얘기가 진짜란 말이야?"

"그래. 진짜다."

"와, 내 친구가 공주라니. 믿기지가 않네."

"친구? 내 여자로 정정해 주면 안 될까? 네 말대로 이치를 따지면 그러잖아. 아무리 어려도 입술을 가졌으면 책임을 져야지. 이제 와서 발뺌할 거야?"

책임을 지라니. 이건 또 무슨 소리?

조영은 강하게 반발했다.

"야, 내가 그런 게 아니라 네가 일방적으로 덮친 거잖아. 내가 왜 책임을 져."

그러자 단초린이 당장 겁박을 하고 나섰다.

"저 사람들, 날 호위하는 견룡위사들인데 불러서 한번 물어볼까?"

응?

단초린의 성격상 거짓말을 할 게 분명했고, 진짜 견룡위사들이라면, 당장 죽이려 달려들 게 아닌가.

그건 곤란했다.

“아냐, 쑥스러워서 그랬어.”

“이제 네 여자 해도 돼?”

“…….”

대답을 하지 않고 버티자, 단초린이 갑자기 설리 얘기를 꺼냈다.

“솔직히 말해 봐. 너, 집사라던 아줌마 좋아하지?”

조영은 순순히 인정했다. 사실이니까.

“응.”

이에 대한 단초린의 반응은 황당하기 짝이 없었다.

“좋아. 남아가 여자 몇 거느리는 건 이해할게. 하지만 명심해. 내가 정실이고, 그 아줌마는 첩실이다. 알았어? 이거 어기면 내 손에 뒈진다.”

뭐, 뭐라고? 머리가 띵했다.

조영은 속으로 뇌까렸다.

‘아, 얘가 아무래도 멀쩡한 애가 아니구나.’

추보성 패거리들과 부딪혀도 떨어본 적이 없는데 단초린은 달랐다. 옆에만 있는데도 왠지 오한이 확 드는 느낌이었다.

‘아유, 무섭다. 무서워.’

빨리 벗어나자는 생각에 조영은 건성으로 대답했다.

“그래. 알았어.”

이제 되었겠지 생각하는 순간, 단초린이 휙 돌아보며 눈초리를 매섭게 치켜떴다.

"무서워서 억지로 대답하는 건 아니지?"

헉! 얘가 독심술도 익혔나?

조영은 강하게 부인했다.

"아, 아니야. 정말이야."

"만약에 배신 때리면, 창해(蒼海)의 물고기 밥으로 던져줄 거야."

"알았어. 믿으라니까? 그리고 이제 좀 내려가자. 할아버지 걱정하신단 말이야."

"좋아. 오늘은 보내주지."

"흑, 정말 고마워."

"그럼, 가 볼까?"

혼, 혼자 가냐?

조영은 벌떡 일어서서 발길을 서두르는 단초린을 향해 애타게 외쳤다.

"야! 그냥 가면 어떻게 해? 혈도를 풀어줘야지!"

*　　　*　　　*

너무 어두워 길을 찾기가 어려웠다.

"여기가 어디지?"

조영은 주변을 둘러보았다.

부근에는 아름다운 연못과 늪을 잇는 오솔길이 있는데, 그

옆으로는 기이한 식물들이 흐드러지게 꽃을 피우고 있었다.

"올라온 길에서 벗어난 모양이네."

"내려가다 보면 서로 연결되지 않을까?"

"그래."

조영은 단초린의 손을 잡고 오솔길을 따라 걸음을 옮겼다.

막 내려가려던 순간이었다.

철벅.

물을 밟는 소리와 함께 어디선가 경고성이 들려왔다.

"뒈지기 싫으면 움직이지 마라!"

"네?"

조영은 목소리가 들린 어둠을 향해 고개를 돌렸다.

"거기가 독사지(毒蛇池)인 줄도 모르고 들어갔더냐. 죽고 싶지 않으면 움직이지 마라."

걱정해 주는 걸로 보아 목소리의 주인이 악인은 아닌 듯싶었다.

횃불 하나가 날아왔다.

툭.

그가 던진 횃불이 발 앞에 떨어지자 어둠이 밝혀졌다. 늪 속에서 검고 기다란 것들이 서로 엉켜 꿈틀거렸는데, 그것들이 모두 독사였다.

문제였다.

늪 전체가 독사 밭이었던 것이다.

목소리의 경고대로 늪 속에서 수십 마리의 독사들이 뾰족한 대가리를 치켜들었다.

그 끔찍하고 징그러운 모습에 속이 메스꺼울 정도였다.

"으읍……."

쉬윗. 쉬윗.

놈들은 당장 달려들 기세로 모가지를 까닥거렸다.

단초린은 겁에 질려 그대로 얼어붙고 말았다.

"꺅! 영아, 무서워."

"너, 무공 잘한다며."

"그래도 뱀은 싫단 말이얏!"

치이잇. 툭.

횃불을 던져 길을 만들어 주더니 목소리가 말했다.

"횃불 곁으로는 다가오지 못하니 천천히 밟고 나오너라."

"네. 고맙습니다."

불과 석 장 정도의 거리가 그렇게 멀게 느껴질 수가 없었다.

조영은 조심하여 한 발 한 발 횃불을 내딛었다.

그때였다.

"앗!"

단초린이 짧은 비명을 내질렀다. 오른발이 횃불자루에 미끄러지며 늪에 빠지고 만 것이었다. 조영은 재빨리 단초린을 안아 들었다. 순간, 차갑고 날카로운 칼날에 베인 듯한 느낌이 복사뼈에 느껴졌다.

그 느낌은 이어 수차례 전해졌다.

"이런!"

그때였다.

"잠깐, 기다려라!"

조영은 독수리의 발톱에 목을 채인 듯 허공에 붕 떴다가 땅
바닥에 떨어졌다.

그리고 곧 의식을 잃었다.

초점이 흐릿하여 잘 보이질 않았다.

뭔가가 눈앞에서 어른거렸다.

불빛 같은 것이었다.

점차 시력과 의식이 회복되며 조영은 그것이 호롱불임을 알
수 있었다. 자개수염을 길게 기른 중년인이 자신을 내려다보
고 있었다.

그는 초독(草毒)이라는 별호를 지닌 기인 오봉추였다.

조영은 반사적으로 감사를 표했다.

"살려주셔서 고맙습니다."

오봉추는 심드렁하게 대답했다.

"내가 살려준 게 아니야."

"그럼요?"

"네놈이 뒈지지 않은 거지."

"……"

"아까 본 뱀들은 금선사(金線蛇)라는 독사다. 물리면 삼초 즉 사야. 해약도 없어. 기파편작이 살려준다면 모를까. 나는 백운산에서 자리 잡고 독물을 연구해 온 지 오 년째인 돌팔이다. 여기서 지내다 보면 해마다 약초꾼 두어 놈이 물리고는 하는데, 저 독물에게 물리고 산 놈은 네가 처음이다. 돌팔이 생활 삼십 년 만에 처음 본 거지."

"의원이셨군요."

"난 그렇고. 넌, 뭐냐?"

"네? 뭐가요?"

"뭐하는 놈이냐고."

"……."

"사천당문의 자제냐?"

"아뇨."

"그럼, 귀신이냐?"

"아니에요."

오봉추가 도저히 납득할 수 없다는 표정으로 자개수염을 만지작거렸다.

"사천당문의 놈도 아니고, 귀신도 아니라면, 아무래도 만독불침의 몸을 가진 것 같은데……."

"만독불침이 뭐예요?"

"이런, 한심한 놈. 행색은 무가(武家)의 자제인 것처럼 하고 다니면서 그것도 모르냐? 그 말인즉, 극독에 중독되어도 죽지 않는다는 뜻이다. 네 부모가 얘기 안 해주던?"

금시초문이다.

"부모님은 안 계세요. 집안이 무가(武家)도 아니고요. 할아버지가 전포를 운영하세요."

오봉추는 아예 인정을 하지 않았다.

"이 자식이. 내가 풀도 독으로 만들고, 독으로 풀을 만드는 초독(草毒) 오봉추야. 어디서 거짓말을! 그럴 수는 없으니 할아버지한테라도 다시 한 번 물어봐."

모를 수도 있지. 성질내기는.

"그럴게요."

그제야 단초린이 생각났다.

"아참, 초린이는요?"

"조그만 계집애 말이냐?"

"네."

"일단 저 안에 눕혀놨는데, 곧 죽을 거야. 너처럼 이상한 몸뚱이가 아니라면……. 그래도 대단하네. 이 각 이상 버티는 걸 보니."

"네? 초린이도 독사에 물렸어요?"

"못 믿겠으면 들어가서 네 눈으로 보든가."

안쪽 허름한 침상에 단초린은 반듯이 누워 있었다.

얼굴은 창백했고, 땀은 비 오듯 흘리고 있었다.

"린아, 괜찮아?"

“아니, 아파.”

“내가 더 빨리 움직였어야 했는데. 미안해.”

“치잇, 무공도 못하면서. 그래도 신법을 모르는 것치고는 빨랐어.”

“그, 그래?”

“왜 그랬어. 자칫하면 너도 죽을지도 모르는데.”

“그럼, 보고만 있냐?”

“그렇다고 목숨을 걸어? 그건 쉽지 않잖아. 나는 그 이유를 알아.”

“……?”

“그건 네가 날 좋아하기 때문이지. 인정하지?”

쿨럭. 그런 말을 할 때가 아닌 것 같은데…….

듣고 있던 오봉추가 핀잔을 주었다.

“아이고, 놀고 자빠졌네. 하여간 요즘 어린것들은 문제야, 문제.”

돌연 그의 눈빛이 호기심으로 번득였다.

“니들 산에서 뭐했냐? 혹시, 떡쳤냐?”

조영은 화들짝 놀라 손사래를 쳤다.

“아니에요. 우리 그냥 입만 맞췄어요.”

“입만 맞춰? 조그만 것들이 발랑 까져가지고.”

제 뜻이 아니었다고 말하고 싶지만, 계집애에게 혈도를 제압당하고 강제로 당했다는 자체가 누워서 침 뱉기.

조영은 그저 고개를 떨어뜨렸다.

"에혀."

"그나저나…… 하여간, 이상한 일이로고."

오봉추는 골똘히 생각했다.

'금선사에 물려도 죽지 않는 이상한 놈, 그리고 아직도 뒈지지 않고 버티고 있는 이상한 년. 이것들은 뭐지?'

잠시 생각에 잠겼던 오봉추가 돌연 무릎을 쳤다.

"옳거니, 어쩌면 방법이 있겠다."

"뭔데요?"

"네놈이 정말 만독불침의 몸이라면 저 아이를 살릴 수도 있겠다."

"어떻게 알 수 있죠?"

"한번 시험해 볼 테냐?"

"예."

"오히려 네놈이 죽을지도 몰라."

"괜찮아요."

"영아, 하지 마. 너까지 죽을지도 모른다잖아."

"도리가 없잖아. 독사한테 물렸어도 살았으니 괜찮을 거야."

*   *   *

오봉추는 선반에 놓인 호리병 중 하나를 가져와 탁자 위에 올려놓았다. 그리고 집게젓가락을 사용하여 무언가를 조심스럽게 꺼냈다.

박쥐였다.

놈은 흉측한 몰골에 붉고 검은 반점이 박힌 날개를 지니고 있었다.

"흡혈편복(吸血蝙蝠)이라고 하는 놈인데, 네가 만약 만독불침지체가 아니라면 즉사다. 이런 말하긴 좀 그렇지만…… 혹시 죽으면 니들 몸뚱이는 연구 재료로 쓸 것이니 그리 알고 죽어라. 그래도 해볼 것인지는 스스로 결정하고."

조영은 말없이 팔을 내놓았다.

놈은 잔뜩 성이 난 듯 혀를 쯧쯧 거리다 조영의 팔을 물었다. 날카로운 이빨에 따끔한 느낌이 들었다. 금선지주에게 물렸을 때보다 더 아팠다.

"신경을 마비시키는 독이라 근육이 경직되어 숨이 답답해지지. 결국 마비에 이르게 되고 호흡경련을 일으키다가 죽는 거야."

"……"

오봉추가 무척 궁금한 표정으로 물었다.

"어때, 죽어가는 게 느껴지냐?"

그의 말과는 달리 생리공능에는 아무런 변화가 없었다.

호흡이 빨라져 숨이 답답하기는커녕 어딘가 마비되는 기미조차 없었다.

“아뇨. 아무 느낌 없는데요?”

그저 피가 빨리는 느낌이 기분 나쁠 뿐이었다.

이게 그토록 무서운 독물인 게 맞나? 하는 의구심이 들었을 때쯤이었다. 피를 빠는 힘이 미약해지는가 싶더니 놈이 날개를 급하게 퍼덕거렸다. 그리고 팔에 꽂았던 이빨을 빼고 도망치듯 날아올랐다.

허나 그도 오래가지 못했다.

방향을 잃은 듯 천장에 머리를 부닥치고는 곧장 바닥으로 추락했다.

그러더니 쭉 뻗어버리고 마는 것이었다.

‘제길, 죽지 마라. 네놈이 죽으면 난 뭐냐.’

한참을 기다렸지만 놈은 다시는 움직이질 않았다.

만독불침인지 뭔지, 이상한 몸이 아니길 바랐던 기대는 심중에서 산산이 부서져 버렸다.

“뻗어버렸잖아. 참, 별일이네.”

“제 몸이 이상한 거 맞나요?”

“응, 만독불침이야. 확실해.”

심히 충격이 컸지만, 차차 알아볼 일이었다.

“이제 초린이를 살릴 방도를 일러주세요.”

“뭐, 간단해. 네 피를 저 애에게 먹이면 돼. 이독제독이라는 요법인데, 아마 네 피가 독을 싹 녹여버릴 거다.”

오봉추는 조영의 식지를 베어 피를 받았다.

"아이쿠, 한 방울이면 되겠다. 용량초과해서 역효과 날라."
그는 단초린의 입술에 피를 떨어뜨렸다.
"네 서방님 피니까 잘 빨아먹어라. 그래야 산다."
"……네."
"옆에서 잘 간호해. 난 가서 잘 테니까."
"예."
오봉추가 돌아간 다음, 조영은 심각한 고민에 빠졌다.
……난, 누굴까?

*   *   *

백운산 중턱.
붉은 무복의 건장한 사내가 물살을 첨벙였다.
산기슭을 휘감아 흐르는 작은 계류지만 깊이에 비해 물살은
상당히 거셌다. 그는 가벼운 신법으로 부양하여 계류를 넘어
갔다.
"웃차."
사내는 육조를 통일하여 한때 번성을 이루었던 남조국(南詔
國)의 후신 용조국의 견룡위장 성지호로 호쾌한 성격의 소유
자였다.
그가 계류를 건너자, 수하로 보이는 붉은 무복의 무사들이
득달같이 달려왔다.

호위부장이 고했다.

"산중턱에 있는 너럭바위에 계셨던 것 같습니다."

"공주님께서 백리추종향을 뿌리칠 수 있나?"

"아직 거기까지는 가능치 않으리라 봅니다."

성지호가 고개를 저으며 입맛을 다셨다.

"쩝, 이렇게 철이 없으셔서…… 그러니까 왜 놓치고 그래. 인마!"

괜한 불똥이 호위부장에게 떨어졌다.

"죄송합니다."

"같이 있던 그놈은 대체 뭐하는 놈이냐?"

"서원 친구인데, 공주님이 좋아하는 눈치입니다."

성지호가 깜짝 놀라 되물었다.

"뭐? 공주님이 좋아해?"

"예."

"오대세가 놈이야?"

"아뇨. 금보당이라는 전포의 자제입니다."

"전포라면…… 돈놀이꾼의 자식이란 얘기잖아."

"예."

성지호가 크게 낙담하여 관자놀이를 붙잡았다.

"아이고, 내 신세야. 이거 함구해라. 상왕께서 아시면 니들 과 나는 죽은 목숨이니까. 알았어?"

"명심하겠습니다."

흠칫!

일순, 성지호가 돌연 검을 빼들며 관목 숲으로 신형을 날렸다.

"웬 놈들이냐!"

휙. 휙.

그의 검이 관목 숲을 열십(十) 자로 헤치자, 나무와 잡풀들이 천 조각에 그려놓은 것처럼 갈라졌고, 그 속에서 튀어나온 흑의복면인들이 사방으로 흩어졌다.

"뭐야. 진막이었어?"

안법으로 재빨리 쫓았으나 그들의 은형술 또한 만만치 않았다.

사사삭.

바로 코앞에서 사라진 것이다.

"흥, 그런 잡술을."

성지호가 팔을 휘두르자, 그의 소매에서 나온 흰색가루가 허공에 뿌려졌다. 이어 검을 휘두르니 검이 일으킨 바람에 의해 흰색가루가 관목 숲을 뒤덮었다.

"곧 정체를 드러내게 될걸?"

잠시 후, 흰색가루가 녹색으로 발광하기 시작했다.

인체에 닿으면 빛을 내는 야광물질이었던 것이다. 그의 말처럼 나무에 은신하고 있던 흑의복면인들의 형체가 확연히 드러났다.

"이제 잡술은 통하지 않을 테니 잠복하고 있었던 이유를 밝혀라."

흑의복면인들은 대답 대신 정상 쪽으로 도주하기 시작했다.

"쫓아라."

"예."

성지호와 견룡위사들이 흑의복면인들을 쫓았다.

야광물질 때문에 어둠 속에서도 그들을 쫓는 건 어렵지 않았다.

"흥! 뛰어봤자 벼룩이다."

거의 근접했을 때였다.

그들의 형체가 또다시 시야에서 사라지는 것이 아닌가.

"어?"

추격을 멈출 수밖에 없었다.

"이것 봐라. 제법인데?"

"어떻게 할까요?"

같은 상황이 왠지 의도적으로 반복되는 듯한 느낌.

성지호가 감각적으로 추격을 중지시켰다.

"굳이 쫓을 것 없다. 공주님의 안전이 우선이니, 어서 공주님부터 빠른 시간 내에 찾아라."

그때였다.

추악!

땅속에서 불쑥 솟아오른 검이 용천혈을 노리고 급습을 해왔다. 성지호와 견룡위사들은 깜짝 놀라 신형을 솟구쳐 피할 수밖에 없었다. 땅에 내려서면, 같은 형태의 공격이 반복되었다.

"아이, 이것들이 두더지인가. 왜 땅속에서 지랄들이야!"

성지호는 그제야 흑의복면인들이 자신들을 한 장소로 몰고 있음을 깨달았다.

그들의 의도는 늪지였다.

"오호, 이제 알겠다. 우리를 늪지로 몰겠다 이거지?"

성지호는 수하들을 주지시켰다.

"모두 발밑의 독물들을 조심하라."

"예."

불리한 지형에 처해 있는데도 흑의복면인들은 성지호 일행에게 더 이상의 조치를 취하지 않았다. 그것은 공격의 의지가 없다는 뜻이었다.

즉, 자신들을 노린 건 아니라는 얘긴데.

"뭐하는 자들인지 정체를 밝혀라."

어둠 속의 목소리가 물었다.

"그대들이 찾는 소녀가 혹시 용조국의 왕녀요?"

성지호가 조소를 머금었다.

"우리를 알고 있는 걸 보니 사천당문의 당천우가 보낸 놈들이 분명하군. 이렇게 되면 생사결전을 피할 수 없지."

그렇게 결의를 표했을 때였다.

목소리가 뜻밖의 말을 건넸다.

"당천우, 그놈에게는 우리도 원한이 있소."

"그럼, 왜 우리 공주님을 쫓는데?"

"우린 용조국의 왕녀를 쫓는 게 아니오. 우리는 왕녀와 같이 있는 소년에게 관심이 있을 뿐이오."

"그 관심은 생인가, 사인가?"

"생이오."

"그럼, 서로의 목적이 다른 건가?"

"그렇소."

"그럼, 왜 우릴 공격한 건가?"

"공격을 한 건 당신이오."

"……?"

생각해 보니 그렇다. 먼저 검을 빼들고 달려든 건 자신이 아니었던가. 살기라고 느꼈었다. 그게 살기가 아니라 그냥 기척이었나? 괜스레 민망했다. 게다가 이어진 말은 완전히 그를 머쓱하게 만들었다.

"그리고 내가 더 나이가 많소."

"흠흠."

성지호는 뒷머리를 긁적이며 간단한 격식을 차렸다.

"공주님을 호위하다 보니 예민했던 것 같소이다. 사과를 드리겠소. 서로 적이 아닌 걸 확인했으니 이제 나와서 얼굴이나 보여주시오."

"미안하지만, 우린 얼굴을 드러낼 수 없소. 세상이 그렇게 만들었소. 그 소년만 안전하다면, 우린 이대로 어둠 속에 있을 것이오.”

“그 소년도 이 사실을 아오?”

“모르오.”

돌연 성지호의 머릿속에 퍼뜩 스치고 지나가는 생각이 있었다.

“혹시, 구음독교의 후예들이오?”

진막과 은형술을 이런 경지까지 자유롭게 쓰는 문파는 구음독교밖에 없기 때문이었다.

대답이 없었다.

“……”

“아무래도 그런 모양이군요. 은형술을 쓸 때 알아봤어야 했는데. 하하.”

“부디 그 이름조차 잊어주시오.”

이렇게 말하는 이유를 대충 알 것 같았다.

구음독교에 생존자가 있다는 걸 알면, 당천우가 당장에 씨를 말리려 들 테니까.

“알겠소. 강호의 예가 있으니 나도 함구하겠소. 그리고 공주님만 찾아 돌아가겠소.”

“왕녀를 찾으려면, 동북방으로 가 보시오. 일 각 정도 올라가면 오두막이 나올 것이오. 그럼, 이만.”

그들이 어둠 속으로 다시 모습을 감추자 호위부장이 성지호에게 물었다.

"구음독교란 문파도 있었습니까?"

성지호가 고개를 끄덕였다.

"응, 남만의 삼대문파 중 하나였지. 사천당문의 귀속문파이기도 했고. 한데, 십이 년 전인가? 사천당문이 돌연 그들을 멸문시켰지. 전대 교주를 화형하고 남은 문파는 땅속에 매몰시켜 흔적을 없앴다던가? 물론 그 짓을 한 건 당천우였고."

호위부장이 치를 떨었다.

"그놈의 사악함은 과거에도 악명을 떨쳤었군요."

"이를 뿐이냐. 지금의 자리에 오르기까지 여러 사람의 피를 흘리게 만들었지. 정파에서는 그 사실조차 모르는 게 한심할 뿐이다."

"이제 우리 용조국까지 도발을 해오니 좌시할 순 없겠지요."

"당연하지. 그나저나 구음독교의 후예들이 어떻게 살아남았는지 놀랍구나. 어찌됐건 우리에게는 좋은 일이다. 사천당문이라면 씹어 먹고 싶을 테니까."

가만 있자. 구음독교의 후예들이 왜 그 소년을 보호하고 있지? 혹시 그 소년이 당천우가 찾는다던 그 아이인가? 그렇다면 일이 재미있어지겠는걸!

"어서 공주님부터 찾죠."

"참, 그래야지."

잠시 멍하니 서 있던 성지호가 생각 없이 발을 떼자 호위부장이 지적을 했다.

"거긴 독사지입니다."

"헉!"

"그들이 가르쳐 준 바에 의하면, 동북방으로 가야 오두막이 나온다고 하였습니다."

"휴우, 큰일 날 뻔했네."

*　　　*　　　*

깜박 잠이 들고 말았다.

조영은 깜짝 놀라 몸을 일으켰다. 서둘러 단초린의 발꿈치를 살펴보았다. 놀랍게도 깨끗했다. 금선사에게 물린 곳은 상처도 아물었고, 붓기도 빠져 있었다.

조영은 가슴을 쓸어내렸다.

'휴우, 정말 큰일 날 뻔했어.'

마침 단초린이 눈을 떴다.

"아웅, 잘 잤다."

"일어났어?"

"응."

"괜찮아?"

단초린이 목을 끌어안았다.

"응, 아주 가뿐한데? 몸이 날아갈 것 같아."

"다행이야."

오봉추가 들어오며 핀잔을 주었다.

"이 쪼그만 것들이. 눈 뜨자마자 농탕질이냐? 아주 맛을 들였네. 맛을 들였어."

"그런 거 아니에요."

"한 번 빠지면 헤어 나오지 못하는 게 색계(色界)야. 명심해. 이것들아!"

"그런 거 아니라니까요."

"어디 발이나 좀 보자. 다 나았나?"

오봉추가 독사에게 물렸던 단초린의 발목을 살펴보는 순간이었다.

덜컹.

갑자기 문이 열리더니 한 무더기의 무사들이 오두막 안으로 들이닥치는 것이 아닌가.

단초린을 발견한 견룡위장 성지호가 소리쳤다.

"공주님!"

추릿!

"공주님에게서 손을 떼지 못할까!"

그동안 견룡위사들이 검을 빼들어 오봉추의 목에 겨누었다.

오봉추는 황당하다는 듯 눈을 끔벅였다.

"이게 뭐하는 짓?"

그 광경을 본 단초린이 버럭 소리를 질렀다.

"검 치우지 못해!"

"공주님. 궁극적으로 중원인들은 우리의 적입니다. 우리의 정체를 안 이상, 살려둘 수는 없습니다."

오봉추가 어이없다는 듯 말했다.

"나 아직 니들 정체 모른다. 그리고 내가 은거고수면 어쩌려고 칼을 막 들이대냐."

하긴 강호에 은거고수가 한둘인가.

그 말에 성지호의 기세가 약간 꺾였다.

"어찌됐건, 뜻이 그렇다는 얘기입니다."

단초린이 상황을 정리했다.

"내 목숨을 살려준 은인이야. 빨리 사과드려."

"아, 그렇습니까? 죄송합니다. 몰라 뵙고 결례를 했습니다."

"사과는 되었고. 볼일 봤으면 빨리 나가."

"예. 그리하죠."

성지호는 조영이 구음독교의 교도들이 말한 소년임을 한눈에 알아차렸다. 허나 약속한 바가 있어 입 밖에 내진 않았다.

"한데, 공주님. 이 소년하고는 왜 같이 있습니까?"

"내가 왕위를 계승받기 전에는 부마도위(駙馬都尉), 내가 왕위를 계승하면 국서(國壻; 여왕의 남편)가 될 거니까."

"예?"

아, 정말. 답이 없다.

쟤는 왜 감당하지 못할 말을 쉽게 내뱉는 걸까.

조영이 고개를 젓는 동안 성지호가 매우 의심스러운 눈초리로 물었다.

"혹시 간밤에 무슨 일이 있었던 건 아니시지요?"

"있었어."

성지호가 낯을 붉히며 난색을 표했다.

"아니, 공주님, 짧은 시간에 왜 그리 많은 일을 벌이셨어요. 그건 어른들이 하는 짓이에요."

"내 맘이야."

"그래도 할 수 없습니다. 어차피 풋사랑은 잊히기 마련입니다. 지금은 마음이 아프시겠지만, 훗날 왕위를 계승하시면……."

단초린이 성지호의 말을 잘랐다.

"그래. 말 잘했어. 내가 왕위를 계승하면, 마음에 드는 자들은 공신으로 책봉하고, 마음에 안 드는 자들은 삼족을 멸할 거야."

상당히 강력한 협박이었다.

쉽게 말해, 알아서 기라는 뜻이다.

그러자 성지호가 돌연 검을 회수하더니 조영에게 정중히 허리를 굽히는 것이 아닌가.

"핫핫핫. 견룡위장 성지호, 부마도위(駙馬都尉)를 뵈옵니다."

나머지 견룡위사들은 한쪽 무릎을 꿇기까지 했다.

“부마도위를 뵈옵니다!”
황당한 건 조영이었다.
이, 이 사람들…… 뭐지?
부마도위란 건 공주의 남편이란 거 아냐.
아까는 기세등등하여 나서더니 지금은 그냥 막 가져다 붙이
네. 그나저나 말발이 먹히는 걸 보니 단초린의 위세가 막강하
긴 막강한 모양이었다.
“왜 이러세요. 어서 일어나세요.”
“감사합니다. 소장의 이름이 성지호입니다. 꼭 기억해 주십
시오. 핫핫.”
그때, 단초린이 뜻 모를 소리를 했다.
“백상사와 천뢰밀궁이 도발을 해왔다고요?”
“예. 국경 지역을 침범하여 민가에 피해를 주고 있습니다.”
“사천당문 당천우의 사주를 받았겠죠.”
“그럴 것입니다.”
사천당문의 당천우.
조영과는 악연으로 이어진 자였으나, 출생의 내막을 알지
못한 터라 조영은 이자의 이름을 건성으로 듣고 흘리고 말았
다.
“알았어요. 조영이와 작별 인사를 나눌 테니 먼저 나가세요.”
“예. 공주님.”
견룡위장 성지호는 상당히 재미있는 사람이었다.

뒷걸음질로 나가며 손가락으로 가슴을 짚으며 입을 연신 벙긋거렸다. 입 모양을 보니 '제가 성지호입니다.' 라는 것 같았다.

자기를 기억해달라는 뜻이리라.

'알았어요.'

조영도 입을 벙긋거리자, 그제야 성지호는 환하게 웃으며 양팔로 동그라미를 그렸다.

조영은 피식 웃고 말았다.

"왜 웃어?"

"으응, 아냐."

"나 가야 해."

"정말이었네."

약간은 서운한 마음이 들었다.

"자, 이거."

단초린은 자신의 목에 걸려 있던 목걸이를 벗어주었다.

신상(神象)이 새겨진 옥패.

한눈에 보기에도 귀해 보이는 물건이었다.

"이게 뭐야?"

"내가 용조국의 왕녀임을 의미하는 신분패야. 이걸 지니면 남만 땅에서는 아무도 널 무시할 수 없을 거야."

"이걸…… 나, 주는 거야?"

"내 서방으로 찜해 놓는 거야. 사랑의 정표. 그러니 나중에

날 데리러 온다고 약속해.”

휴우, 어찌해야 될까.

일단은 받아둬야 일이 무마될 것 같았다.

“그래. 알았어.”

“만일 배신하면, 군대 몰고 와서 싹 쓸어버린다.”

“알았다고.”

단초린의 눈가에 눈물이 가득 고였다.

아니, 뭐…… 울 것까지야.

“갈게. 안녕.”

“잘 가.”

단초린이 견룡위사들과 함께 떠나자, 오봉추가 옻이라도 오른 것처럼 몸을 비틀었다.

“아이고, 같잖아서. 어린것들이 정말 손발 오그라들게 만드네.”

약간 씁쓸한 기분이 들어 가만히 앉아 있었다.

그러자 오봉추가 물었다.

“왜 그래?”

“그냥 마음이 싱숭생숭하네요.”

“이 녀석아, 인생 대박 났는데 뭐가 싱숭생숭해? 나 같으면 펄쩍 뛰어도 시원치 않겠다.”

“……?”

"다른 놈들은 너같이 되지 못해 안달이다."

"왜요?"

오봉추가 자세히 설명을 해주었다.

"보아 하니 옛날에 망한 남조국, 왜 대리석으로 유명한 고장 있잖아. 아마 백족(白族)의 후예인 모양인데, 왕녀라고 하니까…… 저 여자애가 왕위에 오르면, 너는 졸지에 대공이 되는 거야. 대공, 그러니까 여왕의 남편. 한마디로 평생 놀고먹는 거지. 너한테 딸린 신녀들만 몇십 명 될걸?"

그래?

그 말을 듣자 심란한 속내가 씻은 듯 사라지는 것 같았다.

조영은 저도 모르게 뇌까렸다.

"잘하면 대박이겠는데?"

"당연하지. 무수리도 아니고 정통 신녀들인데. 몸매도 끝내줄걸?"

"그 얘기가 아니에요."

"그럼, 뭐가 대박이냐?"

"초린이를 통하면, 품질 좋은 대리석을 싸게 들여올 수 있잖아요. 그걸 여기서 팔면 큰 이문을 남길 수 있거든요."

오봉추가 머리를 감싸 쥐었다.

"하아, 네 머릿속에는 오직 돈뿐이냐?"

"예."

제**7**장

금보당의 몰락

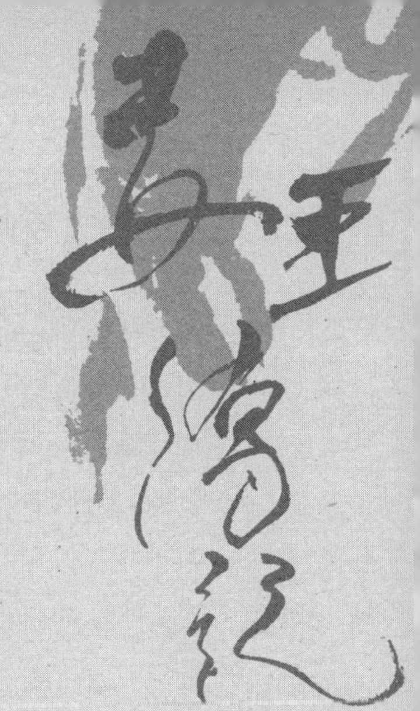

소관 도중(都中) 앞.

이른 새벽, 어물전의 구색을 맞추기 위해 새우젓 도가를 돌고 온 대행수 황보승은 뜻하지 않은 방문객을 맞았다. 놀랍게도 신룡문주 추태성이 찾아온 것이다. 독대를 청하면 적어도 삼 일을 객청에서 기다려야 한다는 인물이 아니던가.

그가 한낱 대행수인 자신을 만나러 제 발로 찾아오다니…….

면사로 얼굴까지 가린 것으로 미루어 짐작컨대, 위험한 밀담을 나누러 온 것이 아닌가 싶었다.

"거두절미하고 말하겠네."

예상대로 추태성은 아주 위험한 제안을 해왔다.

“내 사람이 되어주게. 그리하면, 확실히 자네의 뒷배를 봐
줄 것이네.”

“말씀은 고맙습니다만, 자초지종을 알아야……”

“지금 상단을 준비 중이라지?”

“예, 그러합니다.”

“날 위해 한 가지 일만 해주게.”

“어떤……”

“진추목의 치부를 밝힐 수 있는 증거를 만들어 주면 될 일
이네.”

“당, 당주님을 배신하라는 말씀이십니까?”

“역시 이해가 빠르군.”

“……”

최고의 세력가가 평생의 은인을 배신하라고 강권하고 있다.
겉으로는 거래라는 모양새를 갖추었지만, 실상 이것은 일방적
인 협박이나 마찬가지. 사람의 탈을 쓰고서는 할 수 없는 일이
다. 그러나 거절의 결과는 어떠할까. 추태성 옆을 사신처럼 지
키고 서 있는 무사들. 이 자리에서 죽임을 당하고, 아침나절쯤
강물에 떠오를 수도 있었다.

생사의 기로에 서 있음을 직감한 황보승이 물었다.

“대가가 무엇인지요?”

“지금 상단설립을 추진하고 있는 걸로 들었네. 그 상단을
자네의 것으로 만들어 주면 되겠나? 평생 대행수로서 살 생각

이 아니라면, 사내가 그 정도 야망은 품어봐야지. 경험은 풍부
하니 내가 뒤를 봐주면 자네는 날개를 다는 격이 될 것일세.
화운상단과 중산상단까지 꺾고, 광동제일의 상단을 만들어 보
시게.”

“언제쯤 필요하십니까?”

“당장은 아닐세. 비록 늙은이지만 한 번에 무너뜨릴 수 있
는 상대가 아니니까. 상단이 자리를 잡고 자금을 거의 다 쏟아
부었을 때, 뒤통수를 쳐야 한 방에 보낼 수 있을 거야. 그래봤
자, 길어야 이삼 년?”

“알겠습니다. 잘 생각해 보겠습니다.”

“장고 끝에 악수를 두는 법일세. 굳이 충고를 하자면, 될수
록 짧고 간명하게 생각하게.”

“예. 명심하지요.”

금보당으로 돌아오는 길이었다.

도중 앞을 지나치는데 낯익은 얼굴이 보였다.

대행수 황보승이었고, 그는 한 중년인과 심각한 얘기를 나
누고 있었다. 중년인은 면사를 쓰고 있어 얼굴을 알아볼 수 없
었다. 몇 마디 나누는가 싶더니 중년인은 곧 마차에 올라타고
사라졌다. 황보승은 마차가 안 보일 때까지 허리를 숙이고 일
어서지 않았다.

‘저 사람이 누군데 황 아저씨가 격식을 차리지?’

하여간 인사나 할 생각으로 조영은 그에게 다가갔다.

"아저씨."

조영의 갑작스런 등장에 황보승의 가슴이 철렁 내려앉는 기분이었다. 놀란 가슴을 가까스로 진정시키며 황보승은 조영에게 웃음을 보였다.

"허허. 도련님이시군요."

"예. 지나는 길에 나와 계신 걸 봤어요. 요즘 상단 설립하는 일 때문에 바쁘시죠?"

"당연히 해야 할 일인 걸요."

"참, 우리 상단, 이름이 뭐예요?"

"당주님께서 운해상단이라고 지었습니다. 거리 전체에 운해상단의 명패를 달 생각으로 여념이 없으시죠."

운해(雲海)상단이라.

구름의 바다처럼 상계를 장악하실 생각인가?

더없이 좋은 뜻이라 여겨졌다.

"잘 되겠죠?"

"걱정 마십시오. 성심껏 당주님을 보좌할 테니까요."

"믿어요. 근데, 아까 그 사람은 누구였어요. 아저씨가 꽤 정중히 대하는 것 같던데."

보았나?

황보승은 자연스러운 거짓말로 둘러쳤다.

"아, 예. 평시서 사람입니다. 인허가 문제로 잠깐 만난 것입니다.”

평시서에서 왔다면, 도현량 형님이 보낸 사람이겠군.

그리 생각한 조영은 더 이상 묻지 않았다.

“그렇군요. 그럼, 수고하세요.”

“예, 조심히 들어가시지요.”

                    *   *   *

무욕정사(無慾精舍).

별원에 자리한 진추목의 처소이다.

욕심을 버리고 무상의 경지에 든다는 의미로 명명한 것.

이른 시각.

편지 한 통을 서탁에 올려놓고, 진추목은 밤을 하얗게 지새웠
다. 평시총감 백시현이 보낸 우서(羽書; 긴급편지) 때문이었다.

    고우(古友) 보시게.
    신룡문의 여식이 사고로 죽었다는 얘기는 들었네. 그
    일로 인해 추 문주의 행보가 심상치 않네. 성도 포청에 압
    박을 가하여 담당포두였던 구양준을 복건성으로 전출 보
    내고, 평시서에도 알력을 행사하여 상단의 허가까지 늦춘
    상황일세. 그자가 무슨 일을 저지를지 정말 걱정일세. 향
    후, 광동의 모든 전장에 손을 써 금보당과의 거래를 중단
    시킬 가능성도 크고, 수단과 방법을 가리지 않고 자네의
    약점을 잡으려고 들 것이네. 그러나 더 큰 문제는 조영이

를 제 여식을 죽인 살인자로 생각하고 있다는 점일세. 내
생각이네만, 아무래도 조영이를 용문으로 피신시키는 것
이 좋을 듯싶네.

결국 일이 이렇게 커지는 겐가?
필경 여기서 끝나지 않을 터.
관부의 인맥까지 동원하면, 추태성은 무소불이의 권력까지
행사할 수 있었다. 백시현의 편지로 미루어볼 때, 추태성은 금
보당을 무너뜨리기로 작심한 게 분명했다.
충분히 그럴 수 있었다.
금쪽같은 여식을 잃은 자가 무슨 짓을 못할까.
생각할수록 한숨이 깊어졌다.
'후우…… 어렵구나.'
전포를 꾸린 지 몇 해나 되었던가.
험한 일을 하며 이런저런 위기를 겪었고, 그런 위기를 극복
하며 이 자리까지 오는 데 족히 오십 년. 어떤 어려움도 두렵
지 않았건만, 이번만큼은 예감이 좋질 않았다.
'허어, 이 난관을 어찌 돌파할꼬.'
그때였다.
조영의 음성이 방문을 두들겼다.
"할아버지. 주무세요?"
진추목은 서둘러 편지를 치우고 서탁에 출납 장부를 급히
올려놓았다.

"아니다. 들어오너라."

조영은 방문을 열고 안으로 들어섰다.

조영의 눈에는 조부가 이른 새벽부터 장부정리를 하는 것으로 보였다.

진추목은 여느 때와 마찬가지로 손자를 대했다.

"자지 않고 왜 나왔어. 네 나이 때는 밤에 잠을 자야 키가 쑥쑥 크는 거야."

"여쭤 볼 말이 있어서요."

이 녀석이 돈이 필요한가?

"돈 얘기는 하지 마. 투자할 생각 없으니까."

"돈 얘기 아니에요."

"그럼 뭔데?"

조영은 한참을 생각하다 입을 열었다.

"제 몸은 다른 사람들과 다른가요?"

손자의 질문이 자신의 예상과 빗나가자, 진추목은 살짝 당황했다.

"이놈이 식전 댓바람부터 뭔 싱거운 소리래?"

"만독불침지체인가? 뭐, 그런 거라 하던데요."

"어떤 시래비 아들놈이 그래!"

"어떤 의원한테 들었어요. 사실을 말씀해 주세요. 맞아요?"

손자의 표정이 이렇게 진지한 건 처음이었다.

밝고 강하게 자란 아이, 돈 벌레의 손자란 소리를 들어도 씩

씩하게 커온 아이가 아니었던가. 그 아이가 지금 심각하게 묻고 있다.

자신의 정체성에 대해…….

진추목은 생각했다.

이제는 말해 줘야 할 때가 온 것이라고. 백시현의 조언에 따르는 것이 좋을 것이라고.

"알았다. 그 외에 다른 것은 묻지 않는다고 약속할 것이냐? 그렇다면 대답해 주마."

"예."

"맞다. 태어나자마자 몸에 독각수가 봉인된, 넌 그런 운명을 지닌 아이였다. 그 사연은 나도 모른다. 하지만 염려 마라. 제아무리 극한의 독물이라 하여도 열다섯이 지나면 해독할 수 있다 하니, 할아비가 전 재산을 털어서라도 그리할 것이다."

"독각수가 뭔데요?"

독각수(毒角獸).

세상에 그런 것도 있었나?

그것에 대한 설명을 들었을 때, 조영은 충격에 휩싸여 입을 다물고 말았다.

"……."

진추목은 손자에게 생각할 틈을 주지 않았다.

"일찍 가서 자고, 아침 일찍 따라 나서거라."

"어딜 가는데요?"

"용문."

가기 싫은데.

"또요? 꼭 가야 해요?"

"시키는 대로 하라니까."

"얼마나 가 있어야 하는데요?"

"삼 년, 가서 삼 년만 참아라. 상단이 자리를 잡으면 그때 부르마."

"……."

정신이 멍했다.

책을 봐도 눈에 들어오질 않았다.

극독에 중독되어도 죽지 않는 이상한 몸……. 무공이나 무림인들에 대한 이해가 전혀 없었기에 조영은 그 사실을 받아들이기가 쉽지 않았다.

대체 어떻게 생겨먹은 몸이 이럴까.

독사지에서 본 금선사들.

그 징그러운 것들과 같은 종족인 듯해서 몸서리가 쳐졌다.

"……?"

오늘따라 잠자리를 봐주던 설리의 표정이 좋질 않다.

"누나…… 무슨 일 있었어?"

"예, 소녀는 몹시 화가 났습니다."

"왜?"

설리는 서랍에서 나비떨잠을 꺼내 조영에게 들이밀었다.

"이것 때문에 서역상점에 나가셨습니까? 이깟 것이 대관절 뭔데요. 말씀해 보세요. 네?"

화를 내는 이유를 알 것 같았다.

자기에게 노리개 사주려다 추보령이 사건에 휘말리게 된 것에 화를 내는 것이리라.

항상 그랬다. 설리는 그런 여자였다.

자신보다 나를 먼저 생각해 주는.

"그냥. 나간 김에 사온 거야. 누나가 머리에 꽂으면 예쁠 것 같아서…… 왜, 화를 내고 그래."

"소녀가 치장하는 계집입니까? 노비 년에게 한낱 노리개 사주려다 그 꼴을 당하신 거예요? 면경을 좀 보세요. 얼굴이 얼마나 상했는지요."

"난 멍도 금방 빠지고 상처도 금방 낫잖아."

"소녀는 이런 거 필요 없습니다."

탁.

마룻바닥에 떨어진 나비떨잠의 은사(銀絲)가 바르르 떨었다.

무슨 말인지 안다.

그만큼 속이 상한 탓이겠지.

한참을 있다가 설리의 화가 누그러졌을 때쯤, 조영이 가만히 입을 열었다.

"이제, 내가 얘기해도 돼?"

“말씀하세요.”

“주워.”

단 한 마디였으나 상하가 분명히 구분되는 어조.

“……”

이런 말투는 처음이었다.

그것은 곧 서로 간의 직분을 깨닫게 해주었고, 그것을 깨달은 설리가 얼른 무릎을 굽혀 떨잠을 주워들었다. 그리고 양손에 꼭 쥐고 서서 다음 지시를 기다렸다.

조영이 아까와 같은 어조로 말했다.

“머리에 꽂아.”

“예.”

역시 거부할 수 없는 언령(言令)의 힘이 실려 있었고, 설리는 가슴을 졸이며 떨잠을 윗머리에 꽂았다. 그리고 속내로 자신을 질책했다.

‘설리야, 너는 네 주인조차 몰라 뵈는 시건방진 계집이었구나.’

그제야 조영의 목소리가 평소로 되돌아왔다.

“여기 앉아.”

조영이 가리킨 곳은 무릎이었다.

“무, 무릎에요?”

“어서.”

“예.”

설리가 주춤주춤 다가와 무릎에 앉았다.

그녀의 몸이 사시나무처럼 떨고 있는 게 느껴졌다.

왜 떨어?

조영은 아무런 일도 없었던 것처럼 설리의 머리카락을 쓸어주었다. 그리고 대충 꽂힌 떨잠을 정성스럽게 고쳐 잡아주었다.

"봐, 예쁘잖아."

조영의 사랑 어린 손길이 닿자, 설리의 눈망울이 슬금슬금 울음을 장만했다.

"……."

"누나한테 딱 어울리겠더라고. 내가 또 물건 보는 눈이 있잖아. 알지?"

"흑."

결국 설리가 울음을 터뜨렸다.

조영의 어깨에 얼굴을 파묻고 열아홉 여자가 흐느끼기 시작했다. 그녀의 울음소리가 잦아들었을 때 조영이 입을 열었다.

"나, 내일 떠나."

"어디로요?"

"용문."

"얼마나요?"

"삼 년. 한눈팔지 말고 기다려."

"길지 않은 시간이에요. 소녀는 평생도 기다릴 수 있으니까요.”

“당연히 그래야지. 그리고 이 나비떨잠. 내가 주는 정표니
까 절대 잃어버리지 말라고. 나중에 내 마누라 되려면, 알았
어?”

설리가 조영의 품을 파고들었다.

“그럴게요.”

*   *   *

천외천의 고인들이 힘을 합하여 사천(四天)을 일통하고 하나
의 태천(太天)을 이룬 곳.

무림인들을 이곳을 용문(龍門)이라 했다.

용문이 존재하는 이유는 이러했다.

환란에 대비하여 후기지수들을 양성하고, 천칭(天稱; 하늘의
저울)처럼 세상의 균형을 맞추는 것.

다만 불간섭의 원칙이 있어 용문이 무림의 일에 관여하는
일은 없었다. 특히 요즘 같은 화평의 시기에는 더욱 그러했다.

무림명숙들의 추천으로 엄격히 발탁된 후기지수들은 황룡
동(黃龍洞)에 기거하며 수련을 했는데, 무공금제령이 내려진
조영은 그곳에 가 본 적도 없었다.

지금 조영이 찾아가는 곳은 황룡동과는 산 하나쯤 떨어진
허름한 토가산채로 정각과 현암이 기거하는 곳이다.

용문(龍門)으로 오르는 산로를 조영은 한 발 한 발 올랐다.

다섯 살 때, 조부 진추목과 함께 걸었던 길이다.

진추목이 기억 나냐? 하고 옆에서 묻는 것 같았다.

……예.

조영은 생각했다.

할아버지가 돈에는 세 가지 색이 있다고 하셨는데, 내 손에 쥐게 될 돈은 무슨 색깔일까.

궁금했다.

그것이 사람들에게 희망을 줄 수 있을지, 아니면 사람을 절망에 빠뜨릴지, 그것도 아니면 사람의 피를 부르게 될지…….

휙.

뭔가가 조영의 눈앞을 바람처럼 지나갔다가 다시 돌아왔다.

"어라. 조영이네?"

사람이다.

정확히 말하자면, 용문의 칠대제자 중 맏형으로 스물두 살의 어린 나이에 자타 공히 천하제일의 경지에 올라버린 선우연(鮮于然)인데, 재미있고 호탕한 성격이라 많은 제자들이 그를 따랐다.

워낙 다혈질이라 성질이 급한 게 문제였지만.

"어, 대사형. 안녕하셨어요."

"우리 막내 많이 컸네?"

"예. 대사형은 더 빨라지셨네요. 지나가시는 것도 못 봤어요.”

“인마. 황룡동에서 보낸 세월이 몇 년인데, 경공술이 네 눈
에 띌 정도면 공부 때려치워야지. 안 그래?”

“죄, 죄송해요.”

“하하. 괜찮아. 이제 무공 배우러 올라오는 거냐?”

“아뇨.”

“아직도 봉인이 안 풀렸냐?”

“대사형도 알고 계셨어요?”

“알지. 인마. 정도무림에서 불평 올라올까 봐 그동안 쉬쉬
한 거였어.”

“사부님들이 왜 안 풀어주셨는지 모르겠어요.”

“흐음. 그거 되게 위험한 물건이야. 봉인을 풀다가 자칫, 네
가 죽을까봐 그런 거야. 걱정 마라. 때가 되면, 내가 다 알아
서 해주마. 연공의 시기는 이미 놓쳤으니 환골탈태 시켜서 용
문의 비전절기와 이 사형의 성명절기까지 몽땅 전수해 줄게.
세상에서 내가 제일 센 거 알지?”

“예. 알아요.”

선우연이 한쪽 눈을 찡끗했다.

“그럼. 나중에 보자.”

“어딜 출행하시는데요?”

“얼마 전에 사고 하나를 쳤거든. 그래서 벌칙 수행하러 가
는 거야.”

"무슨 벌칙이요?"

"별거 아냐. 세상에서 제일 나쁜 악인을 잡아 오래."

세상에 악인이 한둘도 아니고, 그 우열(?)을 어찌 가린단 말인가.

"굉장히 어려운 과제 같은데요?"

선우연은 아무것도 아니라는 투로 말했다.

"어렵긴, 간단하지."

"어떻게요?"

"두 가지 방법이 있는데, 하나는 악인 한 놈을 잡아 족쳐서 제 입으로 천하제일 악인임을 불게 만드는 거야."

"또 하나는요?"

"두 번째는 악인 한 놈을 잡은 다음, 나머지 놈들을 개과천선시키는 거지. 어때. 간단하지? 핫핫핫."

정말 간단했다.

이렇게 편하게 생각할 수 있을까. 대사형의 말대로만 되면 매사가 일사천리요, 만사가 형통이었다. 항상 부작용이 생겨서 그렇지.

"……네. 그러네요."

"나, 간다. 금방 다녀올게. 기다려!"

슝!

말이 떨어지기가 무섭게 그의 모습은 보이질 않았다.

토가산채.

꾀죄죄한 승복을 입은 중 하나가 소나무 아래 놓인 평상에 대(大)자로 누워 있다. 몰골은 비루먹은 탁발승처럼 보여도, 정각이란 법명으로 무려 소림의 전대 장문자리까지 꿰찼던 인물이다.

그가 누운 위로는 푸른 하늘이 눈부시게 펼쳐져 있었다.

"바야흐로 봄은 봄이로다. 계집년들 궁둥이에는 봄물이 바짝 올랐겠구나. 흐흐, 생각만 해도 아랫도리가 찌릿찌릿한걸? 내일은 속세에나 내려가 볼까? 헐헐."

옆에서 핀잔이 날아왔다.

"그게 중이란 작자가 입에 담을 소리인가? 잘도 성불을 하시겠네."

그에게 핀잔을 준 것은 전진파의 오대 장교를 지냈던 현암이다.

"성불은 무슨 얼어 죽을! 이 풍진 세상에 나왔으면 잘 처먹고, 잘 싸고, 그렇게 살다 뒈지면 그뿐이지."

"……!"

티격태격하던 두 기인이 일순 말싸움을 멈췄다.

싸리문 앞에 선한 용모의 소년이 서 있었기 때문이다.

정각이 물었다.

"조, 조영이냐?"

"네. 잘 계셨지요?"

이 소년이 강보에 쌓여 있던 갓난쟁이란 말인가.

물론 다섯 살 때, 삼 년간을 끼고 살았지만. 훌쩍 커버린 제자를 보자 감정이 격해진 정각은 눈물을 글썽이며 조영을 끌어안았다.

"으허엉, 이놈아. 보고 싶었다. 언제 이리 컸느냐."

너무 세차게 끌어 앉자, 조영은 엉덩이를 뒤로 살짝 빼며 현암에게도 인사를 했다.

"사부님도 잘 계셨지요?"

"그래. 잘 왔다. 기별도 없이 웬일이더냐."

"할아버지가 당분간 여기서 지내라고 하셔서요. 옛날처럼 두 분께 학문도 배우고."

그래? 금보당에 무슨 일이 있나?

"그리고."

"그리고?"

"독각수의 봉인도 풀고 돌아오라고 하셨어요."

정각의 얼굴에서 웃음기가 사라졌다.

"할아비에게 들은 모양이구나."

"네."

"그놈은 그 나이 처먹도록 어찌 할 말 못할 말을 구분치 못하누? 쓸데없이 말이야."

"사정이 있었어요."

조영이 근자에 일어났던 사건에 대해 설명해 주었다.

자초지종을 들은 정각이 조영을 안심시켰다.

"그런 일이 있었더냐. 염려마라. 이왕 이렇게 된 거 이 사부들이 봉인을 해제해 줄 것이니."

"네."

용문에서의 생활이 다시 시작되었다.

그리고 세월은 무상하게 흘렀다.

*　　　*　　　*

삼 년 후.

광동 포청 소관지부에서는 금보당주 진추목에 대한 재판이 열렸다. 탈세 및 뇌물수수, 불법이자, 공문서 위조 등의 혐의였다.

평시서 총감 백시현, 평시부사 도현량, 감정관, 서기, 소관 도중의 대행수 황보승과 도가의 행수들이 앉아 있었다.

판관은 성도 포청에서 내려온 굉필.

사건 개요를 대충 훑어본 판관 굉필이 본격적으로 진추목을 추궁하였다.

"운해상단의 단주 진추목은 들어라. 상단이 엄연한 허가를 받고 영업을 해야 하는 이유를 아는가?"

"……"

"그건 세금을 잘 내라는 뜻이다."

"소생은 세금을 누락한 적 없소이다."

"여기에 있는 이중장부는 무엇인가."

"나는 그런 장부를 만든 적도 본 적도 없소이다."

"하면, 포두들이 없는 장부를 만들어 모함을 하고 있단 말인가."

진추목이 실소를 머금었다.

"그야 판관께서 잘 아실 게 아니오."

"뭐?"

도둑이 제 발 저리는 격으로 굉필이 발끈했다.

"마치 내가 사주라도 받고 금보당을 몰아세우고 있는 것처럼 말하는구나!"

"아니면, 말지요. 허허."

"한낱 상단의 단주 따위가 감히 판관을 모독하다니."

"어차피 날 잡기 위해 벌인 판이니 형식이나 절차는 생략하고 빨리빨리 진행하십시다."

"오냐. 뜻대로 해주마."

"좋도록."

"운해상단이 이렇게 빨리 성장할 때까지는 분명히 평시서나 관청의 도움이 없이는 불가능했을 것이다. 즉, 공범들이 있단 얘기다. 그들이 누군지 불어라. 그럼, 형량을 감해줄 것이다."

틀린 말은 아니었다.

백시현과 도현량의 도움을 받은 건 사실이었다. 사실을 고

하면 두 사람은 공범으로 연루되어 봉고파직(封庫罷職)을 당하고 엄한 형벌을 받을 것이었다.

진추목은 실소를 터뜨렸다.

"허허허."

"왜 웃는가. 장형을 맞아도 그런 웃음이 나오겠느냐!"

"중앙관직에서 내려오신 분이라 이 바닥에 대해 몰라도 한참을 모르시는구려."

"뭣이라?"

"설사 판관어른의 말씀이 옳다고 칩시다. 하면, 내가 그자들의 이름을 토설할 것 같소? 평생을 같이 해온 동업자를?"

모든 죄를 혼자 뒤집어쓸 요량인 것이다.

그 심중을 읽은 백시현은 두 눈을 지그시 감았고, 도현량은 격노하여 재판과정을 똑바로 응시했고, 황보승은 초조함을 감추지 못하고 고개를 떨어뜨렸다.

진추목은 두 눈을 부릅뜨고 굉필을 쏘아보았다.

그 기세는 재판장을 압도하고도 남음이 있었다.

"나, 진추목을 잘못 봐도 너무 잘못 보시었군. 차라리 없는 죄를 시인하고 말지 어찌 친구를 팔겠는가. 탈세를 한 것도 밀상(密商)과 거래를 한 것도 인정하리다. 그러니 어서 형량이나 때리시구려. 추 문주에게 얼마나 받았는지 나 또한 들은 바가 있으니, 나 하나 잡는 걸로 깨끗이 끝을 내잔 말이오. 알겠소?"

"내가 뭣, 뒷돈이라도 받았다는 말이냐!"

"허허. 내가 보기엔 판관어른도 참 어설프구려. 이런 일을 청부받았을 때엔 무조건 현금으로 받는 것이오. 왜 어음으로 받아서 스스로 화를 자초하시오. 판관어른이 할인해 간 곳이 하필 내가 잘 아는 전장이외다. 이 바닥 생각보다 좁지요?"

채권왕 염천상을 통해 알아낸 사실이었다.

굉필은 미간을 움찔거리며 헛기침을 했다.

"커험."

"내친김에 한 마디 더 합시다. 추 문주가 왜 어음으로 준 줄 아시오? 그것은 훗날 판관어른의 목줄을 죄려 그리한 것이외다. 나 혼자 독박을 쓸 테니 알아들으셨으면, 이쯤에서 마무리 하십시다."

얼굴이 붉게 달아오른 굉필은 서둘러 판결을 내렸다.

그것은 추태성의 요구에는 턱없이 못 미치는 가벼운 형벌이었다.

"판결을 내리겠다. 진추목에게 금화 오만 냥을 추징하고, 하루에 열 대, 사흘간에 걸쳐 장형 삼십 대에 처한다."

땅. 땅!

＊　　＊　　＊

야심한 시각.

소관 도중의 서사실(書士室)에는 조합의 주요 인물들이 모여

있었다. 자금을 관리하는 내중행수 임홍업, 시전을 관리하는
외중행수 도평산, 그리고 각 점포를 담당하는 부령과 행수들
이었다.

　그들의 얼굴에는 수심이 가득하다.
　진추목의 생명이 위급했기 때문이다.
　"장독(杖毒)이 저리 심각하다니."
　"저 연세에 삼 일 낮밤, 곤장 찜을 당했으니 오죽하겠는가."
　"당주님께서 입을 여셨다면 우리는 참형일세."
　"허어, 내일 또 불려 가실 텐데 걱정이 태산이구먼."
　"이번 일은 대행수의 책임이야. 너무 무리수를 둔 거라고."
　"흥분하지 말고 추이를 지켜보세."

　같은 시각.
　당주 진추목을 치료하는 약당 앞에는 그를 이십여 년간 보
좌해온 대행수 황보승이 누군가와 밀담을 나누고 있다. 상대
는 상인연합조합장 양포였다.
　황보승이 양포에게 넌지시 말했다.
　"우리가 이만큼 살게 된 것은 단주님 덕일세. 그렇지 않나?"
　양포는 머리를 끄덕였다.
　"당연합지요. 그 은혜를 어찌 말로 표현하겠습니까."
　황보승은 마음에 들지 않은 듯 혀를 찼다.
　"쯧쯧. 자네는 내 말의 핵심을 잘못 이해하였군."

“무슨 말씀인지요.”

“당주님의 덕이란 말보다는, 이만큼 살게 된 것에 초점을 맞춰줄 수 없겠나?”

양포가 이해가 안 간다는 듯 고개를 갸웃거리자 황보승이 부연하여 설명했다.

“당주님이 안 계셔도 이제 우리는 살 만하단 얘길세. 그래도 못 알아듣겠나?”

“……!”

바보가 아닌 이상 못 알아들을 리 없다. 양포의 눈동자와 양 손이 가늘게 부들거렸다. 황보승은 담담하게 자신의 논지를 이어갔다.

“당주님이 추진하는 상단의 가치가 얼마나 될까. 얼추잡아도 금화 십만 냥은 될 걸세.”

성채 하나를 살 수도 있는 거금.

“매각하면, 대대로 먹고 살 수 있는 돈이 떨어지지.”

그제야 황보승의 의중을 알아차린 듯 양포가 주위를 살피며 목소리를 낮췄다.

“서, 설마 상단을 팔아 그걸 가로채자는 얘기입니까?”

“왜, 자네는 돈이 싫은가. 자네 도중의 행수로 일해서 평생 그 정도 재산을 모을 수 있나?”

“그건 아닙니다만.”

“하지만, 아직 당주님께서 살아계시지 않습니까. 그리고 혹시 돌아가시더라도 조영 도련님이 상속을 받게 되어 있습니다.”

“당분간 조영이를 단주 자리에 앉힐 생각이네. 우리가 상단을 제값을 받고 넘길 때까지 적당히 자리를 지키게 할 생각이야. 물론 성심성의껏 보살피는 연기도 좀 하고 말이야. 하지만 그 아이가 무얼 할 수 있겠나. 결국 상단을 말아먹고 말 것인데. 그것보다는 매각을 하는 편이 낫지. 그러기 위해서는 내가 당주 자리에 올라야 하네. 도중의 힘이 필요한 것이란 뜻이야.”

물론 매각할 생각은 추호도 없었다.

튼튼한 상단을 왜 판단 말인가. 더구나 추태성이라는 거물이 자신의 뒷배를 봐줄 텐데…… 매각이란 조합원들에게 입김이 작용하는 양포를 끌어들이기 위한 감언이설에 불과했다.

“……”

황보승은 떨고 있는 양포의 어깨를 툭하고 두들겨 주었다.

“허허. 자네 뜻을 묻는 것이네. 동의하지 않으면, 나는 없던 일로 할 것이네.”

양포가 작심한 듯 말했다.

“아닙니다. 저는 대행수 어른의 명을 따를 것입니다.”

“좋네. 자네를 믿고 결행을 할 것이네.”

황보승은 당주 진추목의 처소로 가서 명을 기다리는 의원을 찾았다.

“당주님의 병세는 어떤가.”

“좋지 않습니다.”

“방도는 있는가.”

“열독이 목을 타고 머리까지 올라간 상태입니다. 침을 시술하고 머리에 난 종기를 짜내는 방도가 있으나, 아까도 말씀드렸지만 그것은 매우 위험하니 내일 아침까지 병후를 지켜보시는 것이 좋을 듯합니다.”

황보승이 말했다.

“아닐세. 시술을 하는 쪽으로 결정을 내렸네.”

“돌아가실 수도 있습니다.”

“의지가 강한 분이라 일어서실 것이네. 결과에 대해서는 책임을 묻지 않을 테니 당장 시술하게.”

“명이니 따르지만…….”

“허어.”

내키지 않은 표정으로 의원은 진추목의 처소로 들어갔다. 잠시 후, 의원이 허둥지둥 밖으로 뛰어 나왔다. 땀이 범벅이 된 얼굴은 곤혹감을 감추지 못했다.

“당, 당주님이 돌아가셨습니다. 고름을 짜냈으나 아무래도 침이 혈맥을 건드린 것 같습니다. 피를 서너 말이나 흘려 어찌 해볼 도리가…….”

황보승이 담담하기 짝이 없는 묘한 어조로 슬퍼했다.

“인명이 재천이거늘 어찌 하겠는가.”

팩.

그때였다.

어디선가 나타난 복면인의 검이 의원의 목줄을 베었다. 복면인은 시전호위가 아닌 신룡문에서 보내온 무사였다.

황보승은 죽어가는 의원을 내려다보았다.

"수고했네. 자네 역할은 여기까지일세."

"끄으."

의원을 처리한 황보승은 곧바로 객청으로 가서 당주 진추목의 죽음을 알렸다.

"의원이 무리하게 침을 시술하다 당주님께서 운명하셨네. 의원은 그 책임을 물어 그 자리에서 죽였네. 도령(都領; 상인연합조합장)은 장례를 준비하고, 각 부령(副領)들은 상계에 이 소식을 알리게. 그리고 당주 자리는 조영 도련님이 승계할 것이네."

갑작스런 소식에 객청은 술렁였다.

"도련님께는 누구를 보내면 좋겠습니까?"

"계신 곳을 금보당 식구들밖에 모르잖아."

"예."

소식을 전달한 황보승은 몰래 별원을 빠져나와 어두운 골목으로 갔다. 그곳에는 마차 한 대가 서 있었다. 황보승이 다가오자 창문이 슬며시 열렸다.

뒷좌석에 타고 있는 자는 신룡문주 추태성이었다.

주위를 살핀 황보승이 입을 가리고 말했다.

"분부대로 처리했습니다."

추태성의 눈매가 가늘게 떨렸다.

"죽였나?"

"예."

"대단한 늙은이였어. 삼 년을 버티다니. 그래도 보령이를 생각하면, 아직도 분이 풀리질 않아."

"……."

"손자 놈은 어떻게 됐나?"

"모처에 있는 걸로 알고 있습니다."

"어딘데?"

"금보당 식솔들을 족치면 알 수 있을 겁니다. 그 아이도 처리할까요?"

"쯧쯧, 그래 가지고 상단을 운영할 수 있겠나? 작은 도중에서 일해 와서 큰 그림을 그리질 못하는구면. 자네가 상단의 주인이 되려면, 그 아이가 필요한 법이야. 뭔가 구색을 갖춰야 모양새도 좋지."

"그렇군요."

"보령이를 생각하면, 찢어 죽여도 시원치 않지만, 제 탓에 할아비가 죽었다는 죄책감에 평생 시달리는 것도 복수지."

"그렇군요."

"약속대로 늙은이가 추진했던 상단은 자네가 인수하도록 해주지. 잘해 봐. 잘해서 화운상단과 중산상단을 잡아먹으라고. 그 뒷배는 내가 확실히 봐줄 터이니. 알았나?"

"예. 성심성의껏 일하여 결초보은하겠습니다."

"믿겠네."

그때였다.

신룡문의 마차 앞으로 한 청년이 검을 빼들고 뛰어들었다.

"형님!"

그는 조영의 호위무사 장욱이었다.

슬픈 마음에 객청에서 나왔다가 두 사람의 천인공노할 대화를 우연히 듣게 된 것이었다.

장욱은 울분에 찬 음성으로 질타했다.

"형님이 이럴 수 있소? 당주님은 형님을 아들처럼 믿고 전 재산을 맡겼고, 도련님은 형님을 숙부처럼 따랐소. 그리고 난 당신을 의형처럼 따랐소. 그런데, 어찌 인면수심의 짓거리를 할 수 있단 말이오."

평소 의형제처럼 지낸 장욱이라 황보승은 마음이 약해지고 말았다.

"욱아. 한 번만 눈을 감아다오. 당주님께는 죄를 지었지만, 이게 우리 모두가 좋아지는 길이다. 도중에 딸린 식구가 몇이더냐. 나도 어쩔 수 없는 선택이었다."

"듣기 싫소. 형님은 사람도 아니오."

"욱아. 내 말을 들어……."

패액.

장욱의 등 뒤에서 검광이 번득였다.

"윽!"

챙.

장욱이 자신을 벤 상대의 장검을 급히 쳐내며 중심을 바로 잡았다.

"사악한 것들. 신룡문의 명성이란 것이 이런 식으로 쌓은 것이었더냐?"

"곧 죽을 놈이 말이 많다. 전포호위 따위가 우릴 당해낼 듯 싶냐?"

"그래. 내가 네놈들을 당해내진 못하겠지. 그러나 곱게 보내줄 수는 없다. 날 죽이지 않고는 한 발자국도 도망치지 못한다."

"후후, 원대로 죽여주마."

챙. 챙. 챙.

혼신의 힘을 다해 싸웠지만, 역시 무공이 출중한 신룡문의 무사들을 상대하기엔 장욱의 실력이 부족했다.

푹.

누군가 찌른 장검이 장욱의 가슴을 뚫고 나왔다.

"큭!"

패액. 패액.

이어진 두어 번의 칼질이 장욱의 목줄을 베었다.

"쿨럭."

장욱은 피를 토하며 힘없이 거꾸러지고 말았다.

그는 죽어가며 조영을 떠올렸다.

"도련님…… 소인의 능력이 부족하여 더 이상은 모시지 못할 것 같습니다. 부디…… 당주님을 살해한 흉수를 찾아 원한을 갚아 주십시오."

"욱아! 욱아!"

쓰러진 장욱에게 달려가려던 황보승을 추태성이 말렸다.

"쯧쯧, 작은 인연에 얽매여서야 어찌 큰일을 하겠나. 자네는 가서 상단을 수습할 계획이나 궁리하게."

황보승은 이를 악물었다.

"예."

추태성이 명했다.

"이놈의 시신을 금보당 앞에 던져주어라."

"존명!"

금보당은 이른 새벽부터 발칵 뒤집혔다.

정문 앞에 시신으로 보이는 것이 거적에 덮인 채 놓여 있었기 때문이었다. 북항(北港)에 나갔던 풍덕이 제일 먼저 발견하여 안채에 알렸고, 식구들 모두가 뛰쳐나왔다.

새로 들어온 감정관 송치문이 풍덕에게 명했다.

“거적을 젖혀라.”

“……예.”

거적 속에는 장욱이 처참한 몰골로 누워 있었다.

풍덕이 깜짝 놀라 장욱의 머리를 끌어안았다.

“형! 이게 어떻게 된 일이야. 크흐흑, 혀엉!”

송치문이 입술을 악물며 물었다.

“죽었느냐.”

“예. 감정관님. 크흐흑.”

소식을 듣고 뛰어 나온 설리도 슬픔을 참지 못하고 오열을 터뜨렸다.

“아아, 장욱, 이게 무슨 일이에요.”

그때였다.

도령(都令) 양포가 침통한 얼굴로 오더니 서글픈 소식을 더했다.

“어, 어젯밤, 당주님께서 돌아가셨소이다.”

“뭐요!”

“네?”

이 무슨 마른하늘에 날벼락이란 말인가.

말 그대로 청천벽력이었다.

송치문은 넋을 놓고 서 있었고, 풍덕은 땅바닥을 치며 울부짖었고, 슬픔을 견디지 못한 설리는 실신을 하고 말았다. 또 얘기가 전해진 듯 금보당 내에서도 곡성이 흘러나왔다.

‘제길, 내가 무슨 짓을 한 거지?’

이를 지켜보는 양포의 속내도 마냥 편하지는 않았다.

은혜를 저버리고 짐승보다 못한 짓을 한 것 같아 양심의 가책까지 느껴졌다.

그러나 자신에게 보장된 금화 오천 냥.

그걸 포기할 순 없었다.

‘아냐, 독해져야 해. 내 평생 만져 볼 수 없는 돈이잖아. 눈 딱 감고 가자. 그동안 고생만 했던 자식새끼들 데리고 멀리 호북성에 가서 새 출발 하는 거야.’

굳게 작심한 양포가 송치문에게 말했다.

“조영 도련님께 이 소식을 빨리 알려주시오.”

제8장

길에서 주운 동전 한 닢

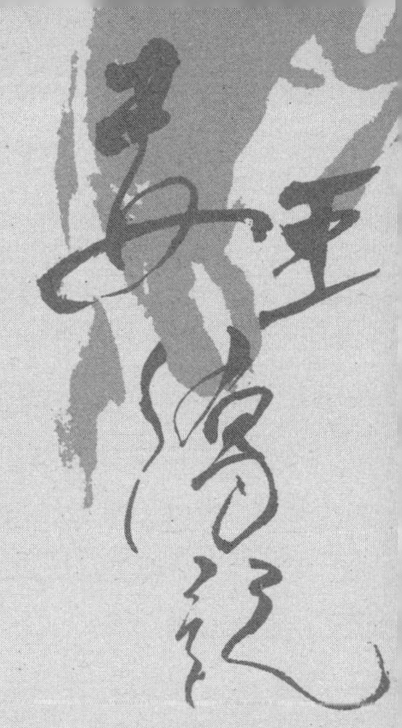

　부고를 전하러 온 감정관 송치문은 토가산채의 툇마루에 앉아 조영을 기다렸다. 주객전도라더니, 텅 빈 집에 홀로 앉아 있으니 딱 그 짝이다. 조영의 얼굴을 모르는 송치문은 궁금했다.

　'도련님은 어떻게 생기신 분일까.'

　반 시진쯤 기다렸을까. 열다섯 살쯤 되어 보이는 소년이 지게를 지고 산길을 올라오는 것이 보였다. 성글게 묶은 머리에 깨끗한 학창의를 입고 있었는데, 맑고 순수한 눈빛이 인상적이었다.

　"애야. 여기가 용문이니?"

“누구세요?”

소년은 낯선 불청객을 보자 눈을 동그랗게 말았다.

워낙 험준한 곳이라 이곳을 찾아오는 건, 길 잃은 약초꾼이나 산짐승이 전부였기 때문이다.

“혹시 진가 성을 가진 소년을 아느냐?”

“이름이 조영인가요?”

“그래. 맞다. 그 소년을 아느냐?”

“예.”

“만나볼 수 있겠냐.”

“전데요.”

송치문은 자세를 바르게 하여 예를 갖췄다.

“아유, 도련님. 소생이 결례를 했군요. 전 금보당에서 왔습니다.”

조영의 맑은 눈이 반짝였다.

“아, 할아버지께서 보내셨군요?”

“예. 도련님. 정식으로 인사드리겠습니다. 저는 감정관 업무를 보고 있는 송치문입니다.”

“예. 그런데 무슨 일이에요? 길이 꽤 험한데.”

반가움도 잠시, 송치문은 침묵으로 잠시 애통한 심정을 달랜 다음, 조영에게 슬픈 소식을 전했다.

“도련님, 너무 놀라지 마십시오. 당주님께서 돌아가셨습니다.”

“……!”

조영은 잠시 말을 잊고 말았다.

갑자기 할아버지가…… 왜?

“상주가 없어서 빈소가 적적합니다. 서둘러 가셔야겠습니다.”

생각에 잠겨 있던 조영이 침착하게 말했다.

“사부님을 뵙고 가야 하니 잠시 기다려 주실래요?”

“예, 도련님. 기다리겠습니다.”

조영은 방으로 들어가 조용히 봇짐을 둘러메고 나왔다.

마침 산채로 돌아오던 정각이 조영의 행동을 보고는 게슴츠레한 눈빛으로 한 마디 던졌다.

“너, 뭐하냐?”

“하산해요.”

“뭐야?”

하산하겠다는 말에 정각은 두꺼비 같은 큰 눈을 끔벅이며, 못생긴 주먹코를 조영의 얼굴에 들이댔다.

“너, 시방 뭐라고 했냐?”

“하산한다고요.”

불문곡직, 정각은 목에 핏대를 세웠다.

“뭐? 하산? 그게 뭔 깻묵 같은 소리야. 아직 배워야 할 게 산더미처럼 남았는데 가긴 어딜 가냐고!”

“나중에 와서 배울게요.”

“야, 이건 아니지. 사부인 내가 더 이상 가르칠 것이 없으니 내려가라, 이르면 제자인 너는 닭똥 같은 눈물을 흘리면서, 아닙니다. 사부님. 흑흑. 저는 아직 멀었습니다. 사부님, 부족한 저를 내치지 말아주십시오. 나는 못 이기는 척 받아주고. 뭐, 이런 모습이 사제지간에 정상적이고 바람직한 그림이 아닐까? 하고, 나는 생각한다.”

조영은 떼쟁이를 달래는 듯한 어조로 말했다.

“꼭 가 봐야 해요.”

“왜? 니 할아비가 갑자기 뒈지기라도 했냐?”

“예.”

정각의 놀란 눈빛은 이러했다.

뭐? 진가 놈이 죽었어? 진짜로?

“농담이지? 농담이 좀 심한 것 같다.”

“세상에 그런 농담을 하는 놈도 있어요?”

그제야 정각의 얼굴이 굳었다.

“정말이냐?”

“예.”

“……”

“다녀올게요.”

송치문에게 물어보니 사실이라 한다.

정각은 오랜 벗이 죽었다는 소리에 그저 멍할 뿐이다.

뒤따라 들어오다가 얘기를 들은 현암은 뒷짐을 지고 하늘을
올려다보았다.

"이 사람아. 뭐가 그리 급해 서둘러 가셨나……."

정각은 평상에 털썩 주저앉아 푸념을 했다.

"거참, 괴이한 일일세. 얼마 전, 진가 놈 별점을 봤는데, 이
렇게 단명할 운세가 아니었거든. 이제 늙어서 점괘도 안 맞는
겐가? 우리도 내려가세. 가서 자초지종을 알아봐야겠어."

마음이야 그렇지만, 세상사 뜻대로 안 되는 것.

현암이 그를 말렸다.

"망령 났나? 자초지종을 알아서 뭐하게. 원한이라도 갚아주
게? 추목이가 그 지경이 되도록 말을 안했다는 건 필경 이유
가 있는 게야. 조영이를 여기로 보냈을 때, 우리가 눈치를 챘
어야 했는데……. 추목이가 단명하게 된 것은 조영이만 달랑
맡겨놓고 신경 쓰지 못한 우리 탓일세."

"이런, 우라질……."

"게다가 소문이라도 나면 구파일방에서 줄줄이 달려와 용문
에서 뭔 일을 벌였나 하고 감시하려고 할 텐데. 그리 번거로운
일을 하고 싶나? 망령 났다는 소리 듣기 싫거든, 행여 그런 생
각일랑은 붙들어두게."

"아, 그거야 모르게 살짝 다녀오면 되지. 한두 번 그런 것도
아니고."

"이번 일은 사안이 다르지 않나. 전번에 무림맹에서 독각수

에 대해 물어봤을 때, 딱 잡아 떼놓고는 이제 스스로 자인을 하겠다는 거야? 그렇지 않아도 세상에 숨겨질 일은 없는 법인데."

"하면, 어찌하나."

"시절이 수상하니 움직이지 않는 게 좋아. 연이를 세상에 내려 보냈으니 조만간 뭔 얘기가 들려오겠지."

"후우, 추목이 자네가 나 때문에……."

"위패나 만드세. 우리가 할 일은 거기까지야."

송치문을 앞세우고, 용문을 내려오던 조영은 계곡에 이르러 잠시 발걸음을 멈추고 협곡의 풍경을 돌아보았다.

수탉이 울기 전, 토가산채를 나서서 산책을 할 때쯤이면 얼마나 좋았던가.

어둠을 깨치고 장엄히 떠오르는 일출을 볼 수 있는.

하루 중에 이때가 가장 좋았다.

천공을 찌를 듯 서 있는 기암괴석들 사이로 아침햇살이 비칠 때면 절로 가슴이 부풀어 올랐고, 또한 협곡 전체를 뒤덮고 있는 진기한 나무와 꽃, 풀, 살구나무, 해당화들, 이런 사물들과 마주칠 때면 정말 속세와는 동떨어진 것 같은 느낌이 절절했다.

그때였다.

— 조영아, 뭘 고심하느냐.

계곡 저편 하늘에 조부 진추목의 얼굴이 떠올랐다.

할아버지는 평소처럼 밝게 웃고 있었다.

아까는 너무 큰 충격에 그저 멍하기만 했었는데, 이제야 가슴밑바닥으로부터 슬픔이 울컥 하고 올라왔다.

―흑, 할아버지. 전 어떻게 해요?

―이놈아, 하늘을 이고 도리질한다고 뭐 달라질 것 같으냐. 사내답게 벌떡 일어나 네 갈 길을 가야지.

―약속하셨잖아요. 저 아래 산문에서 기다릴 거라고 약속하셨잖아요.

―걱정 마라. 할아비는 네 곁을 떠나지 않을 테니.

―정말이에요?

―그럼, 할아비는 언제나 네 곁에 있으마. 바람처럼 말이다. 어느 더운 여름날, 바람이 살포시 불어 네 이마의 땀이라도 식혀주면, 그것이 할아비의 손길인 줄 알려무나. 허허.

―네.

조영은 어금니를 꽉 깨물며 송치문에게 말했다.

"이제 내려가요."

"예. 도련님."

*   *   *

도중 별원에 마련된 위패사당.

사당의 단은 상중하로 나뉘는데, 가장 아래에는 신장단(神將
壇), 중간에는 영단(靈壇), 가장 위에는 제단(祭壇)으로 구분되
어져 있었다. 신장단에는 각종 제신들이 모셔져 있었고, 영단
에는 천룡팔부상이, 그리고 제단에는 조부 진추목의 영정이
놓여 있었다.

조영은 그 앞에 서서 조부의 영정과 대화를 나누었다.

— 허허, 왔느냐?

— 예.

— 훌쩍 컸구나.

— 이제 열다섯 살인 걸요.

오는 내내 생각해 봤지만 의문이 가시질 않는다.

감정관 송치문의 말에 의하면, 할아버지는 탈세와 밀상(密
商)의 혐의로 재판을 받았다고 한다. 할아버지를 겨냥한 표적
수사가 분명하다. 꼬투리를 잡아 없는 죄를 뒤집어씌우려면
최소한의 근거자료가 필요하다.

그런 것들은(대부분 상단의 출납 장부는 비서(秘書)이기에) 하루
이틀에 취합할 수 있는 자료가 아니다. 꽤 치밀하게, 그리고
오랜 기간 준비한 게 분명하다. 그렇다면 할아버지가 의심하
지 않는 자의 손에서 이루어졌을 가능성이 크다.

누굴까. 출납 장부를 포청에 투서한 자는…….

'그가 누구든 이 자리에 있겠지.'

또한 그를 사주한 자는 누굴까.

　장욱 형의 시신을 대문 앞에 던져 놓는 행위는 일종의 경고다. 자신이 행한 일을 숨기지 않고 적극적으로 알리겠다는 뜻이다.
　'그만한 힘을 가진 자겠지.'
　머릿속에서 대충 정황이 정리되었다.
　왜 이 자리에 불려 왔는지 알 것 같았다.
　'나를 앞세워 모양새를 갖추려는 의도, 아니면 나를 죽여 후환을 없애려는 수작이겠지.'
　문득, 등골에 한기가 스며들었다.
　뒤에 서 있는 모두가 의심스러운 상황인 것이다.

　황보승은 아직도 순진하게만 생긴 조영을 보며 생각했다.
　'미안하게 되었다만, 핏줄이니 네가 감당해 줘야겠구나. 그저 팔자려니 생각해라.'
　속내와는 달리 그는 정중히 조영을 대했다.
　"도련님. 단주님의 위패를 제단에 모시지요."
　"예."
　조영은 황보승의 말에 따라 진추목의 위패를 제단 위에 올려놓았다.
　이윽고, 위패봉안식이 진행되었다.
　누군가 끊임없이 위령법문을 외웠다.
　듣자니 외는 경이 본토진언(本土眞言)이라 한다.

이 진언을 외면 망자의 넋이 극락정토로 돌아간다는 것이
다.

'정말일까. 이 진언만으로 할아버지의 영혼이 극락에 닿을
수 있을까.'

위령법문의 낭송이 끝나자 황보승이 권했다.

"도련님. 할아버지께 한 말씀 하시죠."

"예."

조영은 조부의 위패에 삼배한 후, 제단 앞으로 한 발 나섰
다.

"할아버지, 저 조영이에요. 돌아오는 길에 전왕신상(錢王神
像) 앞을 지나쳤어요. 많은 상인들이 그 동상 앞에서 천하제일
의 거상이 되겠다고 맹세를 한데요. 그런데, 소손은 아직 생각
이 어려서 잘 모르겠어요. 그게 그렇게 중요한 것인지. 하지만
소손도 맹세를 했어요. 할아버지가 못 다한 꿈을 대신 이루겠
다고요."

조영은 잠시 말을 끊었다가 다시 이었다.

"제 소원은 그것뿐이에요. 다만, 이 작은 소원마저 막는 자
가 있다면, 그자가 누구라도 용서치 않을 거예요. 지금은 힘이
없지만 더 크면요. 그러니 할아버지, 하늘에서 부디 소손을 지
켜봐주세요."

황보승은 속으로 코웃음을 쳤다.

'그게 쉽냐? 너같이 여린 성정으로는 죽었다 깨어나도 안

될 일이다.'

　봉안식이 끝나고 집무실로 오자, 황보승이 상단의 출납 장부를 조영에게 보여주었다.

　조작한 것으로, 장부로만 보자면 금보당의 재정 상태는 엉망이었다. 투자의 실패로 부채가 자산의 다섯 배에 가까웠고, 작년 가을에 물품구매에 사용했던 어음이 돌아온다면 현재로선 막을 방도가 없었다.

　한 마디로 파산 직전의 상태인 것이다.

　그러나 조영은 이것이 조작된 장부임을 한눈에 간파했다.

　'현금의 출납 기록에는 문제가 없다. 그러나 이 막대한 자금으로 물품을 구매하였다면, 각 전포뿐만 아니라 도중(都中)에도 재고가 하늘만큼 쌓여 있어야 한다. 맞나?'

　이건 황보승의 방심이 빚어낸 실수였다.

　지난 일 년 동안의 장부는 정확히 맞춰 놓았지만, 조영이 장부를 토대로 재고현황까지 유추해 내리라고는 생각지 못했던 것이다.

　조영은 속내로 뇌까렸다.

　'어떻게 조작된 장부를 내게 들이밀 수 있죠? 이 사단을 일으킨 장본인이 황 아저씨였나요?'

　믿었던 도끼에 발등을 찍힌 격이다.

　허나 내색할 수는 없는 일. 조영은 좀 더 훑어보는 시늉을 한 다음 고개를 끄덕였다.

"재정이 이렇게 어려운 줄은 몰랐네요."

"송구스럽습니다. 무리한 투자로 그리되었습니다."

"황 아저씨는 어떤 해결책을 지니고 있는지 듣고 싶은데요."

"현재로선 세 가지 방법이 있습니다. 첫 번째는 상단을 적당한 가격에 매각을 하는 것입니다."

"두 번째는요?"

"도련님께서는 화운상단의 채운정 아가씨와 정혼이 된 사이입니다. 혼사만 예정대로 치를 수 있다면, 화운상단의 지원을 받을 수 있겠지요."

정혼? 그런 일이 있었나?

아마 할아버지가 결정해 놓은 모양이었다.

"세 번째는요?"

"전장에 추가로 돈을 빌려 상단을 꾸려가는 것입니다. 그러나 이 방법은 저는 반대입니다."

"왜죠?"

"도련님이 나이가 어리기 때문에 전장은 돈을 빌려주지 않을 것입니다. 그들은 연륜이 있고, 경험이 풍부한 다른 단주를 내세우려 할 것입니다."

이를 테면 당신 같은 사람?

조영은 빠르게 그 뜻을 이해했다.

"제가 상속을 포기하고 믿을 만한 사람을 새로운 단주로 세워야 한다는 말씀이군요."

황보승의 가슴이 뜨끔했다.

'호부에 견자 없다더니. 눈치 하나는 정말 빠르구나.'

그가 낯빛을 바꾸며 펄쩍 뛰었다.

"그러니 안 될 말씀이지요. 어찌 우리가 도련님을 물러나시라 할 수 있겠습니까. 그건 고인이 되신 단주님을 배신하는 행위입니다."

문득, 삼 년 전, 도중 앞에서 본 광경이 떠올랐다.

당신이 만난 그자는 누구지? 그자와 무슨 얘기를 나눈 거지?

황보승은 빤히 쳐다보는 조영의 눈빛이 영 꺼림칙했다.

뭐야. 뭘 알기라도 한다는 거야?

차라리 모르는 편이 낫다. 나도 이렇게까지 하고 싶진 않다만 따지고 들면 너도 죽일 수밖에 없으니까.

조영은 속내와 달리 미소를 보였다.

"그리 말씀해 주시니 고맙네요."

지금은 따질 계제가 못 되었다. 우선은 살고 봐야 하지 않겠는가. 그러기 위해서는 어떤 패를 집어 들어야 하는지 조영은 잘 알고 있었다. 그리고 오래 생각하지 않고 결단을 내렸다.

"세 번째 방법을 택하겠습니다."

상속포기.

“……”

“도중 식구들의 생계가 더 중요한 문제입니다. 하여 저는 자리에 연연해하지 않고 물러나겠습니다. 부디 지금처럼 상단을 잘 꾸려가 주세요.”

“하면, 누구를…….”

“아무래도 대행수인 황 아저씨가 적임일 듯해요. 그래야 전장에서도 돈을 융통할 수 있을 테니까요.”

“도련님은요?”

“대신 저는 금보당만 물려받겠습니다.”

“현재 금보당 부지도 저당이 잡혀 있어 이자가 만만치 않습니다. 처분하시는 편이 나을 것입니다.”

금보당까지 담보로 쓰다니…… 사람이 이렇게 파렴치해질 수도 있나?

“어떻게 해서든 꾸릴 거예요.”

“전포를 운영하시게요?”

“아뇨. 할아버지 손때가 묻은 곳이라 처분하고 싶지 않아서요.”

조영의 눈에 문서 하나가 눈에 띄었다.

“그리고 이것도요.”

조영은 아직 돈을 받지 못한 악성채권을 기록한 장부를 집어 들었다. 황보승은 의아했다. 말 그대로 악성채권이다. 돈을 빌려간 자들의 면면을 살펴보면 인간말짜들. 그들에게 돈을 받는다는 건 거의 불가능한 일이었다.

그 쓰레기를 뭐 하러? 하긴 네 마음대로 해라.

기왕이면 이것도 가져가지 그래.

"이건 어떻게 할까요?"

혼서지였다.

조영이 시큰둥하게 반응했다.

"할아버지도 안 계신데 이게 의미가 있을까요?"

맞는 말이었다. 화운상단에서 쪽박 찬 놈을 받아 줄 리가 만무했다. 딱히 할 말이 없어서 황보승은 마치 큰 생색이라도 내는 것처럼 말했다.

"위약금이 있습니다. 만약, 정혼을 거절하면 이거라도 챙길 수 있지 않을까요?"

"그래요? 그럼, 넣어두죠."

구두로 협의를 마친 조영은 도중 산하 점주와 행수들에게 이를 공표했다.

"이것으로 대신하고 상속문제를 마무리할까 해요. 이제 운해상단의 단주는 황보승 대행수님이에요. 여러분이 잘 보필하셔서 실추된 위상을 되찾아주세요."

"크흠."

말이 떨어지기가 무섭게 점주와 행수들이 황보승에게 달려들었다.

그에게 축하인사를 전하려는 것이다.

조영은 순식간에 사람들에게 갇힌 꼴이 되고 말았다.

'후우, 세상일이 다 그렇지. 우선 살아서 나가자.'

이리 치이고 저리 부대끼던 조영은 한참을 용을 쓰고서야 겨우 빠져나올 수 있었다.

"도련님!"

집무실 밖에서 기다리고 있던 감정관 송치문이 득달같이 달려왔다.

"어찌되었습니까요?"

"모든 권한을 넘겨주었어요. 저는 이제 운해상단 및 소관 도중과 무관해요."

"아니, 돌아가신 당주님이 전 재산을 투자한 것인데, 그걸 그리 쉽게 포기하십니까요."

"저보다는 연륜이 많은 사람이니 잘 하실 거예요."

"황보승이 보여준 장부는 필경 조작된 것일 겁니다."

"알고 있어요. 허나 제가 할 수 있는 게 없잖아요. 장부를 파헤치면 저들은 나를 죽였을 거예요."

옆에 있던 풍덕이 가슴을 쳤다.

"으이그, 분통 터져."

조영이 송치문에게 말했다.

"부탁이 있어요."

"말씀하십시오."

"금보당이 저당 잡혀 이자를 물어야 한데요. 저는 지금 능력이 없으니 감정관님이 금보당을 지켜주세요. 제가 돌아올 때까지만요.”

“떠나시려고요?”

“예.”

“알겠습니다. 이 송치문이가 귀신이 되어서라도 전포를 지키겠습니다. 도련님은 꼭 힘을 키우십시오. 이 모든 게 다 어리고 힘이 없어서 벌어진 일이니까요. 아시죠?”

대답 대신 미소를 보였다.

여전히 해맑았지만, 어느 때보다도 결연한 의지가 엿보이는 미소였다.

풍덕이 이를 악물었다.

“걱정 마. 조영아. 내가 고철이라도 팔아서 지킬게.”

“그래.”

풍덕의 어깨 너머로 설리가 보였다.

“누나.”

조영은 뒤로 열 발자국쯤 떨어져 있는 설리에게 다가갔다.

그녀는 하염없이 눈물만 흘리고 있었다.

“흑.”

“그만 울어.”

“흑흑, 어떻게 울지 않을 수 있어요. 당주님은…… 관비로 팔려갈 소녀를 데려와 친딸처럼 거둬주신 분인 걸요. 얼마 전에는 노비 문서까지 없애주셨는데…….”

“누나는 어차피 노비였던 적 없어.”

“······.”

“늘 우리는 가족이었어. 할아버지에게도 내게도.”

그 말에 더욱 오열이 복받치는 설리다.

“흑흑.”

울고 슬퍼할 겨를이 없다.

나중에 목 놓아 울 수 있는 날이 오겠지.

참, 어떻게 이리 냉정을 유지할 수 있지? 할아버지의 죽음 앞에서······. 심장은 끓지만 머릿속은 점점 차가워지는 기분이다. 이게 극독의 힘인가?

조영은 스스로에게 놀라며 설리에게 말했다.

“나 다녀올게. 이번에는 꽤 오래 걸릴 거야. 전에 했던 약속 잊지 마. 꼭 데리러 올 테니.”

“네.”

*　　*　　*

백운산 중턱.

조영은 너럭바위에 앉아 주강을 내려다보았다.

노을이 지는 강마을의 풍경은 아름다웠다.

건너편 강마을에선 하늘로 치켜 올라간 날카로운 처마 끝, 그 사이로 밥 짓는 연기가 모락거리고, 주강의 잔물결에는 붉은 저녁 해가 일렁였다.

하루의 끝을 알리는 시간이 된 것이다.

조영의 머릿속에 집안의 풍경이 그려졌다.

'지금쯤 식구들끼리 모여 앉아 오순도순 저녁을 먹겠구나.'

나도 그랬었는데.

저녁 바람이 얼굴을 스치고 지나갔다.

성글게 묶은 머리 끈을 풀자, 머리카락이 자유롭게 허공을 떠돌았다.

'할아버지가 안 계시니…… 이제는 돌아갈 집이 없네.'

쓸쓸했다.

공허한 마음은 달랠 길이 없고. 이제 어디로 가나. 선택의 여지가 없었다. 갈 곳은 용문뿐.

'그래, 용문으로 돌아가자. 사부님이 가르침을 주실 거야.'

심신을 추스르고 막 몸을 일으키는데, 뒤쪽에서 차분하고 조심스러운 음성이 들렸다.

"도련님, 처음 뵙겠습니다."

"누구죠?"

조영은 천천히 몸을 돌렸다.

서서히 어둠이 내리는 울창한 숲과 나무, 그리고 하늘뿐이었다. 바로 뒤쪽에서 속삭인 것 같았는데, 사람의 기척이라고는 전혀 느껴지지 않았다.

"노복은 십이 년 전, 사천당문에 의해 멸문지화를 당한 구음독교의 호법장로 귀노입니다."

독각수 때문인가?

"내 몸에 봉인되었다는 물건을 찾으러 온 것인가요?"

"그렇지 않습니다."

"사마외도들이 이걸 노린다면서요."

"예, 그렇습니다."

어쩌면 위험할 수도 있는 낯선 만남에도 일말의 두려움이 느껴지질 않았다. 더 이상 잃을 것도 없는 공허한 마음이 그리 만든 것이다.

"그렇지 않아도 궁금했어요. 이게 뭘 의미하죠?"

"독각수는 본교의 신물로 장문령부라 보시면 됩니다."

"그 말은 내가 구음독교와 관련이라도 있는 것처럼 들리는군요."

"예. 차기 장교(長敎)의 직분을 의미하는 것입니다."

조영은 어이가 없어 코웃음을 쳤다.

"흥, 참으로 우습군요. 그런 걸 왜 내 의지와는 상관없이 당신들 마음대로 결정하는 거죠?"

"천명(天命)에 대해서는 노복 또한 알지 못합니다. 다만 주어진 명에 따를 뿐입지요."

도대체 어디서 말을 하는 거지?

궁금해진 조영이 물었다.

"나는 왜 당신이 보이질 않죠?"

"도련님과 저 사이에는 진막(陣幕)이 쳐져 있습니다. 그걸 사이에 두고 저는 바깥에 있고, 도련님은 안에 계시니 볼 수가 없는 것입니다. 정확히 말하자면, 이곳은 동막(動幕)입지요."

"동막이 뭔데요."

"움직이는 진법으로, 도련님을 해하려는 자들로부터 보호하기 위해 친 것입니다."

그런 것도 있나?

"날 해하려는 자들이 누구죠?"

"누구든지 말입니다."

"왜 이제 찾아왔죠?"

"구음독교는 사천당문에 귀속된 빈약한 문파로 복수를 할 힘이 부족했습니다. 지난 십이 년간, 저희는 사천당문에 갇혀 지냈습니다. 살아남는 게 목적이었으니까요."

"모습을 드러내세요. 눈으로 보지 않고는 믿지 못하겠어요."

"하면, 명을 받들겠습니다."

눈앞의 사물들이 흐늘거리더니 흑의복면인들이 나타났다. 한 사람이 아니었나? 대략 십칠 명 정도. 생각보다 많았다. 자신을 호법장로라 밝혔던 자가 말했다.

"복면을 벗을 테니 부디 놀라지 마십시오."

"괜찮아요."

그들의 말은 거짓이 아니었다.

머리칼은 거의 빠져 있었고, 얼굴과 손에 생긴 수포는 터져 진물이 흐르고 있었다. 모두 악귀 같은 끔찍한 몰골을 하고 있었던 것이다.

"아니, 어떻게……."

"살아남기 위해 사천당문의 연독실(鍊毒室)에서 지내다 보니 이리 되었습니다."

알 수 없는 분기가 차올라왔다.

"이렇게라도 살아야 했던 이유는 도련님께 이걸 드리기 위해서였습니다."

호법장로 귀노가 준 것은 한 권의 책과 한 알의 환약이었다.

"이 환약이 독각수의 봉인을 풀어줄 것입니다. 봉인이 풀리면 독각수의 공력이 체내에 자리를 잡으며, 온전히 도련님의 공력이 되는 것이지요."

"……."

"그리고 그 책은 전대 교주께서 구결이 소실되어 팔 할 정도 남은 독문절기 '자천독황일기공(紫天毒荒一氣攻)'에 자신의 심득을 더하여 완성한 '구음앙천자하독공(九陰仰天紫霞毒攻)'이란 강력한 무공을 기술한 비급입니다. 독각수의 공력을 취한 신체만이 연성할 수 있습니다."

"이 무공을 내게 익히라는 건가요?"

"아닙니다. 원래의 주인께 전해드리는 것이 우리의 할 일이기에……. 향후, 본교의 독문절기를 익히고 말고는 도련님의 자유 의지입니다."

"마치 복수를 해달라는 것 같군요."

"아닙니다. 명문가 출신의 자제께서 우리 때문에 불행한 운명에 휘말리셨는데, 어찌 거기까지 바라겠습니까. 다만, 더 이상 독각수로 인해 억울한 일을 당하지 말라는 바람일 뿐입니다."

명문가 출신?

"혹시 내 부모님에 대해 알고 있나요?"

"송구하오나 저희도 자세한 내막은 모릅니다. 전대 교주께서 화형당하기 보름 전, 도련님이 보모와 함께 천룡사에 묵으셨다는 사실밖에……."

조영은 비급이란 걸 보며 말했다.

"사부님은 무공을 가르쳐 주지 않으셨어요."

"독각수가 봉인된 몸은 어떤 무공도 연성할 수 없습니다. 성체가 되기 전에 건드리면 독각수는 본신(本身)을 죽음에 이르게 하는 성질을 지녔으니까요. 대사님은 아마 성체에 이른 후, 독각수의 봉인을 해제한 연유에 무공을 전수해 주실 생각이었을 겁니다."

"이 무공을 익히면 얼마나 강해지죠?"

"일단 독공을 연성하시면, 정종무학은 결코 접할 수 없습니다. 자칫 인성이 파괴될 수도 있습니다. 또 사파의 무공이란 소리도 듣게 될 것입니다. 그러나 세상 누구도 도련님을 허투루 대하진 못합니다."

"세상 누구도요?"

"예. 아무도."

"그게 무위를 말하는 거죠?"

"그러합니다."

조영의 입가에 조소가 떠올랐다.

"그래요? 그렇다면, 흥미가 당기는군요. 이 모든 일을 행한 자가 누구죠? 그자의 이름은 알아야 할 것 같네요."

"사천당문의 당천우입니다. 그 이름을 꼭 기억해두시기 바랍니다."

"당신들은 어디에 있을 거죠?"

"소생들은 보이지 않는 그림자입니다. 도련님이 부르시는 곳에 늘 있을 것입니다."

"……."

백운산 정상.

조영은 만년설 눈밭에 앉아 책을 무릎 위에 올려놓았다.

표제도 거창하다.

〈구음앙천자하독공해서(九陰仰天紫霞毒攻解書)〉

줄여 '자하독공(紫霞毒攻)'이라 칭한다고 한다.

첫 장을 넘기자, 후학에게 남긴 듯한 저자의 전언이 적혀 있었다.

무릇, 무공을 나무에 비유해 볼 때, 사람의 신체는 토양이다. 축기는 뿌리와 가지이며, 무공은 그 나무에 열리는 열매와도 같은 것이다. 토양이 비옥하지 않으면, 깊은 뿌리와 곧은 가지를 얻을 수 없고, 뿌리와 가지가 튼실하지 못하면, 좋은 열매가 열릴 수 없는 것은 하늘의 이치다.

그러나 사람은 토양을 가꾸는 데엔 관심이 없고, 달고 맛있는 열매만 얻고자 하니 이 얼마나 어리석은 짓인가?

인연이 닿아 이 책을 접하는 후학에게 고한다.

네가 참된 공부에 이르고자 하면, 토양을 가꾸는 데 일로매진하여라. 혹여 그것이 더딜지라도 조급해하거나 초조해하지 말아라. 잠룡물용(潛龍勿用)이란 말처럼 용은 등천을 서두르지 않는 법이다.

하나의 충고처럼 적힌 전언은 마음가짐을 바르게 했다.

무공과는 다르나 전포를 운영하는 일과 견주어도 마음속 깊이 새길 만한 글이었다.

다시 책장을 넘기자 이제는 본격적인 무공에 관한 글이 전개되었다.

제1훈(第一訓): 본치오원심법(本治五元心法)
공부에 있어서 가장 중요한 것은 호흡이다.

도가에서 말하길, 천일조식이면 반로환동이요, 만일조식이면 장생구시에 이른다고 했다. 그럼에도 불구하고 사람이 그 경지에 도달하지 못하는 것은 평생을 호흡법에 매진하는 자가 없기 때문이다.

첫 번째 가르침으로 정리한 본치오원심법은 호흡법에
대한 공부임을 미리 밝혀둔다. 오원(五元)이라 함은 원혈,
극혈, 낙혈, 유혈, 무혈을 말하며, 본치(本治)라 함은 혈맥
의 강약부침과 부위 차를 고려하여 치료를 시행하는 표치
법을 말한다.
　결국 이 심법의 요체는 본치로서 오원을 다스리는 것인
데, 이 심법의 목적은 몸 전체의 불균형을 개선한 후, 뼈
와 살을 새롭게 하여 절대지체의 생리공능을 갖게 하는
데에 있고, 이는 호흡으로 가능한 것이다.

　책에는 호흡법이 체계적이고, 상세하게 기술되어 있었다.
그것이 어떤 것인지는 모르나 조영은 호법장로가 했던 말만
생각했다.

　"세상은 도련님을 허투루 대하지 못할 것입니다."

조영은 옥합을 열어 환약을 꺼냈다.
생각할 것이 없었다.
조영은 자색 환약을 입에 넣고는 오물거렸다.
꿀꺽.
제법 컸으나 목에 걸리지는 않았다.
'이제 모든 것은 하늘의 뜻이다.'
환약을 삼키고 나서 얼마 되지 않았을 때였다. 갑자기 아랫
배 쪽에서 불 같이 뜨거운 기운이 꿈틀거리더니 전신에 열이

올라 땀이 비 오듯 흘렀다.

마침 눈발이 날리기 시작했다. 그대로 누워버렸다. 열을 식히기 위해서였다. 허나 눈밭에 뒹굴어도 뜨거운 기운이 가시질 않았다.

"으으, 뜨거워."

더 이상 견딜 수 없어 살얼음을 깨고 개울물에 몸을 담갔다.

머리가 깨질 정도로 차가운 물이었다.

허나 얼음물도 그 뜨거운 기운을 다스리질 못했다.

어찌할 바를 몰라 다시 개울에서 나오는 순간, 뒷골이 띵하더니 서 있을 수 없을 정도로 머리가 어지러웠다.

'난, 이대로 죽는구나.'

조영은 그대로 엎드려 기절을 하고 말았다.

눈밭에 벌러덩 누운 조영의 몸에는 눈도 쌓이질 않았다. 몸에 닿기도 전에 눈이 녹아버렸기 때문이었다.

정작 기이한 일이 벌어진 것은 그때부터였다.

적(赤), 청(靑), 황(黃), 삼색의 빛이 조영의 전신을 감싸고 있었는데, 이는 독공 최고의 내공심법인 자하독공의 기이한 경로를 나타내는 것이었다.

이어 비취색 빛줄기가 아랫배를 뚫고 나오더니 삼색의 빛과 어울려 하나의 구체(球體)를 이루는 것이었다. 그것은 다시 아랫배로 빨려 들어가듯 사라졌다가 조영의 십이경맥을 따라 빠르게 퍼졌다. 그동안 조영의 피부는 핏줄이 다 보일 정도로 투

명하게 되어 체내의 변화를 육안으로 확인할 수 있을 정도였
다.
　이는 독각수의 공력이 본연의 생리공능과 화합하여 자하독
공의 공력이 완성되는 과정이었지만, 이미 혼절한 상태에다
무공에 문외한인 조영이 이를 알 턱이 없었다.

　눈을 떴을 때, 아침햇살에 눈이 시렸다.
　'어떻게 살아있지?'

　조영은 산등성이를 따라 백운산을 내려왔다.
　산로를 벗어나 막 관로로 접어들 때였다.
　공교롭게도 조영의 발아래는 동전 한 닢이 떨어져 있었다.
그것을 보는 순간, 조부 진추목의 음성이 귓전에서 왕왕거렸
다.
　— 조영아, 길을 가는데 동전이 떨어져 있다면, 너는 그것을
주울 테냐?
　— 아뇨. 전 싫어요.
　— 혹시, 그 동전을 어쩔 수 없이 줍게 된다 할지라도 후회하거
나 자책할 필요는 없다. 그것은 아마도 천명일 테니까. 알았지?
　— 예.
　그랬었어.
　조영은 허리를 숙여 동전을 주웠다.

소매로 묻은 흙은 닦아내자 동전은 눈부시게 반짝였다. 조영은 그것을 꼭 쥔 손을 호주머니 속에 찔러 넣었다.

그리고 푸른 하늘을 올려다보았다.

"왜 그런 말씀을 했는지 이제 알 것 같아요.. 할아버지는 알고 계셨던 거예요. 소손이 이 길을 가게 될 것을…… 그렇죠? 돈에는 세 가지 색이 있다는 가르침도 이제 이해할 것 같아요. 할아버지는 돈의 속성이 위험하다는 것을 알려주려 하신 거죠? 그래서 버는 것에만 연연해하는 돈 벌레가 되지 말라고. 그리고 사람들에게 희망을 주는 좋은 장사꾼이 되라는…… 그런 뜻인 거죠?"

조영은 잠시 멈추었다가 다시 뇌까렸다.

"무슨 말씀인지는 알겠어요. 그렇지만…… 그렇지만, 저는 할아버지의 가르침을 따르지 않을 거예요. 죄송해요."

걸었다.

그러나 조영이 향한 발걸음은 애초에 돌아가고자 했던 용문과는 전혀 다른 방향이었다.

그리고 십 년이란 세월이 덧없이 흘렀다.

제9장

잔혹서생

호북성 무한.

불과 이 년 만에 사학(私學)의 명문으로 부상한 해산서원.

늦은 밤.

서재에서 학사 조영은 밤이 늦도록 학동들에게 가르칠 문장을 만지고 있다.

나이 스물다섯.

백옥 같은 학창의에 단정하게 묶은 머리는 서생의 풍모를 지녔으나 창백한 얼굴에 파리한 입술, 눈 밑의 거무스름한 그림자에서는 병색이 완연하게 드러났다.

"만날 책만 보지 마시고 소녀도 좀 봐주시어요."

그의 약혼녀 모용란이 투정을 부렸다.

"화난 게요?"

"그래요."

"미안하오. 내 그대에게 세심하지 못했구려."

"호호. 농담입니다."

농담을 주고받는 두 사람은 다정한 연인의 모습 그대로였다. 모용란은 애교 섞인 목소리로 말했다.

"근자에 들어 안색이 부쩍 안 좋아졌습니다. 소녀는 그것이 걱정입니다. 공자님께서 건강을 해치시면, 공부가 다 무슨 소용일는지요. 너무 늦었으니 오늘은 침소에 드세요."

"알았소."

그때였다.

연화격자 창에 사람의 그림자가 어른거리더니 수신호위 한호백의 묵중한 음성이 방 안으로 들어왔다.

"원주님. 모 가장의 내원각주께서 오셨습니다."

모용란이 깜짝 놀라며 물었다.

"도진 오라버니가 이 시각에요?"

"예. 아가씨."

무욕정사(無慾精舍).

맑고 깊어서 푸른 하늘빛이 그대로 투영되는 호수 위에, 조영의 처소는 한 폭의 수묵화 같은 풍경으로 자리하고 있다.

객청(客廳).

서른 초반의 건장한 사내가 두 사람을 맞이했다.

"하하. 어서들 오게."

모 가장의 내원각주 사도진. 피는 섞이지 않았으나 모용란
과 의남매지간이니 그는 조영에게는 곧 손위 처남이 될 사람
이다.

조영은 그와 차탁을 사이에 두고 마주 앉았다.

모용란이 백차를 끓이는 동안 두 사람은 담소를 나눴다.

"보름 만이군요."

"그런가?"

"너무 자주 신세를 지니 죄송할 따름입니다."

"남 같은 소리를 하는구먼."

사도진이 편액을 보며 고개를 끄덕였다.

"무욕정사라…… 볼수록 참 좋은 이름일세. 욕심을 버리고
무상의 경지에 든다."

본래의 뜻은 그러했다. 할아버지의 뜻을 따른 것이니까. 그
러나 조영은 부인했다.

"하하. 꿈보다 해몽이 좋으십니다."

"내 해석이 틀렸다는 말이로군. 하면, 다른 뜻이 있는가?"

"제 조부께서는 전포를 운영하셨습니다. 그 때문에 돈 벌레
의 자식이란 소리를 귀에 못이 박히도록 들었지요. 아주 어릴
때부터요. 저 글자가 사실 무욕(無慾)이 아니라 무욕(無辱)입니

다. 욕 좀 덜 먹겠다는 뜻이죠.”

“하하. 학사 양반이 말장난은.”

“재미로 드린 말씀입니다만 단순한 말장난은 아닙니다. 제 고향에서는 날아가는 새도 다 아는 사실인걸요. 그래도 상관 없습니다. 조부님 덕에 지금의 부(富)를 유지하고 있으니까 요.”

“학동을 가르치면서 부를 유지하는 게 쉽지는 않았을 터.”

“핏줄은 속일 수 없는 모양입니다. 내 돈을 날로 먹으려는 자들에게는 응당한 대가를 치르게 해주었지요.”

사도진의 표정이 살짝 굳었다.

말에 뼈가 들어 있는 것 같아 마음대로 웃을 수 없었던 것이 다.

“이번에는 안 웃으시네요.”

“웃기가 그렇구먼. 처남 될 사람을 돈 벌레라 부른다는데 웃음이 나오겠나.”

조영이 머리를 끄덕였다.

“가족이란 이래서 좋군요.”

“당연하지.”

사도진은 가져온 비단 보자기를 풀더니 탁자 위에 옥합을 꺼냈다.

“자네 기력을 회복시켜 줄 물건일세.”

그가 준비해 온 것은 소위 말하는 보약이었다.

옥합의 뚜껑을 열자 뜨거운 김이 모락거렸다. 아직 온기가 남아 있었던 것이다. 모락모락 올라오는 하얀 김을 보며 조영이 말했다.

"식지 않게 하려고 애를 쓰셨군요."

"하하. 그렇다네."

"고맙습니다."

"별 말을 다하는구먼. 어서 들어보게. 빨리 건강을 되찾아야지."

조영이 한 수저를 뜨고는 맛을 음미했다.

"좋군요."

"황제만 먹는다는 금계로 끓인 걸세."

"처남 덕분에 제 입이 호사를 다합니다."

그때, 모용란이 백차를 내왔다.

"다 드시고 입가심하세요."

"백차는 란아가 끓인 것이 천하제일이지. 하하."

모용란이 약간 콧소리를 섞었다.

"오라버니 때문에 끓인 게 아니랍니다."

"어련하겠냐."

세 사람이 이 각 정도 담소를 나누었을 때였다. 피곤이 몰려온 듯 조영이 이마를 짚었다.

"졸리네요."

"이런, 내가 너무 늦은 시각에 왔구먼. 어서 들어가서 쉬게.”

“예. 그래야 할 것 같습니다. 처남은 그대가 잘 모시구려.”

“예. 공자님.”

사도진에 대한 당부를 잊지 않고, 조영은 침소로 발길을 돌렸다. 석 달이나 치료를 받았지만, 백약이 무효인지, 그의 얼굴에는 병색이 완연했다.

*　　　*　　　*

삼경이 넘은 깊은 밤.

물결에 의해 반사된 달빛이 오층 누각에 어른거렸다.

사층, 규방엔 화려한 명주천으로 치장된 침소가 있다. 침소에는 단아한 흑발의 미인이 누워 있었는데, 그녀는 다름 아닌 모용란이었다.

그녀에게 한 사내가 다가왔다.

놀랍게도 그는 그녀의 의붓오라비 사도진이었다.

“란 매.”

“오라버니.”

화촉동방(華燭洞房)에라도 든 양, 두 사람은 마음껏 알몸을 섞었다. 잠시 후, 열락에 들뜬 남녀의 교성이 어두운 방 안을 가득 메웠다. 한 시진이나 지속된 정사에 모용란은 지칠 대로 지쳤다. 그녀의 알몸은 열락의 수위만큼 땀으로 번질거렸다.

사도진이 모용란의 몸에서 떨어지며 내뱉었다.

"란 매의 아랫도리는 역시 명기라니까."

그의 목소리엔 추한 질투가 실려 있었다.

"그놈은 어때?"

모용란의 음성이 싸늘해졌다.

"어떻긴 뭘 어때요? 제 방을 찾지도 않는데."

"그래? 약혼한 지 일 년이 넘었는데 란 매를 찾지 않았다고?"

"그러다니까요."

"하하. 그놈은 고자거나 남색인 게 분명하군."

사실 그 얘기를 하자면, 살짝 기분이 상하는 모용란이다. 일 년 동안 독을 먹여 폐인으로 만들었지만, 악양절색인 자신을 여자로 거들떠보지도 않은 것에 자존심이 다쳤던 것이다.

"독은 잘 먹였지?"

"얼굴색 보면 몰라요?"

"후후. 파리해진 게 산송장이나 다름없더군. 독을 일 년이나 꾸준히 먹였는데도 멀쩡하다면 그게 이상한 거지. 그나저나 놈의 재산이 얼마나 되는 것 같아?"

"지하금고에 쌓인 금화와 보물들이 셀 수도 없을 정도예요."

"확인했어?"

"제 눈으로 봤어요."

"란 매를 지하금고까지 데려갔다고?"

"그래요. 날 믿는다는 거죠. 하긴, 그렇게 지극정성을 보였는데 믿지 않는다면 남자가 아니죠."

"크하하. 란 매의 연기는 정말 훌륭하지. 그보다 해산서원의 지하금고는 동천복지라더니 허명이 아니었군. 그 돈이면 호북의 상계를 쥐락펴락 할 수 있지. 우린 최고의 부자가 되는 거라고. 크하하."

모용란이 아미를 찌푸렸다.

"허나 저자가 죽으면, 당장 나를 의심할 텐데…… 어떻게 하죠?"

"방안이 있으니 걱정 붙들어 매."

"뭔데요?"

"모가장의 모든 재산을 란 매 앞으로 돌려놓는다면, 재산을 노린 게 아닌 것처럼 보이지. 본인의 재산도 많은데 약혼자의 돈을 탐낼 이유가 없잖아. 세인들의 눈을 속이려면 그 정도의 승부수는 띄워야지. 안 그래?"

"아버님이 허락하실까요?"

"당연하지. 가주님이 어떤 분인데. 걱정 마. 이미 란매 명의로 재산을 돌려놓았으니까."

"호호. 오라버니의 계략은 정말 대단해요."

"돈이 수중에 들어오는 대로 그토록 갖고 싶어 하던 취영루를 사주지."

"정말요, 오라버니?"

"당연하지. 그나저나 갑자기 날 부른 이유가 뭐야. 나야 좋지만 이런 짓은 위험해. 만사불여튼튼 몰라?"

"혼사를 앞당겨야겠어요."

"왜?"

"어제는 피를 세 번이나 토했어요."

"이런 허약한 놈."

"의원이 다녀갔는데, 한 번만 더 토혈을 하면 급사할 수도 있다고 경고를 했어요. 혼사도 못 치르고 갑자기 죽으면 어떻게 해요. 상속을 받아야 하는데."

사도진이 사악한 미소를 머금었다.

"흐흐, 걱정 마. 여기 무한의 법제는 악양과는 달라 약혼자의 재산도 상속되니까. 빨리 뒈져버리라고 해."

"호호. 정말 좋은 법제로군요. 고자만 아니면 소봉이의 방중술로 당장 숨통을 끊어 버릴 수 있는데."

모가장의 식솔인 소봉은 육덕 풍만하고 천성적으로 색을 밝히는 계집이었다. 진기를 소진시킬 요량으로 조영에게 시비로 붙였건만.

"그런데, 안 먹혀?"

"소봉이의 벗은 몸을 보고도 달려들기는커녕 물건이 서지도 않았다는데요?"

"크하하. 불쌍한 고자 놈. 이왕 뒈질 거 복상사나 하면 때깔이나 좋으련만."

이상했다.

진조영을 생각하니 다시 한 번 회가 동하는 것이 아닌가.

그 서생 같은 인간을 떠올렸는데, 왜 몸이 뜨거워지는지 모용란 자신도 모를 일이었다.

"빨리 안아줘요."

"갑자기 왜 이래?"

"얼마나 당신이 그리웠는지 알아요? 저 목석 옆에서 아주 좀이 쑤실 지경이었다고요."

"흐흐, 그랬겠지. 좋아. 얼마든지 안아줄게."

침방의 욕조.

조영은 팔만 뻗어 창턱을 더듬었다.

덧창의 고리가 쉽게 잡히질 않았다. 손끝이 바들거렸기 때문이다. 몇 번을 더듬어서야 잡을 수 있었는데, 힘이 들어가는 바람에 덜컹 하고 창문이 열려 버렸다.

휘잉.

그러자 기다렸다는 듯이 바람이 욕실로 몰아쳤고, 바람에 섞여 들어온 눈발이 이마를 때렸다. 기운이 없어서 그냥 놔두었다.

"후우……."

뜨거운 물에 몸을 담그자 피가 더워졌다.

더워진 피는 으레 빨리 돌기 마련이었다. 핏속에 섞인 독도 빨리 퍼졌다. 정신이 나른해졌다. 아주 기분 좋은 나른함이었다.

"어머, 공자님. 창을 열어놓으면 어떻게 해요. 몸도 약하신 분이."

소봉이었다.

"고맙군."

"소녀를 부르시지 그러셨어요."

"목욕 정도는 내 힘으로 해야지."

너저분한 교태가 몸에 밴 계집이었다.

"아이 참, 우리 아가씨의 낭군이 되실 분인데, 옥체를 보전하셔야지요. 소녀가 씻겨드릴게요."

소봉의 뜨거운 입김이 귓불을 간질였다.

습관인지 그녀는 상대의 귀에 입을 너무 바싹 대고 말하는 경향이 있었다.

'오늘은 기필코 당신을 유혹해 줄게요. 피를 토하며 죽어도 용서할 테니. 호호.'

소봉의 부드러운 손길이 진조영의 목덜미를 주무르기 시작했다.

그때였다.

욕실 밖에서 묵직한 사내의 음성이 들렸다.

"호백입니다."

'저 빌어먹을 인간이 왜 지금 나타나는 거지?'

벌레라도 씹은 심정이었으나 소봉은 티를 내지 않기 위해 이를 악물었다.

"들어와."

"다녀왔습니다."

"수고했어."

"안색이 더 안 좋으십니다."

"처남이 명약을 지어왔어. 복용하면 괜찮아지겠지. 갔던 일은?"

"잘 마치고 왔습니다. 도중의 수령들이 처음에는 반대하고 나섰으나 가격을 후하게 쳐주겠다고 하니 마음이 동하는 눈치더군요. 그때 두 배를 더 불러서 아가씨 명의로 계약을 했습니다."

"잘했어. 그 땅은 모 가주께서 오랫동안 원하시던 곳이야. 병약한 내게 금지옥엽을 맡기셨는데, 결혼 선물로 그 정도는 해드려야지."

소봉의 눈빛이 일렁였다.

'동정호 근처의 기루를 매입했다는 거야? 대체 얼마나 돈이 많은 거지?'

"허나, 제 생각은 혼사를 좀 미루었으면 합니다."

"왜?"

"봉추 선생께서 병증의 원인을 밝혀낼 수 있다고 하셨습니다.”

소봉의 얼굴색이 굳어졌다.

‘그 빌어먹을 의원 영감이 음식에 독을 탄 걸 알아내면 어쩌지?’

진조영은 힘없이 고개를 저었다.

“아니야. 배은망덕하고 싶진 않아. 모 소저에게도 못할 짓을 시키는 거고. 인명은 재천이라 했으니 더 욕심을 부리는 건 도리에 어긋나.”

“단주님.”

“쿨럭!”

조영은 피를 한 움큼이나 토해냈다.

“단주님! 그것 보십시오. 한 달만 연기하면 되는 일입니다. 모 가주께서는 대인이니 충분히 이해해 주실 겁니다.”

“정말 그렇게라도 해야겠군. 내일 아침 모 가장으로 가야겠어. 호백은 어서 채비를 해.”

“예. 알겠습니다.”

‘염병할! 큰일이잖아. 각주님께 빨리 알려야지.’

슬그머니 욕실에서 빠져나온 소봉은 서재에서 편지를 쓴 다음, 그것을 전서구에 매달아 서둘러 날려 보냈다.

호북 포청 남총지부.

남총포두 곽도산은 의지가 견정하고 머리가 명석한 사람이다. 서른 전에 총포두의 자리까지 오른 것은 호북 포청 최초의 일이었다. 동헌(東軒)마루에서 업무를 보던 그에게 포교(捕校; 포도부장) 하나가 화급히 달려왔다.

"총포두님."

"무슨 일이냐."

"아침 일찍 이런 것이 날아들었습니다."

포교가 가져온 것은 투서였다. 곽도산은 전서구의 연통에 묶여 있던 투서를 펼쳐보았다.

오늘 모 가장의 여식인 용란을 살해하려는 음모가 있습 니다. 장소는 형문산 중턱, 시각은 유시(酉時; 오후 5시-7 시)가 될 것입니다. 부디 흉수의 음모에서 그녀를 구해주 시길.

밑도 끝도 없는 괴이한 밀고.

포교가 의심스러운 눈초리로 물었다.

"사실일까요?"

사람을 음해하는 밀고는 종종 있는 일이라 포교의 의심이 부적절하진 않았다. 그러나 장소와 시각이 구체적이란 점이 곽도산의 마음에 걸렸다.

"괜히 허탕만 치는 게 아닐까요?"

"허탕을 치면 번거롭기야 하겠지만, 투서가 사실이라면 사 람이 죽게 될 일이 아니더냐. 나라의 녹을 먹는 자로 방관할 수는 없는 일이다. 서둘러 병력을 꾸려라."

"예. 총포두님."

호북성 남부 형문산.

해가 뉘엿뉘엿 넘어갈 때쯤, 표사들의 호위를 받으며 세 대의 마차가 산허리를 돌아가고 있다. 마차 행렬은 해산서원에서 출발한 것으로 첫 번째와 두 번째에는 혼수패물이, 세 번째 마차 안에는 모용란이 타고 있었다.

악양에 있는 본가로 돌아가고 있는 길이다.

새벽에 진조영이 찾아왔었다. 혼사를 서두르고 싶으니 본가로 가자는 것. 처리할 일이 있어 자신은 오후에 출발할 것이니 용란더러는 아침 일찍 출발하라고 했다.

이는 예정에 없던 일로 모용란의 심사는 복잡했다.

'참, 이상한 일이야.'

아침부터 소봉이 보이질 않았다.

'소봉은 어디에 간 거지?'

이상한 점은 또 있었다.

'왜 표국을 이용하는 거지?'

해산서원의 호위무사들 대신 칠문표국의 표사를 고용한 점도 이상했던 것이다.

'패물 때문인가?'

산중턱.

울창한 관목들 사이에 흑의복면인이 숨어 있었다.

그중의 하나가 품에서 전서 한 장을 꺼내 펼쳤다.

　각주님, 일이 급하게 되었어요. 어젯밤 한호백이 찾아
와 진가 놈의 병증을 알아낼 수 있다고 했습니다. 의원이
그랬다는군요. 아무래도 의심을 하는 눈치예요. 건강을
핑계로 혼사를 미룰 게 분명해요. 아침 일찍 형문산으로
출발한다니 빨리 서두르세요. 진가 놈은 세 번째 마차에
탈 것입니다.

소봉.

빌어먹을!

다 된 밥에 코를 빠뜨릴 상황이 아닌가.

'어떻게 준비한 계획인데 망칠 생각을……'

화가 머리끝까지 치밀어 올라 미칠 지경이었다. 의원이 독
에 의한 병증임을 알아내면 제일 먼저 음식을 의심할 것이고,
음식을 조사하다 보면 용란과 소봉, 그리고 자신, 셋이 공모한
사실이 밝혀질 것이었다.

'놈을 죽여 끝을 내야 한다.'

사도진은 노심초사하여 가만히 있을 수가 없었다.

'한데, 왜 이리 안 나타는 건가. 갑자기 길을 바꾸기라도 했
다면?'

모가장 앞에도 매복을 준비하는 것이 마땅하다. 막 명을 내

리려 할 때였다.

"옵니다."

부하 하나가 손가락을 내밀었다. 그가 가리킨 산로에 드디어 마차 행렬이 보이기 시작했다.

'흐흐, 죽을지도 모르고 오는구나. 진가야. 오늘이 네놈 제삿날이 될 것이다.'

사도진은 회심의 미소를 지으며 손을 들었다.

"활을 준비해라."

"예."

"첫 번째와 두 번째 마차는 패물을 실었으니 신경 쓸 것 없다. 세 번째 마차만 집중하여 조준하라. 실패가 없어야 할 것이다. 화살이 적중하는 대로 내려가 표사들은 물론, 비속들까지 죽여 증거를 남기지 마라."

"각주님. 사정권에 들어왔습니다."

"쏴라!"

획. 획. 획.

관목 숲에서 날아간 화살이 세 번째 마차를 향했다.

마차는 곧 벌집이 되고 말았다. 물론 모용란이 탔으리라고는 생각지도 못한 일.

기습에 놀란 표사들이 방어진을 형성했다.

"기습이다. 표물을 보호하라!"

"죽여라!"

챙. 챙. 챙.

병장기 부딪히는 소리가 산중에 가득했다. 사도진 일당과 표사들의 일전이 벌어진 것이다. 수적으로나 실력으로나 사도진 일당이 유리했다. 표사들이 위기에 처한 순간이었다.

"당장 싸움을 중지하라!"

어디선가 날아온 청천벽력 같은 음성.

'어떤 놈들이?'

뒤를 돌아본 사도진은 소스라치게 놀라고 말았다. 일백여 명의 관군이 압박하여 올라오고 있었기 때문이었다. 호북 포청의 깃발 아래서 한 사내가 말을 끌고 나왔다.

남총포두 곽도산이었다.

"살인을 자행하고 표물을 훔치려는 흉수들을 추포하라!"

'어떻게 된 거지?'

이들을 상대로 싸우는 것은 자살행위나 마찬가지. 전후사정은 따질 계제가 못 되었다.

잔머리를 굴렸다.

사도진은 복면을 스스로 벗어던지며 곽도산 앞으로 나아갔다. 곽도산이 그를 알아보았다.

"그대는 모 가장의 내원각주 아니신가."

"그렇습니다. 총포두님."

"무슨 연유로 살인을 행하고 칠문표국의 표물을 탈취하려는 건가."

"사실 저 마차에는 해산서원의 진조영이 타고 있습니다."

"그런데?"

"혼사를 빙자하여 본 장원의 재물을 탐하려 하였기에 손을 쓴 것입니다."

"증거는 있는가?"

제길, 그런 게 어디 있나. 증거를 만들려면, 일단 시간을 벌어야 했다.

"예. 조영을 보면 아실 수 있을 것입니다."

"마차 문을 열어라."

"예. 총포두님."

곽도산의 명을 받은 포교가 마차 문을 열어젖혔다.

놀랍게도 안에는 모용란이 앉아 있었다. 수십 발의 화살에 맞은 몸은 벌집을 연상케 했으며, 무엇이 억울한지 눈을 부릅뜬 채 죽어 있었다.

"……!"

용란이 왜 이 마차에 탔단 말인가.

"란 매!"

사도진은 발작적으로 소리치며 용란을 끌어안았다.

아직 따스한 체온이 느껴졌지만, 그녀는 이미 절명한 후였다.

"으아아! 내가 너를 죽였구나."

곽도산이 냉담하게 물었다.

"이 여인이 각주가 말한 진 학사인가."

정신을 차리고 부인했으나 구차한 변명으로밖에 보이질 않았다.

"아니오. 이, 이건…… 뭔가 잘못되었습니다. 내가 왜 란이를 죽인단 말입니까."

곽도산이 벽력같이 고함쳤다.

"내 눈으로 보았거늘!"

"아니야!"

곽도산은 포교에게 명했다.

"이들을 포박하여 포청으로 압송하라!"

"예. 총포두님."

*   *   *

다음날 아침.

조영은 연못 옆에 쪼그려 앉아 약초 잎을 뜯어 물속에 뿌리고 있었다. 아무 생각 없이 별원으로 들어서던 소봉은 귀신을 본 것처럼 놀라고 말았다.

'헉! 놈이 왜 여기 앉아 있지? 어제 분명히 마차에 타는 걸 봤는데…….'

소봉은 의아하게 생각하며 조영 옆에 앉았다.

"공자님, 그것이 무엇인지요?"

"백향초."

"흐음, 향이 너무 좋아요."

"독초야. 냄새 맡지 마."

조영의 말에 소봉이 황급히 코를 막았다.

"한데, 왜 이걸 연못에 뿌리는 거예요?"

"잘 봐봐."

백향초 잎을 던지자 갑자기 연못 수면에 하얀 포말이 일었다. 연못 안의 물고기들이 잎을 먹기 위해 아우성을 친 탓이었다.

"백향초가 애들 먹이거든."

소봉이 고개를 갸웃거렸다.

"신기하네요. 연약한 물고기들이 어찌 이런 독초를 먹을 수 있죠?"

"백향초의 독성은 사람에게만 작용해. 그러니 애들에게는 그저 질 좋은 수초일 뿐이지. 그리고 이것들은 연약한 물고기가 아니야. 충어(蟲魚)라는 괴물이야."

"충어요?"

연못을 들여다보던 소봉이 인상을 찌푸렸다.

칼날 같은 지느러미에 날카로운 이빨을 드러낸 고약한 기물(奇物)이 자신을 노려보고 있기 때문이었다.

"어맛, 징그러. 이게 물고기예요?"

"응. 남만 땅에 사는 것들인데, 이놈들은 육식을 즐겨. 인육도 마다하지 않는 흉물이지.”

“이 흉한 것들을 왜 가져오셨어요?”

“쓸 데가 있어서.”

‘아냐⋯⋯.’

소봉은 퍼뜩 정신을 가다듬었다.

‘지금 이런 것에 신경 쓸 데가 아니지. 각주님이 이놈을 기다리고 있었을 텐데⋯⋯ 어떻게 된 일인지 알아보는 게 우선이야.’

소봉이 조심스레 물었다.

“공자님. 어제 본가에 가신다고 하지 않으셨어요?”

조영은 아무렇지도 않게 대답했다.

“몸이 안 좋아서 용란을 대신 보냈어.”

뭐? 그럼, 세 번째 마차에 탄 게 아가씨였단 말이야?

그렇다면, 그 사실을 모르는 내원각주가 아가씨를 해한 게 아닐까?

큰일이 아닐 수 없었다.

생각이 이에 미치자 소봉은 좌불안석이었다. 조급한 마음에 서둘러 일어서던 소봉이 조영과 살짝 부딪히며 휘청거렸다.

“어맛!”

풍덩.

몸의 중심을 잃은 소봉은 그만 연못에 빠지고 말았다.

파다닥. 파닥.

그러자 기다렸다는 듯, 충어들이 그녀에게 달려들었다. 독물들에겐 거대한 먹이가 던져진 것이나 마찬가지였기에. 그것들의 이빨은 날카로웠다. 물어뜯기는 고통에 소봉은 비명을 질렀다.

"아악! 고, 공자님. 도와주세요."

"내가 왜?"

소름이 돋았다.

전혀 개의치 않는다는 말투였다. 말투도 말투지만, 더 큰 문제는 조영의 눈빛이었다.

싸늘하다 못해 심장까지 얼려버릴 것 같은 푸른 기운이 일렁였던 것이다. 공포에 휩싸인 소봉이 살기 위해 연못가의 돌을 붙잡고 기어 올라왔다.

"악!"

그러자 조영이 왼발로 그녀의 손을 지그시 밟았다.

"공자님. 갑자기 왜 이러시는 거예요."

조영이 가만히 입꼬리를 말았다.

"후후, 이유는 네가 더 잘 알 텐데?"

그제야 소봉은 조영이 자신을 죽이려 함을 깨달았다.

사색이 된 소봉이 조영에게 목숨을 구걸했다.

"제발, 소녀를 살려주세요!"

"내가 왜 널 살려줘야 해?"

소봉은 입이 얼어붙고 말았다.

“……!”

“네 주인 곁으로 보내줄게. 조금만 참아.”

그리 말한 조영은 오른발로 소봉의 머리를 밟아 물속으로 밀어 넣었다.

“쿨럭, 컥!”

물속에 잠긴 소봉은 본능적으로 한 팔을 허우적거렸다.

철퍽. 철퍽.

그러나 공력이 실린 조영의 발을 밀치고 물속을 빠져나오기엔 역부족이었다.

파다다닥!

이내 수면으로 검붉은 피가 번졌다. 충어들이 벌써 소봉의 살점을 뜯어먹기 시작한 것이다.

시간은 그리 오래 걸리지 않았다.

식욕이 왕성한 충어들은 순식간에 소봉을 뜯어먹고 머리카락과 뼈만 남겨 놓았다.

조영은 뒷짐을 쥔 채, 그녀의 뼈를 내려다보다가 무심히 내뱉었다.

“내가 지난 일 년 동안 뭐가 제일 힘들었는지 알아? 그건 말이야, 천박한 네 얼굴과 젖가슴을 매일 봐야 하는 거였어. 그보다 곤혹스러운 건 없었지. 이제 그럴 일은 없겠다. 그지?”

사흘 후.

무한포청 남총지부에서는 살인범 사도진에 관한 재판이 열렸다.

창졸지간에 무남독녀를 잃은 모진충, 칠문표국의 국주 구철진, 그녀의 약혼자인 해산서원의 학사 진조영이 증인으로 나서고, 성도 무한의 유력인사들이 방청객으로 참석한 공개 재판이었다.

판관은 본청에서 내려온 조승.

사건 개요를 훑어 본 판관 조승이 조영을 내려다보았다. 백짓장 같은 핏기 없는 얼굴에 파리한 입술, 눈 아래에는 검은 그림자가 드리워져 있었다. 한눈에도 그의 병색은 완연해 보였다.

"진조영, 그대가 피해자의 약혼자인가?"

"예."

"그대의 생각은 어떠한가?"

"무엇이 말인지요."

"사도진이 왜 모용란을 죽였다고 보는가?"

조영은 힘들게 몸을 일으켜 답변했다.

"누가 죽였는지, 왜 죽였는지, 그런 건 중요하지 않습니다. 제게 중요한 건 용란이 세상에 없다는 사실뿐입니다. 이제와 시비를 가려 무엇 하겠습니까. 그녀가 살아 돌아오는 것도 아닌데."

감명을 받은 조승이 고개를 끄덕였다.

"그대가 망자를 사모했던 마음은 충분히 알겠네. 허나 법은 마땅히 존중되어야 하네. 그래야 또 다른 피해자가 나오지 않을 테니까. 진술해 주시길 바라네."

한호백이 조승에게 간청했다.

"죄송합니다. 학사님이 병중이라 앉아서 답변할 수 있도록 부탁드립니다."

"허락한다."

"저도 처남이 흉수란 사실이 믿기지 않습니다. 어제도 제게 보약을 갖다 주셨던 분입니다."

그 대목에서 곽도산이 끼어들었다.

"판관어른, 그 음식에서 독이 발견되었습니다."

놀란 듯 조영의 동공이 커졌다.

"무, 무슨 말인지요."

"진 학사는 오래도록 독을 음용하였고, 그 병증은 중독에 의한 것으로 보입니다. 의원의 진술도 확보한 상태입니다. 누군가 지속적으로……."

조영이 약간 언성을 높였다.

"판관님, 총포두의 발언을 중지시켜 주십시오."

그러나 판관 조승은 이를 허락하지 않았다.

"총포두는 계속하라."

"살인범 사도진이 죽은 모 소저를 시켜서 그랬을 가능성이 높습니다."

조영이 슬픈 눈빛으로 곽도산을 보았다.

"그럴 리가 없습니다. 제발, 죽은 사람을 욕되게 하지 마십시오."

"이런 일이 발생하지 않았다면, 진 학사는 한 달도 못 넘겼을 겁니다. 당신은 죽은 목숨이란 말입니다. 아직도 모용란이 정부인 사도진과 짜고 당신을 죽이려 했다는 사실이 믿기지 않습니까?"

조영은 온몸으로 부정했다.

"아아, 그럴 리가 없어요."

"참으로 딱하십니다. 그만 정신 차리십시오."

저들의 잔혹 무도한 짓거리에 방청석이 술렁였다.

"저런 쳐 죽일 것들이 있나."

"순진한 학사의 재산을 노리고 살계를 꾸미다니."

그때, 모든 걸 포기한 듯, 사도진이 고개를 젖히며 허탈한 웃음을 터뜨렸다.

"크하하. 저런 찌질한 놈조차 요리하지 못하다니 나, 사도진의 운이 여기까지인가 보구나. 네놈이 끔찍이 생각하는 용란은 내 여자였다. 어젯밤도 우린 사랑을 나누었다. 네놈이 잠든 동안 말이다. 한 가지 궁금한 게 있다. 왜 네가 타지 않고 용란을 태웠더냐. 네놈이 마음만 바꾸지 않았어도 우리의 계획은 성공했을 텐데. 난 그것이 한스러울 뿐이다."

곽도산이 조영에게 물었다.

"급작스레 왜 마음을 바꾸셨는지 저도 궁금하군요. 대답해 주시겠습니까?"

조영이 대답했다.

"혼사를 서두르려 했습니다. 어차피 오래살 수 없다고 생각 했기에. 한데, 막상 용란을 위해 해준 것이 없더군요. 하여 제 재산의 일부를 용란에게 남겨주려고 공증인을 불렀습니다. 그랬더니 공증인이 오후에나 올 수 있다고 하여 용란을 먼저 보낸 것입니다."

"그렇군요. 전포에도 호위무사들이 있는데, 왜 칠문표국을 이용하셨습니까."

"후우……."

"칠문표국은 무한 최고의 표국입니다. 일개 서원의 호위무사와 어찌 비교를 할 수 있겠습니까. 약혼자의 호위와 혼수용 패물의 운송을 하는데 최고의 표국을 이용하는 건 너무도 당연한 일이라고 생각했습니다."

칠문표국의 구철진이 나섰다.

"당연한 일이오."

조영의 말이 그의 마음속에 자긍심을 불러일으킨 것이다. 흥분한 구철진은 대노하여 사도진에게 소리쳤다.

"본 표국의 표사들을 해한 것도 용서하지 못할 일이지만, 진 학사의 순수한 마음을 짓밟은 것도 용서할 수 없다. 어찌 사람의 순수한 마음을 이리 참담하게 짓밟을 수 있단 말이냐.

사도진! 너는 말 그대로 인면수심의 흉수다. 법이 용서한다고 해도 하늘은 결코 무심치 않을 것이다!"

그 말의 말이 끝나자 방청객들이 공분하여 소리쳤다.

"옳소. 오체분시를 해도 시원치 않을 놈이오."

"판관께서는 저놈을 당장 참형에 처하시오!"

땅. 땅.

"정숙!"

서기관이 법정의 소란을 가라앉혔다.

다시 조용해지자 곽도산이 말을 이었다.

"한 가지 더 짚고 넘어가야 할 점이 있습니다. 호북성의 법에 따르면, 약혼자에게도 재산 상속의 권리가 있습니다. 진 학사께서는 이 사실을 알고 있었습니까?"

"예. 그래서 공증을 서두르려 했던 것입니다."

"지금 상당한 금액의 돈이 죽은 모 소저의 명의로 되어 있습니다. 이 돈의 상속권은 진 학사께 있습니다. 이 사실도 알고 있었습니까?"

"금시초문입니다."

이때, 판관 조승이 곽도산의 발언을 제지했다.

"총포두, 자네의 말은 진 학사가 모가장의 재산을 노린 것처럼 들릴 수도 있네."

"예. 잠시 그런 의심도 해보았지만, 제 추측이 틀렸다는 걸 알 수 있었습니다. 진 학사의 재산이 훨씬 더 많더군요. 모가장의 재산을 노릴 필요가 없을 정도로 말입니다.”

“한데, 왜 그런 얘기를 꺼내는가.”

“명의 이전을 하는 데 모 가주께서 동의하셨는지, 그 진위 여부를 알기 위해서입니다.”

곽도산의 발언은 사실 모진충을 겨냥한 것이었다.

일순, 모진충의 눈동자가 살짝 흔들렸었는데, 예리한 곽도산이 이를 놓칠 리가 없었다. 그러나 곽도산은 못 본 척 외면하며 사도진에게 물었다.

“왜 모 소저의 명의로 변경하였느냐?”

“그거야. 저 찌질한 놈의 재산을 노린 게 아닌 것처럼 보이기 위해서지.”

“혼자서 행한 일인가. 아니면, 모 가주의 허락을 득한 것인가.”

드디어 곽도산의 칼날이 모진충을 향했다.

사도진이 의미심장하게 웃었다.

“후후, 포두께서는 나 혼자 그런 일을 할 수 있다고 생각하시오?”

“하면, 모 가주가 시켜서 행한 일이란 말인가?”

“관인을 보면 아실 게 아니오.”

모진충이 자리를 박차고 일어섰다.

“네 이놈! 금지옥엽 내 딸을 죽이고 나까지 모함을 하느냐!”

너무도 당연한 반응이었다.

동귀어진.

그것은 사도진이 할 수 있는 마지막 선택이었다.

"가주님. 이제 끝난 일입니다. 나 혼자 죽을 수는 없지요. 억울해서 말입니다. 그렇지 않습니까? 크하하!"

곽도산이 조승을 돌아보았다.

"판관어른, 증인으로 모 가장의 서기를 내세울까 합니다."

"그리하게."

이미 감형의 조건을 받은 듯, 서기는 밝혀지지 않은 모진충의 죄상까지 다 토설했다. 탈세와 살인교사 등의 죄목이었다. 증거자료인 장부까지 있으니 모진충 또한 이 사건에서 빠져나갈 길은 없었다.

판관 조승의 판결은 신속했다.

"내원각주 사도진은 살인죄를 물어 참형에 처한다. 그의 공범인 모용란은 이미 죽었으므로 형을 면하고, 가주 모진충은 탈세와 살인교사의 혐의로 종신형을 언도한다. 모진충의 명의로 된 재산은 국고로 귀속시키고, 모용란의 명의로 된 재산은 그의 약혼자인 학사 진조영에게 상속한다. 이상."

땅 땅 땅.

방청객들은 명쾌하고 공정한 판결이라 이구동성으로 칭송했다.

조영은 한호백의 부축을 받아 남총지부를 나왔다.

힘든 발걸음을 옮겨 막 마차에 오르려는데, 총포두 곽도산이 달려왔다.

"하마터면, 큰일 날 뻔하셨습니다."

조영은 고개만 까닥여 인사를 했다.

"감사합니다. 총포두님 덕분에 목숨을 부지했습니다."

"이제 어쩌실 생각이신지요."

"심신이 많이 지쳤습니다. 이제 성도를 떠나 시골에서 요양을 할까 합니다."

"이해합니다."

"그럼……."

"한 가지 여쭤볼 것이 있습니다. 사실 내가 수사를 하게 된 것은 투서를 받아서였습니다. 사도진이 칠문표국의 마차를 습격할 것이란 걸 알려준 투서였지요. 혹시 그에 대해 아는 바가 있습니까?"

"용란은 제 약혼녀입니다. 제가 미리 알았다면 결코 보내지 않았겠지요."

곽도산이 머리를 끄덕였다.

"아무래도 그러셨겠지요?"

"저도 한 가지 부탁이 있습니다."

"예. 기탄없이 말씀하십시오."

"해산서원을 남총지부에 기증하고 싶습니다. 총포두님께서 관리해 주셨으면 합니다. 저처럼 돈이 없어 배우지 못한 아이

들을 위해서요. 떠나기 전, 총포두님의 명의로 이전해 놓을 테
니 부디 거절치 말아주십시오.”
　“진 학사는 정말 대인배시구려.”
　“하면, 안녕히 계십시오.”
　“잘 가십시오. 건강을 되찾아 무한에 오시게 되면, 꼭 술 한
잔 하십시다.”
　“예.”

＊　　　＊　　　＊

　무한전장(武漢錢裝).
　성도에서 가장 유서가 깊은 전장으로 규모나 신용이 호북성
제일을 자랑했다.
　그 앞에 쌍두마차 두 필이 멈춰 섰다.
　마차에서는 일련의 무사들의 호위를 받으며 두 사내가 내렸
는데, 그들은 조영과 한호백이었다.
　조영이 전장의 문을 열고 들어갔다.
　이상했다.
　그의 모습이 완전히 달라져 있었던 것이다.
　독에 중독되어 파리하고 창백했던 얼굴은 간데없고, 너무도
건강한 혈색이었던 것이다. 걸음걸이도 마찬가지였다. 병약하
여 휘청거리던 어제의 그가 아니었다. 큰 걸음으로 성큼성큼

전장에 들어갔다. 그의 뒤를 한호백과 젊은 무사들이 따랐다.

전장 서기가 그들을 맞았다.

"어서 오십시오."

조영은 말없이 공문서를 내밀었다.

예치된 모용란의 돈을 조영에게 지급하라는 내용의 판결문이었다.

"아, 진 학사님이시군요. 말씀 들었습니다."

조영이 말이 없자 전장 서기가 물었다.

"어떻게 드릴까요. 금액이 워낙 크니 어음하고 섞어 드릴까요?"

그는 짧게 대답했다.

"전액 금화로."

그의 위세에 눌린 전장 서기가 금고로 향했다.

"아, 예. 잠시만 기다리십시오."

금화 십만 냥.

무려 다섯 궤짝이나 되는 엄청난 액수였다. 점원들이 대여섯 명 달라붙어 열심히 퍼 담았다. 지불준비금으로 남겨둔 전장의 현금을 거의 싹쓸이 하는 셈이었다.

"준비되었습니다."

"호백, 실어."

"예, 당주님."

그에 대한 호칭도 바뀌었다.

큰 고객을 놓치기 싫은 서기가 조심스럽게 물었다.

"저기, 학사님. 일부만 저희 전장에 예치하시면 안 될까요?"

"또 보게 될 거요. 그때 얘기합시다."

서기는 연신 머리를 조아렸다.

"아, 예. 꼭 찾아주십시오."

전장을 나와 막 마차에 오르려던 순간이었다.

"와아, 약혼 한 번 잘해서 완전히 대박 났네?"

불량스럽게 보이는 양아치 셋이 비아냥거리는 투로 막말을 내뱉었다. 옆구리에 싸구려 장검을 찬 것을 보니 근처 흑도패거리나 되는 모양이었다.

"학사 양반이라며?"

"저 돈을 어디에 다 쓸까?"

그들을 막 지나치던 조영이 발걸음을 멈춰 세웠다.

돌아선 그의 입가엔 비릿한 미소가 걸렸다.

양아치들이 움찔했다.

눈빛.

그것은 조영의 눈빛 때문이었다.

단순한 분노나 적개심으로 흥분한 붉은빛이 아닌, 상대의 심장까지 얼려버릴 것 같이 차가운 푸른빛.

그것은 저들이 생각했던 학사의 것이 아니었다.

저벅. 저벅.

조영이 천천히 놈들에게 다가가 물었다.

"왜 부럽냐?"

양아치 중 하나가 용기를 내 빈정거렸다.

"사기꾼 냄새가 너무 나서 말이야."

조영은 순순히 인정했다.

"후후, 생긴 거보다 촉은 좋은데? 맞아. 사기 친 거."

그러자 놈이 되지도 않는 협박을 했다.

"크크크, 어쩐지. 내 그럴 줄 알았다니까. 내 코가 개 코라 냄새를 아주 잘 맡거든. 말이 통할 것 같으니 편하게 애기하지. 나란 놈이 천성이 양아치라 입이 싸거든. 포청에 확 불어 버리기 전에 좀 나눠 갖자고. 어때?"

조영이 웃으며 손가락을 옆으로 흔들었다.

안 된다는 의미다.

"안 돼."

"왜?"

"왜냐면 말이야. 내가 일 년 동안 독약 처먹어가면서 힘들게 번 돈이거든? 부러우면 니들도 뭔가 노력을 해야지. 그냥 날로 처먹으려고 하면 되겠어? 나처럼 머리를 쓰든가 아니면 몸으로 때우든가 말이야."

"오호호, 제법 세게 나오는데. 내 입을 어떻게 막으려고. 학사 양반?"

조영이 '씨익' 하고 웃었다.

"그거야 쉽지."

“어떻게?”

“이렇게.”

퍽!

조영의 주먹이 놈의 주둥이에 작렬했다.

“컥!”

퍽. 퍽. 퍽!

“입을 아예 못 쓰게 만들어주마. 이렇게 말이야. 그러면, 주둥이를 나불댈 수 없을 거 아냐. 그지? 너, 그 생각을 못했구나?”

퍽. 퍽. 퍽!

“으. 으. 으!”

주둥이만 집중적으로 가격하여 이빨은 날아가고 턱뼈는 바스러져 너덜거렸다. 조영은 거기서 멈추지 않았다. 쓰러진 놈의 주둥이를 미친 듯이 밟아댔다.

다른 두 놈도 마찬가지였다.

곧 길바닥에 널브러지고 말았다.

“확, 죽여 버려. 니들 눈에는 내가 사기 친 거로 보이지? 우리 할아버지 돈, 내가 찾아가는 거야. 이 병신 같은 자식아!”

콱. 콱!

“그만하시죠.”

한호백이 그의 양팔을 뒤에서 붙들었다.

“후우……”

그제야 발길질을 멈춘 조영은 호흡을 가다듬고 흥분을 가라앉혔다.

"내가 좀 과했어?"

"예. 뭐 하러 이런 놈을 상대하십니까. 그냥 가시지 않고요."

조영이 겸연쩍게 웃었다.

"그러게. 참았어야 하는데. 나도 모르게 주먹이 나가서……
미안해, 흥분해서."

"괜찮습니다. 이제 마차에 오르시죠."

한호백이 겨우 한시름을 놓았을 때, 조영이 놈의 입을 가리
켰다.

"아니, 잠깐만. 저 새끼 입이 아직 움직이는 것 같지 않아?"

그렇지 않았다.

놈은 완전히 혼절하여 숨만 겨우 붙어 있는 상태였다.

"아닙니다. 반 년 동안 죽만 먹어야 할 겁니다."

조영이 눈에 광기를 흘리며 집착했다.

"아냐, 꿈틀거리는 걸 봤어."

"그렇지 않다니까요."

한호백이 아니라고 말했지만, 조영은 생각이 좁아진 어린애
처럼 굴었다.

"아예 혀를 뽑아버릴까? 그게 제일 확실하잖아. 다시는 나
불대지 못하게 말이야. 그지?"

상태가 좋질 않았다. 눈빛도 정상이 아니고.

아무래도 자하독공의 부작용인 광증이 도진 것 같았다.

"당주님, 제발 진정하세요. 무공 쓰시면 안 되는 거 잘 아시지 않습니까."

"나, 무공 안 썼어. 맨주먹으로 때린 거야. 근데, 저 새끼, 혀를 뽑고 싶어. 자꾸만 그런 생각이 가슴속에서 불같이 일어나. 호백, 저놈의 혀를 뽑아와. 그래야 마음이 좀 진정될 것 같아. 제발…… 응?"

이대로 두면 살심(殺心)에 지배당하고 말 것.

"안되겠습니다. 잠시 결례를……."

한호백이 조영의 혈도를 짚어 주저앉혔다.

담벼락에 기대게 한 다음, 환약 한 알을 꺼내 조영의 입에 넣어주었다.

"어서 드세요."

조영은 그것을 씹어 혀 밑에서 녹였다.

약선 오봉추가 제조해 준 응급약의 효과는 빨랐다. 이윽고, 광증이 가라앉았는지 조영의 눈빛이 차분해졌다. 정상으로 돌아온 조영이 가만히 물었다.

"내가 또 미쳤었지? 후우, 언제까지 이래야 되는지."

"약선 어른께서 차차 좋아질 거라 하셨습니다."

"그래? 믿어야지."

"이제 마차에 오르세요. 고향으로 가신다면서요."

조영이 엷은 미소를 지었다.

"고향?"

"예."

"잠깐만."

조영은 인명첩을 꺼내 거기 적힌 양포라는 이름을 지웠다.

"모 가주의 본명이 양포였습니까?"

"응. 도중 행수였었는데, 상단의 자금을 빼돌려 호북성으로 도망친 거였어. 이름도 바꾸고. 내가 못 찾을 줄 알았나봐."

"오르시죠."

"그래."

마차에 올라 뒷좌석에 앉자마자 조영은 창에 머리를 기댔다. 눈앞에는 백 년 이상 된 백당나무들이 늘어서 일제히 꽃망울을 터뜨리던 길, 집으로 가는 그 길이 눈에 선하게 떠올랐다.

이 길 끝에 설리 누나가 기다리고 있겠지?

〈2권에서 계속〉

향공열전

邪首別面

조진행 신무협 장편 소설
ORIENTAL FANTASY STORY & ADVENTURE

최고의 작품만을 선보이는 무협의 거장!
『천사지인』,『칠정검칠살도』,『기문둔갑』의
베스트셀러 작가 조진행이 심혈을 기울인 역작!

대림사(大林寺) 구마선사가 남긴 유마경(維摩經)의 기연.
월하서생 서문영, 붓을 꺾고 무림의 길로 나선다!

이제, 과거 시험은 작파하고 무공을 배우겠다!

dream books
드림북스

마법군주

인 칼리스타

발렌 판타지 장편소설
FANTASYSTORY & ADVENTURE

In Kallista

『리턴』,『얼음군주』의 작가 발렌!
자유롭고 유쾌한 상상력이 돋보이는 판타지 장편소설.

미천한 하인에게 죽음과 함께 찾아온 영혼의 부활.
기적처럼 뒤바뀐 한 남자의 운명이 대륙의 역사를 새로 쓴다!

귀족의 폭정에 고통 받는 모든 이들을 구하기 위해
칼리스타 백작, 마침내 그의 의지가 세상을 변혁시킨다!

dream books
드림북스

문우영 신무협 장편소설
ORIENTAL FANTASYSTORY & ADVENTURE
화 치 무 적
『악공전기』의 감동적인 선율로 출사표를 던진
작가 문우영의 신무협 장편소설.
부드러운 붓끝에서 서공을 초월하는
놀라운 세계가 펼쳐진다!
일획지법(一劃之法) 만시만종(萬始萬終)!
단 한 번의 휘두름에 만물의 법을 담는다!
dream books
드림북스

DUSK HOWLER

더스크 하울러

태선 게임 판타지 소설
GAME FANTASY STORY

『다이너마이트』, 『타나토스』의 작가 태선의 신작!
소심한 성격을 극복하기 위해 밸런스 막장으로
소문난 게임 '트리키아'에 뛰어들었다!

마법사라면 쳐맞아도 주문은 외워야 산다!

어떤 상황에서도 주문을 외는 강철 주둥이.
인간 종족의 이단아가 되어 암흑 진영을 지배한다!

dream books
드림북스